中国新诗
评论读本
(第一辑)

主编 刘静沙 宋石峰

中原出版传媒集团
中原传媒股份公司

大象出版社
·郑州·

图书在版编目(CIP)数据

中国新诗评论读本. 第一辑 / 刘静沙，宋石峰主编.— 郑州：大象出版社，2019.7
ISBN 978-7-5347-9846-7

Ⅰ.①中… Ⅱ.①刘… ②宋… Ⅲ.①诗歌评论—中国—当代 Ⅳ.①I207.22

中国版本图书馆CIP数据核字(2018)第141578号

中国新诗评论读本（第一辑）
ZHONGGUO XINSHI PINGLUN DUBEN（DI-YI JI）

刘静沙　宋石峰　主编

出 版 人　王刘纯
责任编辑　范　倩
责任校对　毛　路　张迎娟
装帧设计　刘　民

出版发行　**大象出版社**（郑州市郑东新区祥盛街27号　邮政编码450016）
　　　　　发行科　0371-63863551　总编室　0371-65597936
网　　址　www.daxiang.cn
印　　刷　洛阳和众印刷有限公司
经　　销　各地新华书店经销
开　　本　787mm×1092mm　1/16
印　　张　14.25
字　　数　218千字
版　　次　2019年7月第1版　2019年7月第1次印刷
定　　价　58.00元

若发现印、装质量问题，影响阅读，请与承印厂联系调换。
印厂地址　洛阳市高新区丰华路三号
邮政编码　471003　　　　电话　0379-64606268

"诗评媒"诗歌评论家、诗歌评论文章评选委员会

评选委员会顾问
董　林　王守国　高金光

评选委员会主任
李　霞　刘静沙　陈胜展
耿红伟　项建新　张晓亮

评选委员会副主任
宋石峰　李香辰　西　屿　葛卫东

读本主编
刘静沙　宋石峰

写在前面的话

这肯定不是一个最客观、最科学、符合每个人标准的榜单,但一定是符合"诗评媒"评判标准的严肃的文本。

这一定不是一本人人都爱读、都能读懂的书,但一定是高端的、专业的、带有贵族气质和特殊价值的一本书。

作为国内第一家诗歌评论微信公众号,"诗评媒"创立两年多,便以其先锋性、前卫性、开放性赢得了广大诗友的关注,在国内外诗人中树立了高端、新锐、理性的形象。应对新媒体时代诗歌评论生态环境的变化,"诗评媒"使诗歌评论主体由"专家"到"大家",评论形式由"整体"到"碎片",评论观点由"个人"到"全面",开创了"众筹式"诗歌评论的全新模式,在诗歌研究方面做了积极的探索。

中国新诗发展已逾百年,作为以"以理论推动中国诗歌理性发展"为己任的微信公众号,我们深感有责任、有义务为繁荣中国诗歌创作做出力所能及的行动。为此,"诗评媒"编辑部和大象出版社确定编辑出版《中国新诗评论读本》,此为第一辑。我们期待通过这个读本为中国新诗研究提供重要文本,为诗歌创作提供理论支持,为诗歌爱好者提供写作教程。

经过网络海选、专家推选,我们推出了第一辑的"诗歌评论家"候选人和"诗歌评论文章"候选篇目。对于汇总的候选人和候选篇目,我们二次提交评选委员会专家进行投票,最终选出了 5 位诗歌评论家和 18 篇诗歌评论文章。

这个读本体现出了以下几个倾向:

一是更加注重中国诗歌现场,更加关注中国诗歌当下的焦点和热点。对于远离现场和当下的评论文章,比如对 20 世纪、国外等诗歌现象进行评论的文章进行了适当的剔除。有些候选人虽然在诗歌理论上广有建树,但在当下发表评论较少,我们也只能忍痛割爱。二是按照评选的定位,我们更加关注宏观流向和发展趋势,对于那些仅限于对个体诗人进行评论的文章适当远离。三是按照平衡原则,我们对权威和草根、宏观和微观、地域和时空稍加平衡。四是讲求和谐,对个别互相攻讦、互相吹捧的文章,我们也做了剔除。五是坚守原则,对于入选的评论家和评论文章,我们不论其主动与否、积极与否,均严格按照"诗评媒"的标准进行评定。

呈现在我们面前的这个读本,收录了 5 位诗歌评论家的简历、入选理由和他们当下在诗歌现场的诗歌观点,以及 18 篇诗歌评论文章(含简单的点评)。我们深知自己视野有限、认知有限,再加上文本的倾向性,这个读本并不代表中国新诗的全景扫描,更不敢自诩读本的高度和代表性。我们唯求您看这个读本的时候有所启发、有所裨益,能够宽容和理解,能够会心一笑。

"诗评媒"微信公众号和大象出版社此次合作出版《中国新诗评论读本》,在中国诗歌研究历史上是第一次,亦是传统出版机构和微信公众号新媒体的一次有益合作、成功互动和积极融合。

我们还会继续推出《中国新诗评论读本》,我们会总结第一辑的经验和不足,同时听取各位方家的建议,到时候将会更加精彩。让我们从现在就开始期待。

目　录

诗歌评论家

谢冕：百年新诗　岂能无"冕"	002
于坚：处"于"诗写现场　"坚"守理论高地	011
鹰之：草枯"鹰"眼疾　阅尽春秋风	016
宫白云：居诗歌中"宫"　查现场证词	031
吴投文："投"身诗坛　连缀宏"文"	039

诗歌评论文章

汉语诗歌的当下处境　周伦佑	054
百年新诗的历史意义　李少君	063
新诗史上最大的接受"聚讼"	
——"汪诗热"剖解与现代诗"接受"的省思　陈仲义	071
陈超与中国当代诗歌批评　张桃洲	083
当下诗歌的"热病"　霍俊明	096
文本还是人本：如何做诗歌的细读批评　张清华	099
现代禅诗的话语与意识表现　思小云	106
过程诗学提纲　白鸦	115
整体的诗意或有诗无句诗意何在　李霞	124
当代诗的现实感与现实化问题　程一身	130
当代语言诗创作及反思	
——以周亚平语言诗创作为中心　王学东	136

谈谈现代汉语诗歌的几个基本问题
　　——答杨黎"百年新诗"问　谭克修　　　　　　　　152
无体之体与文质再复
　　——新诗百年之我见　李建春　　　　　　　　　　168
性情诗学导论　张嘉谚　　　　　　　　　　　　　　　172
诗歌的"调和时代"：诗人何为
　　——对当代汉语诗歌境况的一种观察和思考　董　辑　185
21世纪诗歌的想象视野　卢　桢　　　　　　　　　　　196
一场冒险的试验
　　——网友评"江南布衣"的诗　飞沙走石　　　　　　206
新诗的经典性来自诗美的创造　邹建军　　　　　　　　212

评选委员会专家团成员名单　　　　　　　　　　　　　216

诗歌评论家

谢冕：百年新诗　岂能无"冕"

▎人物简介

谢冕，著名诗歌研究专家，北京大学教授，博士生导师，曾任北京大学中国语言文学研究所所长。北京大学诗歌中心成立后，被任命为该中心副主任，并就任北京大学中国新诗研究所所长，《新诗评论》主编，研究员。1989年起，谢冕在北京大学首创"批评家周末"，以学术沙龙的形式定期研讨中国文学和文化的重大热点问题，坚持十年不辍。先后主编了"二十世纪中国文学丛书""百年中国文学总系""中国百年文学经典文库"及《百年中国文学经典》等。自20世纪50年代开始中国新诗史和新诗理论研究，特别专注于中国当代诗的理论批评。1980年筹办并主持了全国唯一的诗歌理论刊物《诗探索》，担任该刊主编。

▎入选理由

新诗百年，谢冕肯定是绕不过去的人物。这位中国新时期诗歌的"揭幕人"，始终没有远离诗歌的现场。1980年，《光明日报》发表其文章《在新的崛起面前》，引发了关于新诗潮的广泛讨论；新诗百年，作为主流党报的《辽宁日报》开展新诗讨论，开章第一篇便访谈谢冕。《辽宁日报》记者约访谢冕历时一个多月，总结新诗百年走过的历程，厘清其中的重大问题,有针对性地提出解决问题的办法,力求将中国诗歌推升到一个新高度。"家有一老,胜似一宝",谢冕是值得尊重的。我们选取这篇文章,也是向《辽宁日报》这家省级党报致敬!

代表观点

新诗在草创期就埋下了隐患[*]

高慧斌

一、新诗从草创时期就存在很多弊病

新诗从草创时期就存在很多弊病,就埋下了不少隐患,有些重大问题至今都没有得到解决。比如诗歌的形式问题……诗文不分,对新诗的伤害非常大,可以说造成了新诗的内伤。

讨论中国新诗走过的历程,被称为中国新时期诗歌"揭幕人"的谢冕是绕不过去的人物。1980 年,《光明日报》发表其文章《在新的崛起面前》,引发了关于新诗潮的广泛讨论。从那时起,谢冕的命运便与中国新诗连在了一起。

本报开展新诗讨论,记者约访谢冕历时一个多月。这段时间,他一直在多地参加以诗歌为主题的研讨、座谈会等。5月3日刚回到北京的谢冕接受本报记者采访时说的第一句话就是,总结新诗百年走过的历程非常必要。厘清其中的重大问题,才能有针对性地解决问题,才能将中国诗歌推升到一个新高度。

谢冕说,中国新诗在百年间取得了伟大成就,不轻易地否定我们已经取得的成就,要充分地肯定我们的进步。一百年来,诗歌与时代结合,还容纳了各种新思想、新观点、新诗潮,但也要充分地看到新诗的缺陷,看到我们现在有什

---

[*] 原载 2016 年 5 月 23 日《辽宁日报》。

么地方进入误区了,什么地方是我们的缺失,理性地一步一步去解决。而说到问题,谢冕认为,新诗从草创时期就存在很多弊病,就埋下了不少隐患,有些重大问题至今都没有得到解决。比如诗歌的形式问题,这是比内容还重要的大问题,尽管新诗走过了百年历程,但时至今日,诗歌的形式问题并没有得到解决。

用自由体代替格律,用白话代替文言,新诗在创立之初的这个追求,是符合当时社会发展状况的。前辈是用文学艺术中普通民众的生活状态来确定社会发展的状态,高举革命的旗帜,改变了文言写作方式,这是历史上的第一次,是非常大的进步。遗憾的是,诗歌革命导致诗文不分。谢冕说,当年黄遵宪提倡的"我手写我口",胡适所说的"要使作诗如作文",基本上混淆了诗和文的界限,对新诗的伤害非常大,可以说造成了新诗的内伤。

"当时就有人批评胡适,说他是始作俑者。"在谢冕看来,胡适提出"作诗如作文",这句话缺点大了,太容易误导人了。作诗怎么能够和作文一样呢?诗歌这一文体有自身的特殊性,诗的语言有自己独特的要求,必须有丰富的想象,必须得有音乐性,语言必须精练。所以后来又有人说,我们不能为了求新、不能因为白话而忘了诗,这是五四时代就有人说的,白话诗都是白话,没有诗意,那是不行的,当时就有了这个病症。后来为什么会有现代派、新月派出来?新月派就想匡正这个缺点,匡正初期写诗像白开水一样的问题。自由诗,自由是自由了,解放是解放了,但是留下了病根,我觉得是有这个问题的。不过我也始终没有怀疑当时的这种选择,因为只有诗体解放了,新思想、新思维、新道理才能进来,才能得以表达,这是没错的。虽然当时也有人隐约感觉到了这个问题,但这个问题至今不仅没有得到解决,甚至还愈演愈烈,尤其是一些网络诗歌已经触及了诗歌的底线,问题非常大。

二、必须从诗歌的发展历史找原因

中国古典诗歌发展到无以复加的巅峰状态,造就了自身的美学危机……诗歌变革从属于社会变革,成为社会变革的一部分……最后导致把文学定位于经世致用的价值观上。

按谢冕所说,当下诗歌存在的问题早在初创期就露出了苗头,那么,这些隐患是如何埋下的?为何前辈进行的那场石破天惊的诗歌革命,最终却未能如愿?而这个问题,就是谢冕长期致力研究的课题。

谢冕说,要想清楚新诗到底存在什么问题,这些问题是如何产生的,又是如何一点点地累积起来的,必须从中国诗歌的发展史中找原因,要好好梳理近代以来中国诗歌的发展历史,尤其要好好反思19世纪以来中国诗歌存在的问题。

一般都说,内容大于形式,相对而言,内容比形式更重要,可是为什么谢冕说诗歌的形式问题更重要?这是因为中国古典诗歌已经发展到无以复加的巅峰状态,尤其是诗歌发展到唐代,词到了宋代,已经是至善至美之物,这种完美的格律诗词已经成为不可企及的规范,因此造就了自身的美学危机。而对于这种危机,已有人有所察觉。比如,启功曾风趣地说:"唐以前诗是长出来的,唐人诗是嚷出来的,宋人诗是想出来的,宋以后诗是仿出来的。"

中国诗在唐宋高潮之后的致命问题是,在前辈创造的极致辉煌面前,后辈的创造力、想象力失去了自信,不得不一味地重复、模仿,似乎已经无新路可走。直至19世纪列强入侵,当时的知识分子为救亡图存,把诗歌当成武器,以期唤醒沉睡的人们。让人想不到的是,当时过于实用的诗歌变革动机,导致诗失去了基本的本性;而古典诗歌过于完美的形式,使它远离了现实社会,无法装载新的知识,不能表达新的思想,甚至无法沟通日益复杂的日常生活和普通人的情感,几千年来传统诗歌的辉煌已成为痼弊,甚至成了中国改变现状的障碍。

"中国诗歌变革的道路,存在着很多矛盾。其长远的、带有根本性的症结,即在于艺术发展的可能性的困惑。这种困惑是深层次的,属于审美范畴和艺术本体意义的矛盾。"回顾近代诗歌变革走过的路途,谢冕说,近代以来包括诗歌变革在内的文学变革,都是在社会变革的总格局中。诗歌变革从属于社会变革,成为社会变革的一部分,但又反过来服务于并推进了社会变革的进程。这种把文学的改革和社会的改造紧捆在一起的思路,最后导致把文学定位于经世致用的价值观上。以往那些关于诗的艺术的绵延与承继的思考,就变得可有可无,已经不重要了。重要的是内忧外患中的救亡图存。在这样的实际处境下,关于诗歌本体的那些长远性的抽象的思考,自然而然地让位于诗歌如何接近中国的苦难现实、如何救亡图存。

"在思考这一切时,前人的着眼点是如何使这些旧的诗歌形态奇迹般地起死回生,并在实际生活中起作用。但他们在做这一切的时候似乎忘了诗的基本特性。"在谢冕看来,要求诗歌"有用"并不过分,但不应以牺牲诗的审美性为代价,不应在实践中普遍地忽视诗的艺术特性。

三、注意力集中在"白话"而忽视了"诗"

这场声势浩大的新诗革命最大的问题是,大家的注意力都集中在"白话"而忽视了"诗"……中国诗歌为寻求与现代社会的契合,在寻求承载人的现代思想情感的伟大目标上,做了充满危险的选择。

当时,一些诗界革命的倡导者也意识到了这些问题。谢冕介绍,这时旧诗改革的思路也开始触及传统诗歌自身存在的问题,也期望缩短诗与社会日常生活的距离。黄遵宪提出的"我手写我口"即属此类。"我手写我口"发出了诗歌新时代的最初信息。但他依然没有对传统诗歌提出根本性的质疑,他的基本思路还是在不抛弃原有框架的前提下扩展诗的内容。梁启超也是这样。

"为什么我说新诗的诞生是中国历史上规模最大、影响最深的一次诗学挑战,也是一次对于中国传统诗学质疑最为深切、反抗最为彻底的诗歌革命?就因为它取得了划时代的成功,用自由体代替了格律,用白话代替了文言。这是20世纪的文化变革留给中国最深刻的记忆,新诗从无到有的轰轰烈烈的行进,也是最激动人心的、永远值得纪念的,它是中国新文化建设中的一件惊天动地的大事。"让谢冕感慨的是,这场革命也留下了一些至今仍待解决的遗憾:中国新诗在告别古典的革命中出现了偏离。

这场来之不易的诗歌变革,为何难以实现良好的初衷?

谢冕所说的诗学挑战,指的就是发端于五四新文学革命的这场新诗运动。"参与这场诗学变革的人物众多,但胡适到达了他的前辈龚自珍、魏源、黄遵宪、梁启超等没有到达的地方,他之所以能攻进旧诗坚固的壁垒,就在于他最先把目光投向了旧诗完美形式掩盖下的与时代精神的严重脱节上,即内容的陈旧和思想的空虚,以及它在通向民众的阅读之间的距离这个关节点上。他对包括旧诗在内的整个旧文学不抱幻想,他以旧形式的摧毁为突破点,立志于重新建立中国文学的新秩序。他提出要作诗如作文,在当时掀起了轩然大波。他还决绝地宣告,诗体大解放就是把从前一切束缚自由的枷锁镣铐打破:有什么话,说什么话,话怎么说,就怎么写,这样方才可有真正的白话诗,方才可以表现白话的文学可能性。"

谢冕说,胡适的话的确容易引起人的误解,却是五四时代精神的体现。"你可以责备他极端、偏激,甚至幼稚和武断,但你不能不承认这里有一种可贵的追求。"因为新诗革命者们做的只是打破对于旧诗的迷信和崇拜,问题在于,那些由经典的节律和音韵造出的完美受到了轻蔑。他们不惜以一个空前的大破坏,来重建一种理想的诗歌秩序。当时人们就是要竭力把白话诗写得完全不同于以往的那些圆润剔透的古典诗。"要把诗写得不像诗",是当时的流行语,足见当时"破坏"的快感与创造的愉悦。谁承想,从那时直至现在的一些诗,就真的不像诗了。

谢冕认为这场声势浩大的新诗革命最大的问题是,大家的注意力都集中在"白话"而忽视了"诗"。中国诗歌为寻求与现代社会的契合,在寻求承载人的现代思想情感的伟大目标上,经过自"诗界革命"到"新诗革命"的漫长试验,最后做了充满危险的选择——在它庄严的"告别古典"的仪式中,蕴含了为思想而轻忽艺术的隐患,并为此付出了沉重的代价。古典诗歌的极致之美,与新诗在艺术形式上的粗糙,形成了强烈反差,而人们在用白话表达情感时所产生的力不从心,也令人无奈而沮丧。

四、从破坏转向重建,许多矛盾不能解决

新诗诞生经历短暂"创造的破坏"的兴奋之后,一些诗人也已感到新诗在艺术表现方面存在的严重匮缺,并开始了关于诗的艺术思考。

从一个极端走到了另一个极端,难道当时就没人意识到新诗改革已偏离初衷?就没人出来纠偏吗?

事实上,当年俞平伯、周作人等都曾做出过努力。1919年,俞平伯就曾指出:"白话诗的难处,不在白话上面,是在诗上面;我们要紧记,做白话的诗,不

是专说白话。白话诗和白话的区别,骨子里是有的,表面上却不很显明;因为美感不是固定的,自然的音节也不是拿机器来实验的。"拥护新诗革命的周作人认为"一般写诗的人以打破旧诗的范围为唯一的职志,提起笔来固然无拘无束,但是什么标准都没有了,结果是散漫无纪"。

而在新诗诞生经历短暂"创造的破坏"的兴奋之后,一些诗人也已感到新诗在艺术表现方面存在的严重匮缺,并开始了关于诗的艺术思考。这一点,在创造社早期成员中表现较为突出。比如,穆木天提倡研究诗的音乐性和节奏。他批评胡适是新诗"最大的罪人"。王独清指责"中国现在文坛审美薄弱和创作粗糙的弊病"。以徐志摩和闻一多为代表的新月派,也已经从破坏转向了建设,他们提出了"创格",即诗的格律以及与格律有关的一切艺术实践不可废,开始进行反省。

在谢冕看来,这些反省是初步的,不仅不成熟,而且有许多矛盾不能解决。对于诗来说,单是"明白如话"是远远不够的,诗应当有更高的属于自己的艺术要求。诗要有"味",更要"好听",最重要的是要"精致"。而这毫无例外地都在当时的诗歌革命中受到了忽视。这种对于诗性的忽视,甚至之后的很长时间里也没有得到解决。事实上,意识到问题的只是少数人,当时多数新诗人最得意的,不是用白话来吟风弄月,而是把写诗的目光投向了普通民众的生活。谢冕说,最初的实践者是为寻求诗与人们现实生活的契合而创作的;他们一开始就不是把目光投向作为个体的自我内心,而是投向了个人以外的社会群体。新诗的纪元几乎就是从书写个人以外的社会生活开始的,由此形成了这些诗人近于流派性质的共同特点。这或许也可以看作中国诗界日后产生各种流派的最早渊源。

五、强调集体意识导致个性流失

把目光投向普通民众,由此还导致了另一个问题的出现……作家和诗人的个性化受到了空前的轻蔑。在强调表达集体意识的同时,导致个性的大面积流失。这也是一个很大的问题。

把目光投向普通民众,由此还导致了另一个问题的出现,即新诗原是应时代的召唤而诞生的,那时所谓的个性解放,是通过个人的觉醒以觉醒整个时代。但在文学和诗的大众化运动中,作家和诗人的个性化受到了空前的轻蔑,甚至认为诗不应当是表现个人的,诗应当表现集体。谢冕说,就中国新诗的总体而言,它在强调表达集体意识的同时,导致个性的大面积流失。这也是一个很大的问题。

谢冕肯定中国诗歌在由个人通向群体的努力中取得的重大成绩:诗的社会性大大地加强了。诗人们为"群众"而写,用的还是"群众"喜欢和习惯的语言和形式,一时还被认定是一种必须遵从的唯一正确的方向。谢冕提示我们需要追究的是,这种貌似前进的大幅度的倾斜,造成的究竟是怎样的结果?这一意在削弱个人特征的创作倾向,在表面上看是一种向着广大公众的展开,而在实质上,由于战争年代要求适应那些在文化素养和欣赏水平都存在着局限的特定的受众,它在内容和形式上却是狭窄的。拒绝诗人个人风格的展现是不正常的,更不能认为是宽广的。

当时不少没有为集体创作的诗人却真诚地自责。其中就包括写过许多唯美抒情诗的何其芳。他责备自己"当时为什么要那样反复地说着那些感伤、脆弱、空想的话呵。有什么了不得的事情值得那样的缠绵悱恻、一唱三叹呵"。冯至检讨自己的"个人主义":"我最早写诗,不过是抒写个人的一些感触;后来范围比较扩大了,也不过是写些个人主观上对于某些事物的看法;这个个人非常狭隘,看法多半是错误的,和广大人民的命运更是联系不起来。"

在分析中国新诗出现这些问题的原因时,谢冕认为我们应该根据当时的历史环境去看待当年的新诗变革。他认为,在中国这个特殊的社会环境中,这些问题的出现是可以理解的,也是历史的必然。长期的忧患和战乱,人们缺少那种优裕闲暇地欣赏诗歌的心境,从而把排斥个人、驱逐个性的表达视为自然,然而,这对于诗而言却是致命的。诗原本属于个人内心的彻悟,诗人当然面对的是无比丰富的世界,但这个世界却是经过了诗人个人化的消化和改造的。诗人表现的只是他自己的所见、所闻、所思、所悟,尽管诗人处身于社会人群,他必须与世界保持最深刻的联系,但任何轻忽诗人个体的存在,任何无视诗人以个人独有方式表现世界的观点,都将从根本上危害诗歌。

六、向古典学习不是回归古典传统

中国诗歌有一段非艺术的历史。好在走过坎坷之后,在现今的中国,不论是"个人"还是"集体",也不论是"思想"还是"艺术",都已回到它本来的位置上。我们要倍加珍惜来之不易的大好局面。

回顾新诗走过的路程,谢冕说,为思想牺牲艺术,为艺术轻蔑思想,都使中国诗歌受到了损害。中国诗歌有一段非艺术的历史。好在走过坎坷之后,在现今的中国,不论是"个人"还是"集体",也不论是"思想"还是"艺术",都已回到它本来的位置上。我们要倍加珍惜来之不易的大好局面。

总结百年新诗的历史教训,谢冕建议,我们应该向古典学习,并从中汲取营养。向古典学习不是要回归古典传统。他说,新诗革命以来,前辈非常注重古典传统,这在徐志摩、戴望舒、何其芳等人的身上表现得非常明显。对于向古典学习,谢冕担心的是现在的年轻学者不注意这个问题。"就连文学专业的硕士、博士都言必称希腊,言必道西方。我们是应该向外国学习,但这么多年,我们向外国学习的东西太多了,以至于诗歌写得像翻译体。而对《文心雕龙》《诗品》等经典却知之不多。"他希望认真对待古典,这应该是一种文化自觉,学者、专家首先应该做到,但现在还做不到。如果要找原因,谢冕认为我们不要摆脱个人责任,不要去责怪教育上的不足。

于坚：处"于"诗写现场　"坚"守理论高地

▎人物简介

于坚，"第三代诗歌"的代表性人物，1979年开始发表作品，1984年毕业于云南大学中文系，1985年与韩东等人合办诗刊《他们》，次年发表成名作《尚义街六号》。曾获鲁迅文学奖，朱自清散文奖，中华书局2015"诗词中国"新诗贡献奖，台湾《联合报》第14届新诗奖，台湾《创世纪》诗杂志创刊四十周年诗创作奖。其德语版诗选集《零档案》获德国亚非拉文学作品推广协会"感受世界"亚非拉优秀作品第一名，法语版诗集《被暗示的玫瑰》入围法国发现者诗歌奖，英文版诗集《便条集》入围2011年度美国BTBA最佳图书翻译奖。系列摄影作品获2013年美国《国家地理》全球摄影大赛中国赛区华夏典藏奖。纪录片《碧色车站》入围阿姆斯特丹国际纪录片节银狼奖单元。现为云南师范大学文学院教授。

▎入选理由

于坚当然是个诗人，也正因为是一个诗人，他始终处于诗写的现场；正因为他对诗歌的深刻理解，他在诗歌的写作中有更多的理性和自觉。我们把于坚归入诗歌评论家，缘于我们的两点看法：一、诗歌评论必须回归文本、尊重文本，一个不写诗、不懂诗的评论家岂能被称为诗歌评论家；二、一个诗写者要成为一个伟大的诗人，必须有理论的、理性的自觉，没有理论和理性自觉的诗人，只能是匍匐在地上的花草，无论多么葳蕤终难成为大树。

代表观点

百年新诗未辜负汉语*

杨　媚

"奖给了灵魂，没有奖给修辞或观念。将对世界产生巨大影响。世界厌倦了，它只是要生活，要爱，要唱歌，要忧伤……"在美国音乐人鲍勃·迪伦获诺贝尔文学奖的当天，诗人于坚在朋友圈的这段言论被许多人转发。这段话，其实一定程度上代表了于坚乃至第三代诗群的创作理念。

作为"第三代诗歌"的代表人物，于坚的诗歌写作绵延近40年。在于坚看来，百年新诗未辜负汉语，它使汉语在现代荒原上打下根基。而百年以后的今天，新诗因"无用"、因"彻底孤独"而充满了希望。

"这是新诗出现那种完整的诗人、神的诗人的时代。"于坚说。

新诗"后退"回语言荒野

记者：诗人杨黎前不久在网上发起了关于中国百年诗歌的百人微访谈，几乎所有的受访诗人都对新诗百年历程给予了肯定。你也说，是白话诗的出现让人们重拾对汉语这种古老语言的信心。中国新诗诞生100年来，你认为重要的成就有哪些？

于坚：新诗出现在汉语自诞生以来危机最严重的时代，在20世纪初，人们几乎已经失去了对这一古老语言的信任。新诗诗人力挽狂澜，经100年的努

---

* 原载2016年10月25日《深圳特区报》。

力,诗的神性力量(兴观群怨,事父事君,多识)终于转移至现代汉语。新诗丰富、深厚,富有想象力、创造力的存在,对汉语来说,意味着一种复活。

我以为百年新诗未辜负汉语,它艰难地接管汉语,使汉语在现代荒原上打下根基。尤其是最近40年,新诗一直在努力使汉语从粗糙的、简单的、暴力的语言重新回到丰富的、常识的语言。

记者:你在长文《谈诗的制度》中提到,新诗其实是回到律化以前口传文化的"郑声",回到最彻底的长短句。从这个角度来说,我们长久以来认为是诗体解放、语言进步的新诗,在你看来其实是一种"倒退"?

于坚:在诗经、楚辞的时代,诗是自由的,怎么写都行。此后诗被律化,令语言之翼无法抵达许多更精密的精神领域。只有少数伟大的诗人能够突破限制,比如李白诗的魅力就在于它是律诗时代的自由体,长短句,古风,如《蜀道难》。

新诗是语言改良的急先锋,其理想却是后退的,通过白话的言文合一,使诗重获魅力。新诗新就新在它的不确定,不确定正是汉语的本性。所以我说新诗其实是一种"后退",退回到有形制的诗之前的语言荒野。

"第三代"在书写"生活的盐巴"

记者:在20世纪80年代,"第三代诗歌"从反叛朦胧诗开始,强调"口语写作"。说到"第三代",经常被提及的就是你的长诗《零档案》,全诗没有一个连贯的句子,"并列蒙太奇式"的罗列被认为是新诗的一座里程碑。你认为"第三代"在新诗百年的版图上处于怎样的位置?

于坚:我认为新诗有三个阶段,在20世纪20年代到40年代,是汉语的救亡时期。40年代末期到70年代末,诗歌多配合当下形势。80年代中期,从第三代诗开始,新诗回到了根本,回到了汉语的古老本性,回归了日常生活状态,那是一种"盐巴"的状态:盐巴是没有国界的,每个人都要吃盐,我的诗歌就是在书写"盐巴"。

最近几十年,汉语偏向实用主义,而新诗正由于"无用",就像诗经时代一样,保证了汉语的自由、丰富、历史感和精神深度,新诗为文明证实着时间的力量。

记者："什么样的诗是好诗"是一个很难有标准答案的问题。越是接近当下，我们对好诗的评判标准就越模糊。在你看来，一首好诗有标准吗？

于坚：一首好诗，就是那种"生生"着的诗。这几行已经摆在那里，但并不是一首诗的结束，而是一首诗的开始、生生的开始。生生，因此诗才需要阐释，不能召唤阐释的诗不是好诗。阐释不是为一首诗暗藏的观念定位，而是为这些语词的有无相生的丰富假设可能性。它可能说的是这个，也可能说的是那个。

若问一首诗的"好"究竟是什么，我只能读诗给你听。无法像谈论一部电影或现实主义小说那样去谈论一首诗，诗是不能转述的，不能说有一首诗，它讲了什么什么。一首诗就是一个语词的"场"，每一个词、每一个音都在生成着。好诗必须由读者自己进入，置身于诗人所创造的语词音乐现场，才能感受到那种"好"。

多元传播的时代，更需要建立"金字塔"

记者：你在多次受访中都强调，写诗是一门"古老的手艺"。但随着诗歌传播方式的多元化，大众对诗和诗人的解读方式也越来越多元。比如昙花一现的"梨花体""羊羔体"，还有余秀华、乌青的诗都一度被媒体挖掘成为争议的焦点。当今的中国诗坛，是越来越不"安静"了？这么多质疑的出现，是因为好诗越来越少了吗？

于坚：诗人的走红只会在语言里，而不会在语言之外。诗内部的一语中的就是诗的走红。如今，一个安静的诗人一旦被网络注意、被媒体发现，马上变成新秀，喧嚣起来、明星起来，很恐怖。这给读者带来的印象是，诗变成了一种走钢丝作秀的行为艺术，只有抢到眼球才是好诗，走红不就是媚俗的成功吗？

在微博、微信带来诗歌传播"百花齐放"的时候，如何树立和建立诗的金字塔非常重要。在如今这个普遍追求"有用"的时代，新诗固然也有着严重的对"无用"的焦虑，因此急功近利、粗制滥造、泥沙俱下。但在诗的金字塔顶端地带，新诗也是越写越好。新诗已经形成它自己的小传统和金字塔。

记者：从历史的长河来看，像 20 世纪 80 年代朦胧诗所拥有的广泛受众如今不可再现，此后中国诗歌越来越被边缘化了。近年，不少诗人致力于诗歌艺术的跨界多媒体试验，读诗、唱诗之风也在兴起。但是，重返"黄金时代"看起来遥不可及。你怎么看待中国诗歌的未来道路？

于坚：新诗被冷落是因为它的追求与时代的方向背道而驰，它拒绝"有用"，因此大音希声。最近 30 年，与时代向着"有"的巨大运动相比，诗人们在写作中对如何接近"无"的探索所导致的读者的疏远微不足道。

今天，新诗彻底孤独。因此诗人们终于有时间和可能来完成诗所要求的最根本的东西。

这个民族若继续使用汉语，我认为新诗就有希望。我相信，这是新诗出现那种完整的诗人、神的诗人的时代。

鹰之：草枯"鹰"眼疾　阅尽春秋风

▎人物简介

鹰之，1969年生，原名李帮学，诗人，批评家。山东淄博人，现居大连。中国立体派诗歌发起人。

▎入选理由

"那里没有对诗歌的爱，那里就没有批评！"《诗刊》编审杨志学在《论诗歌批评的地位——初探鹰之对诗歌的批评》中如是说。杨志学认为，国内无批评的诗歌文学现象无疑是实实在在地存在着，这样的境况对诗歌的发展是极其有害的。今天诗歌之乱象也恰好说明了没有诗歌批评是这一乱象的根源。难能可贵的是，鹰之则是一个批评者。鹰之就像在中国诗坛上空逡巡的一只鹰，俯察着诗歌大草原中的腐尸、烂肉和啃噬草根的老鼠。他目光锐利、语言锋利，对诗歌乱象的批评鞭辟入里、切中肯綮，不留情面中包含了对诗歌的真情。鹰之是当下极其活跃的一个诗歌评论家，"诗评媒"选取其文章亦较多。马丁·路德·金说："我们这一代人终将感到悔恨，不仅因为坏人的可憎言行，更因为好人的可怕沉默。"鹰之无疑不是那个沉默者。

代表观点

诗歌的难度*

鹰 之

时下在报刊上看了诸多倡导现代诗难度写作的文章,内容大同小异,无非要求诗人摒弃那种日记、流水账、便签、婆婆妈妈的口水化写作,摒弃那种性器官、屎、尿、屁的脏乱差写作。虽然文章初衷是好的,但读者尤其诗歌作者看了却用处不大:既然那样的是没难度的写作,我们不写那样的不就行了嘛。事实上,对于诗歌写作而言,这些都是所谓写作难度缺失的表象,造成这种现象的原因是多方面的,如果不挖到病根从根本上解决它,即使不写"那样的",也会有更多另外丧失写作难度的"东西"出来。而且,在相互模仿、跟风的网络时代,只要一种丧失写作难度的"那样的"写作出来,马上便蔚然成风。

为什么现代诗歌会丧失写作难度?主要原因还是对传统经典留给我们的技艺汲取不够。那些作品都是经过历史的大浪淘沙剩下的珍品,自然有值得我们汲取的地方,而今这些宝贵财富正面临一点点失传的危险,甚至有人还曝出"传统无法继承"这样的荒唐说辞,这样便造成我们的所谓先锋弄潮者都成了"前无古人,后无来者"的孤儿。对译诗的吸收不求甚解并照葫芦画瓢,也是重要原因,这样中国名家的名作一拿到国际上便成了形似神不似的"赝品"。诗歌终究是一门技艺,需要倾注一生的努力,方能迎来米沃什所言的"迟滞的纯熟",即使天赋异禀的所谓天才诗人,离开基本技艺的锤炼,也很难抵达"早熟晚成"的境界。而站在前人为我们筑成的台阶上筑造下一级台阶,采集八方智慧为我所用,既是事半功倍之举,也是历史发展的必然规律。

诗歌的难度主要体现在:

---

* 作者在博客发表时分两部分,详见http://blog.sina.com.cn/s/blog_478037f80102vrl3.html 和http://blog.sina.com.cn/s/blog_478037f80102vs36.html。选入该读本时有删节。

一、立意难度：想象之外，情理之中

所谓立意，就是一首诗在写作之前的创作企图；所谓立意的难度，就是让人感到意外、陌生化、戏剧化的难度。一首独具创意的诗在读者眼中应该是次"初恋"，这种"初次相识"的感觉会令他牵肠挂肚念念不忘一辈子。阿基米德说过，给我一个支点，我就能撬动地球。我们为一首诗确立一个新创意的过程，就是"寻找支点"的过程，但这个"支点"又必须是入情入理的"奇思妙想"，离开了"想象之外"便令读者兴味索然，离开了"情理之中"又失之调侃与荒谬，这便是立意的真正难度。时下读者抱怨现在的诗歌刊物内容雷同，黑压压一片大同小异，就是因为缺少了新鲜创意，大部分角度太正、太平。试问，如果一个读者跟你对社会生活的想法差不多，会对你的诗刮目相看吗？一首诗如果切入角度太正，就只能写成过期作废的抒情诗；当大多数诗人都在直来直去抒情的时候，读者能不感到厌倦吗？

确立一个新鲜创意就是确立一种意外性，你的观点、论述角度必须避开惯常，让读者产生耳目一新、醍醐灌顶的感觉，这与什么题材的诗歌无关。立意奇崛的关键就是要学会换位思考，既是你与大众惯常认知的换位思考，也是与你自己既有观点的换位思考。或者说，诗人就应该是一个每天脑筋都在"急转弯"的人。事实上有百分之九十八的诗，如果能换个角度去思考，都可能带来完全陌生化的效果，没准还巧遇"春光乍现"的惊艳。当然新鲜、奇特的立意要建立在纯正高远之上，不能单纯为了追求奇特而钻牛角尖或陷入低级趣味。

以下几首诗，就是因为立意奇崛，至今还屡屡被提起：

断章

卞之琳

你站在桥上看风景
看风景的人在楼上看你

明月装饰了你的窗子
你装饰了别人的梦

(1935年10月)

尽管此诗"明月装饰了你的窗子"有可推敲商榷的地方,但是它的切入角度是令人意外的、新鲜的,大多数人可能只想到自身看风景,不曾想到自己同时也成了别人的风景,所以此诗才流传至今。

再如:

鸟笼

非　马

打开
鸟笼的
门
让鸟飞

走

把自由
还给
鸟
笼

(1973年发表在台湾《笠诗刊》)

常人只知道囚犯被关是不自由的,却不曾想到看押囚犯的人同样是不自由的,这便是矛盾双方的相互依存法则,同样令人耳目一新。

这种"互为风景""互为矛盾"的辩证法虽说在哲学中是常见的,但作者把其安插在陌生事物身上的时候,同样达到了出其不意的效果。当然,作者如果能立足于现实生活,把哲学带给我们的启示延伸至生活深处,便更能有效化解掉"形式感",给人以汁水丰满的全新感受。

如舒婷的《神女峰》：

在向你挥舞的各色花帕中
是谁的手突然收回
紧紧捂住了自己的眼睛
当人们四散离去,谁
还站在船尾
衣裙漫飞,如翻涌不息的云
江涛
　　高一声
　　　　低一声

美丽的梦留下美丽的忧伤
人间天上,代代相传
但是,心
真能变成石头吗
为眺望远天的杳鹤
而错过无数次春江月明

沿着江岸
金光菊和女贞子的洪流
正煽动新的背叛
　　与其在悬崖上展览千年
　　不如在爱人肩头痛哭一晚

(1981年6月)

在诸多膜拜的游人队伍中,舒婷是个例外,她用一句"与其在悬崖上展览千年/不如在爱人肩头痛哭一晚"的新女性爱情观颠覆了承传千年的旧爱情观,立意不但新鲜,而且果决。

以上诗歌虽然年代较远,但其独辟蹊径的切入角度依旧值得当代诗人在提笔之前三思再三思。也可能有人会说,现在的诗都是以叙述为主,形式已经不一样了,再借鉴那些诗不就落伍了吗？其实,任何一种写作技艺与时间是没有关系的,面对当下的现实生活,也一样需要避开大众思维,寻找一个另类、独特的表述方式。比如闲园老杨的《作物》：

在离天最近的楼顶种菜,摘菜,是一件
离神境多么近的事
那时候,夕阳就是
神的一只眼
它远远地温暖着你的浇水动作

那时候,你不再是孤身一人
你会看到,菜园的一切都有了灵性
迟菜心在为一只蝴蝶的光临流泪
番薯叶在菜园里爬得满头大汗
蜜蜂在和紫苏花说话
嗡嗡声引起了辣椒的不满
它妒忌得满脸通红
而你,会拿着水管沉浸在
那神性的世界中
感觉自己也是
某个上天种在楼顶的
作物

这首诗表面平淡无奇,但你一旦换位思考一下,便恍然大悟,这个立意的"支点"选得绝对巧,钢筋水泥的城市离那种纯朴的农耕生活越来越远了,远得如同回忆,也许在楼顶上种菜只是种下一个回忆,让它扎根长叶,永远绿油油的。这种题材若直接就社会变迁发感慨,反而寡淡无味了。

即便常被我们批评为粗俗的口语诗,只要立意是奇崛新颖的,同样令我们过目难忘。如口语诗人管党生的《我所认为的贵族》：

和是否成功无关
和是否有钱无关
我所认为的贵族
是刘亚楼每次从战场上回来
都把皮鞋擦得非常亮
是杜聿明在解放军看守
点名"1号战犯出列"时
说
"我不是1号
我是军人杜聿明"
是我在北京火车站
无意吐了口唾沫
旁边的一个乞丐
以为我是针对他
对我非常响亮地
"呸"了一声

从这首诗可以看出，立意是不分题材与体裁的，什么语言风格只是诗歌的皮毛，没有高低贵贱之分，只有立意的高下之分。管党生这首诗是用日常口语写的，但因为立意的逆反让人不禁眼前一亮，达到了"话糙理不糙"的新奇效果。

二、呈现难度

什么是诗歌的呈现？简单说，就是把诗歌主题的一个点拓展成面，用意象（含事象）或者情节、场景，把主题展现开来。这大多数写作者都知道。那是不是说，诗歌呈现的难度就是运用意象、情节、场景的能力？当然不是！尽管这也是诗歌呈现的难度,但中国诗歌真正的呈现难度在此之前就存在了:意象所呈现的究竟是主题的哪部分?为什么有的诗需要意象,而有的诗没意象也同样精彩?

呈现难度Ⅰ,"难度之前的难度"

意象究竟在呈现什么?为什么要有意象?我们先看王国维《人间词话》的一段话:

"泪眼问花花不语,乱红飞过秋千去","可堪孤馆闭春寒,杜鹃声里斜阳暮",有我之境也。"采菊东篱下,悠然见南山","寒波澹澹起,白鸟悠悠下",无我之境也。有我之境,以我观物,故物皆着我之色彩;无我之境,以物观物,故不知何者为我,何者为物。

王国维这段话实质就是贬低了两首词、抬高了两首诗。贬低的原因是前两首"故物皆着我之色彩",作者的主观情感在词中被泄露了;而抬高后两首则因看不出作者的思想感情,"不知何者为我,何者为物"。尽管我不赞成王国维"有我""无我"两种简单划分以及它们之间的高低("有我""无我"两种体都有成功之作,"有我"写出"大我"同样精彩),但单纯从技术上讲,王国维却无意道破了意象运用的真谛,值得我们思考借鉴。那么,为什么能从前两句词中一下子看出作者的思想情感?因为,作者的情感不是呈现出来的,而是说出来的。比如前两句中的"泪眼问花",还需要读者思考吗?作者本就在流着泪问花,一目了然啊;"可堪孤馆闭春寒",作者本来就在孤独地感叹啊。作者的情感在这两句中是谈不上呈现的。而后两句根本没有语气词,读者怎么联想都行,可以联想出一万种意义出来。

由此可见,意象真正要呈现的是作者的情感,意象就是作者情感的替代,所谓呈现就是对喜、怒、哀、乐、贪、嗔、痴等作者情感的呈现,正如辛弃疾"是愁不说愁,却道天凉好个秋"。当作者要表达的情感已经说出的时候,再使用意象往往已多余或成为陪衬。不明白这一点,即便作者创造出了多唯美的意象,可能也是银样镴枪头——中看不中用,因为意象当中不含"意",只含"象",很可能只具有修辞价值,无抒情价值。

比如,我们随便拿两首李白和杜甫的名作对比一下:

独坐敬亭山
李 白

众鸟高飞尽,孤云独去闲。
相看两不厌,只有敬亭山。

登高
杜 甫

风急天高猿啸哀,渚清沙白鸟飞回。
无边落木萧萧下,不尽长江滚滚来。
万里悲秋常作客,百年多病独登台。
艰难苦恨繁霜鬓,潦倒新停浊酒杯。

两首俱为名作,那么,究竟哪首更高?若按照中国专家教授的评断,要么不分高低,要么后者第一,因为后者在诗歌史上的名气和地位远大于前者,甚至被称作"古今七律第一"。实际上,从内容来说,的确不分高低,一个写孤独寂寞,一个写贫穷凄凉,本就无所谓高低,但在书写技艺、思想境界上相差是很大的。后人把《登高》誉为"古今七律第一",等于是把形式的工巧放在了第一位,放大了《登高》的艺术价值。但用王国维的境界说来判断,《登高》的艺术性跟《独坐敬亭山》根本不可同日而语,李白的诗中并未出现喜怒哀乐字样,作者的情感全部埋于意象中了,但杜甫的思想情感却是直接地说出来的,如"万里悲秋""百年多病""艰难苦恨""潦倒"等,那么前面的写景虽工,只不过是作者晚景凄凉的陪衬罢了。若按王国维的观点,李白的《独坐敬亭山》为典型"无我"之境,物我两忘,情景交融,但杜甫的《登高》,景只是情的陪衬,"物皆着我之色彩",只是为我时下的孤苦凄凉摇旗呐喊的,自然低了不止一筹。

那么,作为一个现代诗人,该如何评价这一切?当然,王国维先生所言的

"无我"更接近现代诗"呈现"的本质。李白的诗并未把自己的主观情感强加于读者，读者在阅读时可以随心所欲地发挥自己的想象力，比较接近罗兰·巴特的"可写性文本"。读杜甫的诗，读者则只能被动地承受，是一种封闭的"可读性文本"。

若把李、杜的两首诗全部翻译成白话新诗，李白的诗还是诗，具有不可言说的意境，杜甫的《登高》则为典型的抒情散文，基本不存在诗性。

中国新诗这一百年并未诞生能跟古人比肩的优秀诗人，20世纪80年代之前，基本没见到像样的意境诗，朦胧诗一代虽然意象很优美，但仅终止于青春期的摹写，未更进一步完善、进化到深度意象，便昙花一现般消失了。20世纪90年代之后，中国诗开始模仿西方后现代叙述，正一点点失去原创性，诗人之间语言的可识别度正在消失，取而代之的是书写事件本身的差异，致使诗歌与大众审美的乖离越来越大。一方面，大众需要传诵名句、佳句，但在现代诗中找不到，继而对新诗不闻不问一棍子砸死；另一方面，诗人沉溺于自己的琐碎絮叨不能自拔，诗歌被动成为小说、散文的附庸，一小撮、一小撮地挤在某些刊物周围相濡以沫。

为什么我们看不到新诗的进步(至少在读者心目中是这样的)？主要原因还是放弃这种"难度之前的难度"，这相当于还没确定战略，一场战斗便开始了，那么，我们充其量只能赢得修辞层面上的小小胜利，在成就当代大诗人的这场战争中却失败了，因而是很难见到李白这样的意象大家的。我们找两首近几十年的名作比照一下便知：

相信未来

食 指

当蜘蛛网无情地查封了我的炉台
当灰烬的余烟叹息着贫困的悲哀
我依然固执地铺平失望的灰烬
用美丽的雪花写下：相信未来

当我的紫葡萄化为深秋的露水

当我的鲜花依偎在别人的情怀
我依然固执地用凝霜的枯藤
在凄凉的大地上写下：相信未来

我要用手指那涌向天边的排浪
我要用手掌那托住太阳的大海
摇曳着曙光那枝温暖漂亮的笔杆
用孩子的笔体写下：相信未来

我之所以坚定地相信未来
是我相信未来人们的眼睛
她有拨开历史风尘的睫毛
她有看透岁月篇章的瞳孔

不管人们对于我们腐烂的皮肉
那些迷途的惆怅、失败的苦痛
是寄予感动的热泪、深切的同情
还是给以轻蔑的微笑、辛辣的嘲讽

我坚信人们对于我们的脊骨
那无数次的探索、迷途、失败和成功
一定会给予热情、客观、公正的评定
是的，我焦急地等待着他们的评定

朋友，坚定地相信未来吧
相信不屈不挠的努力
相信战胜死亡的年轻
相信未来、热爱生命

过哀牢山，听哀鸿鸣

雷平阳

很久不动笔了，像嗜血的行刑队员
找不到杀机。也很久
提不起劲了，像流亡的人死了报国的心
我对自己实施了犁庭扫穴式的思想革命
不向暴力索取诗意，不以立场
诱骗众生而内心存满私欲
日落怒江，浩浩荡荡的哀牢山之上
晚风很疾，把松树吹成旗帜
一点也不体恤我这露宿于
天地之间的孤魂野鬼
我与诗歌没什么关联了，风骨耗尽
气血两虚，不如松手
且听遍野哀鸿把自己的心肝叫碎
——当然，它们的诉求里
存着一份对我的怨恨
——我的嗓子破了，不能和它们一起
从生下来的那天便开始哀鸣，哀鸣到死

这两首诗都是名家名作，前一首是食指十五岁写的，在 20 世纪七八十年代便已红遍中国，后一首是著名诗人雷平阳新近在《诗刊》发表的获十万元大奖的作品。这两首诗写作时间相差近五十年。那么，这两首诗究竟哪首好？你能从中看到诗歌的进步吗？可能大多数人都含糊其词，即便让专家、教授来评，可能也是文无第一，两个都好。

那么，这两首诗当真就分不出来好坏，当真就是好诗吗？当然不是。两首诗犯了同一个毛病，同样忽略了这种"难度之前的难度"，因此，即便专家、教授、编辑、评委再美化，也掩盖不了这两首都是无难度的平庸作品的事实。

第一首，前半部分属于典型的意象呈现，意象唯美生动，但从"不管人们对于我们腐烂的皮肉"至结尾,全是词语的狂轰滥炸,这些空泛的抽象议论让前面部分的优美意象呈现全部作废了。你的感情已经直来直去喊出来了,又何必再用意象去呈现呢?

第二首,相比第一首而言更差,连部分出彩也没有。若《相信未来》的抽象、空泛议论是对前部分意象中"意"的重复,那么《过哀牢山,听哀鸿鸣》则是典型的画蛇添足,把主旨弄斜了、弄歪了,把蛇弄成了蜥蜴。

A."很久不动笔了""提不起劲了",这些直来直去的口语叙述已经把状态和情感说得很清楚,且都是中性的,根本无褒扬、贬谪的价值,再用意象去重复纯粹多余。后面"我对自己实施了犁庭扫穴式的思想革命/不向暴力索取诗意,不以立场/诱骗众生而内心存满私欲"等诗句也是词语的狂轰滥炸,再用景物描写、意象烘托也是"为赋新词强说愁"。

B."诗人写诗"跟"刽子手行刑"、"写诗提不起劲"跟"志士死了报国心"均是以人事喻人事,种类相同,根本不存在修辞性,只有夸大、缩小的功能。这首诗犯了常识性错误。

C.用歪了。行刑队员行刑不是主动寻找杀机,而是有了行刑任务才去行刑,否则行刑队员便成了江洋大盗,但诗人写诗却是主动去寻找"杀机"的。"流亡者"并不都是"死了报国心"的样子,越王勾践、苏武都是流亡者,但他们并未忘掉报国心,二者不能画等号。

D.自相矛盾。该诗有意把诗人写诗拔高到皇帝上朝的程度,爱诗心值得表扬,但夸张两次造成了自相矛盾。"嗜血的行刑队员"和"流亡的人"本就形同"猎人"和"猎物",而且正相反,你要么"嗜血",要么"流亡",只能选其一,"流亡了,提不起劲了",正好狠狠抽了"嗜血者寻找杀机"一耳光。

通过简单分析对比,我们看出,掌握"难度之前的难度"比之后的意象运用难度更重要,"意"正之后,才谈得上"象"的悠远、准确、形象、生动,否则很容易犯下南辕北辙的失误。可悲的是,不仅仅是我们的诗人不知道这种"难度之前的难度",连我们的编辑、评委、专家、教授也不知道,就利用手中权力稀里糊涂地把中国诗歌的事给包办了,以致给我们的民众留下了当代诗歌在倒退的印象。

呈现难度Ⅱ,意象要具体、准确,形象、生动

关于意象运用的"具体、准确,形象、生动",属于诗歌写作的基础功夫,在很多资料中能见到,笔者不准备再详细论述,只是简单提几笔:

具体、准确

什么是"具体"？马永波先生在评价诗人萨福时说,"她说,把山羊和绵羊带回家,而不说羊或者羊群"。在此,"山羊和绵羊"就比羊或者羊群要具体,同样的,一只黑色或白色山羊、绵羊当然比单纯的山羊、绵羊更具体了。所谓具体,就是给读者一个清晰而又有细节的画面,让读者仿佛身临其境,亲自用眼睛看到了画面或图像。

具体是叙述类诗歌的生命,因为具体是为准确完整服务的,比如你仅仅说"一个人扛着煎饼在街上走",读者就会迷糊,他想象不出来煎饼是怎么扛的,但若是一篮子、一筐子,读者就明白了。

但这个"准确"也分为现实的确定和技术的准确两种,我们寻常叙述中所强调的准确,只是为了读者所见画面的真实性,但技术的准确只是一种手段,是让我们的感觉变得更具象化。比如"七八个星天外,两三点雨山前",这属于技术需要上的准确,并非真的七八颗星、两三个雨点。再比如"危楼高百尺","百尺"也属于技术的准确,并非这个楼真的是百尺高,这也不是夸张,后面的"不敢高声语,恐惊天上人"才是夸张。

那么,类似"天台四万八千丈"若不是夸张,究竟是个什么东西？我也不知道这种近似指代性的修辞该叫什么,权当让我们的感觉变得更具象的武器吧,比如笔者这段:

一串摸了9849遍的念珠,突然断线滚落一地
第98颗念珠上将摸出小小瑕疵
而第49颗念珠将伸出一只小手
同老僧的枯手握了握,又迅捷滑出

"9849"肯定比许多、很多、无数等更具确定性,但与夸张无关。再看雷平阳的《澜沧江在云南兰坪县境内的三十七条支流》:

向南流 1 公里,东纳通甸河
又南流 6 公里,西纳德庆河
又南流 4 公里,东纳克卓河
又南流 3 公里,东纳中排河
又南流 3 公里,西纳木瓜邑河
又南流 2 公里,西纳三角河
又南流 8 公里,西纳拉竹河
又南流 4 公里,东纳大竹清河
又南流 3 公里,西纳老王河
又南流 1 公里,西纳黄柏河
……

这首诗就因缺乏技术的准确,而令读者感到很假。试问,为什么那些河流之间的距离全是整数?1.1 公里能等于 1.9 公里吗?你的"走遍"不就是在撒谎吗?

形象、生动

形象跟抽象是反义词,大多时候代表的是词与物的关系,比如前面提到的情感、思想、概念被物象取代了,那就是抽象变形象了,物象也因之成为意象。如"愁"是抽象的,但"一江春水向东流"就是形象的,"天凉好个秋"也是形象的;"爱情"是抽象的,但"执子之手,与子偕老"就是形象的。

形象是为生动传神服务的,让诗歌由可认识、可聆听,上升为可感受。读者反映我们学院派的诗歌难懂,主要原因是作者偷懒了,没有把抽象说教上升为形象呈现,这不是难度的上升,而是对难度的消解。晦涩的诗,基本都是无难度的诗。

宫白云：居诗歌中"宫" 查现场证词

人物简介

宫白云，女，现居辽宁省丹东市。写诗、评论、小说等，辽宁省作家协会会员。《特区文学》读诗栏目评荐人，《关东诗人》执行主编，《诗歌风赏》编辑。获首届金迪诗歌奖年度最佳诗人奖，《诗选刊》2013·中国年度先锋诗歌奖，第四届中国当代诗歌奖（2015—2016）批评奖。著有诗集《黑白纪》、评论集《宫白云诗歌评论选》。

入选理由

宫白云是近年中国网络诗歌热潮中涌现出来的代表性的、实战型的、逐步被主流认可的"一个不折不扣的草根诗歌评论家"（李皓语）。宫白云的入选，不仅仅由于她理论的高度，更在于她对当下诗歌文本热切的关注和持续的写作。徐敬亚的评价是：她的批评，不同于学院式的抽象与冰冷，而是带着大量的个人诗歌细读的情感与温度。她的文字，既有灵动，也有审视，更保持着普通读者的亲切，以及与诗人平等对话的姿态。汤养宗对她的评价是：宫白云的诗歌评论被我视作一种"诗歌现场证词"。要了解当今国内网络诗歌第一现场都有哪些"热诗""热词"，她的评论是非常好的一个在场者的真实发声。她对当代诗歌的精品荐读与存世,都具有特殊的意义。

代表观点

开花的树林
——简析部分 90 后诗歌*

宫白云

正在成长和兴起的 90 后诗歌,显示着新时期汉语诗歌又被注入了一股活水。他们如此耀眼,充满朝气,融入滚滚的诗歌洪流之中,并为自己的存在找到了恰当的结合点。他们挟持着自己的文化、信仰、价值,仿佛不经意间就闯入了当下的诗歌现场,放逐自己的心灵与渴求,抒发着属于他们的情调与不满足或期待与愿望。也许有其不成熟或不深重的一面,但不可避免的趋势却不可阻挡。

他们在发展中的汉语诗歌途中与中青年诗者相逢,成为推动新诗"革命化"的力量。这样的遇合,虽然说是发展中的必然,但主要还基于 90 后诗人的自觉选择。他们自身就具有诗歌的艺术酵母和精神血缘,尽管不是以一种脉络清晰的方式传承,但却紧密呼应。而这种呼应与传承是不经意的,内部则有着必然的联系。总想着"意义"会让人意冷,总想着"深刻"会让人厌烦。别管那么多,写就是了,有了感觉就写出来,诗歌没有理由。相信加上热爱与热情,经过时间的沉淀,他们必将会更加深刻,包括诗的本身与生命的本身。

"自由先于本质"是萨特自由哲学的点睛之笔,也是 90 后诗歌的显著特征。90 后诗者的生活背景与成长环境优越、自由,当他们开始面临具体的人生问题时,自由成为他们思考的核心,而诗歌是他们用自己的方式看待世界、用自己的方式表达自己的最佳方式,他们的诗歌率真、纯粹,无限贴近他们的

---

* 见 http://blog.sina.com.cn/s/blog_5fe3e08d0102w6ed.html。

生活状态和个体情感。如易小倩的《白》：

很多时候
我不得不对着
一堵墙
雪白雪白
间或有星点红
蚊子和我一样
想逃脱一股掌气
我捆它
现实捆我

我有很多尴尬不得不面对
却无法习惯性地转头
躲回宽大的校服
躲回一年级的小身体
然后用白色粉笔
在黑板上
画举手投降的小人

　　这首诗实际上是在强调一种自由的可贵。90后在追求自由之境的路上，必然会有许多的阻碍，所以小倩说"很多时候/我不得不对着/一堵墙"，而且这堵墙无边无际"雪白雪白"，那"星点红"就像蚊子血，"想逃脱一股掌气"，必然力不从心，"我捆它/现实捆我"，这种率真的调子、强化的语气把一种无力感表达得淋漓尽致，而结尾更多的是在表达一种不拒绝成长但也不渴望成长的心绪。德国哲学家阿道尔诺说："在我们生活的世界中，总有一些东西，对于它们，艺术只不过是一种救赎；在是什么和什么是真的之间，在生活的安排和人性之间，总是存在着矛盾。"而这种矛盾通常会表现出极端的对立性，正如这首《白》，无意中，有多少家长或者社会方方面面充当了"那堵墙"的角色？而90后的内心从来都不会屈从，屈从也只不过是形式："用白色粉笔/在黑板上/画举手投降的小人"。

在 90 后这里,一帆风顺、没有什么物质上贫穷困苦的经历,让他们的诗歌远远不够厚重和不具有深刻的洞察力和深沉的沧桑感,正如浅晓痕在他的《春天里》说的那样,"我还没准备好迎接瀑布"。其实这样的表达极其真挚也极其动人:

> 绿色的短袖望着春天
> 一天短一寸
> 窗帘在夜里飞着
> 很暖,很暖的灯光躲在远处
> 眼睛从草尖出发
> 雨
> 都不好意思下来打扰
>
> 现在的问题是感冒
> 呼吸被堵在路上
> 喝杯开水,不要太烫
> 我所说的温暖就是这个意思
>
> 土地的哈欠有点黑
> 黑也是湿漉漉的黑
> 我还没准备好迎接瀑布
> 我只想看着,听着,并想着
> 这样就好

这首诗将自己成长中的思绪用清新的文字准确清楚地表达了出来,特别是起笔"绿色的短袖望着春天/一天短一寸/窗帘在夜里飞着"写得相当精妙,动感的笔调有种青春的骚动,让我想起了汪峰的那首著名的歌。虽然这首诗没有汪峰《春天里》的震撼及对生命的忧虑和自省、直面寂寥的勇气和巨大的荒凉感,但不经意处流露出的对人生真诚的思考和对温暖人性的渴望,让我们有理由相信他必会"准备好迎接瀑布",越过人生路上的忧虑、彷徨,达到从容面对的本然。值得一提的是这首诗语言的灵性和意象的独立,让我们看到他对诗性吸纳的自觉和对隐喻的把握,正是这种诗歌深层的东西有效地负载起这首诗的内在质地,也使这首诗的语境得到整体提升。这样的诗歌在探寻本性的自由与个我的同时,也让我们看到他们不断探索与创新的努力。

　　90后诗歌除了自发地追求自由与个我、即兴临摹情绪与情感,他们独立思考、关注苦难与社会层面及公共事件已渐渐变成一种自觉行为,这种忧患与自省意识的觉醒,是诗歌的希望与曙光。在这类写作中,90后完全摈弃了陈词滥调式的程式化语言,以自己的理解与视角置身其中。例如90后青铜在南的《致死难者》:

　　　　天还未亮
　　　　你们比我更早地醒来
　　　　从地下,回到枝头
　　　　变成蝴蝶、小鸟、鸣蝉等一切
　　　　充满生机之物
　　　　与你们相比,我更像是死过一次的人
　　　　醉心于虚构与幻觉的风景
　　　　你们在树枝上喊喳,跳跃,拥有具体的脏器
　　　　我一半的身子陷入梦乡,五官变得模糊不清
　　　　生与死之间,也许存在一个湖面
　　　　我是你们浑浊的倒影

　　这样的生死置换,带有强烈暗示的弦外之音。死者比生者清醒,死者反而"充满生机",而生者的"我更像是死过一次的人","五官变得模糊不清"。如此的反讽被作者以一种比照冲突的方式呈现,死是鲜活,生是浑浊,显露了深邃的哲思和更为丰富的生命轮回的探求。让人很难想象此诗出自一位90后作者之手。它经久耐读的程度远远超过了一些所谓的"名诗经典"。它既强调了死更强调了生,同时也表达了自己不能置身事外的警惕感和失落感。90后中这种向度的诗还有很多,如林国鹏的几首:

影子横过

随手折下风,看见褪色的部分
悬在半空

被岁月打磨出的一杯枯酒
慢慢遗忘。穿过记忆的长廊
眼神,交流了很多孤独

走过的路,坑坑洼洼
盛满黑影。有人呼唤它的乳名

多出来的一些
闭上了又绽开

《影子横过》是作者对走过的生命印迹的回顾与考量,"褪色""孤独"的记忆之外,还有一个思考的自我。青春难免有些许的失意,不能因此徘徊不前,这首诗最难得之处是它让我们看到了他失意的同时也看到了一种内省,分寸拿捏得恰到好处。

望着落日

它是我身上
细下去的一粒米
河水流到中途,开叉

所有的云霞
笑得脖子都歪了
浮起来的光
是我必须要忍容的一种眼神

有人拿着刀子
把绝望的表情剪开
一次跳跃
刚好扑进了落日的方向

《望着落日》直接把"落日"比作自己"身上/细下去的一粒米",让这首诗取得了令人刮目的强调力量。"落日"仿若生命的尽头,"一粒米"从种植到饱满到细下去,预示的是生命的过程。让人欣慰的是作者毫不"绝望"的态度,向着生命的方向一次次"扑进"。其意象的选择和语言的灵性产生了不绝的余音。

走进一丛灌木

自从这丛灌木流过虚假的眼泪
弱小的草色在落雨的时候
总想复活

没人注意到我
他们像我一样,毫无意义地
走进灌木丛

我迷路了,看见
风景没有意识地成长
被风咬断的枝蔓
越来越像枝蔓

中午十二点
我从丛林里爬出来
手心的词汇融化了

《走进一丛灌木》最动人的一点是极具体的细节("中午十二点/我从丛林

里爬出来")与深妙的玄思("手心的词汇融化了")的结合。灌木或丛林喻指社会或现实,而作者在其中挣扎,他不讳言他的"迷路",但最终,他会"爬出来"。整首诗的语言不仅显露出机智,更重要的是语言背后包含着的对人生的领悟。从他的这些诗歌语境中,可以看出他正在渐渐获得一种美学意义上的独立。

古希腊诗人萨福说:"如果没有我们的声音/就没有合唱,如果/没有歌曲,就没有开花的树林。"而我们欣喜地看到90后诗歌这片"开花的树林"已繁花似锦。他们越来越受到诗坛的瞩目并毫无悬念地占有一席之地。杂志、报纸、网站、论坛都对这股新生的诗歌力量分外垂青。也可以说诗界已经卓有成效地为他们建立起了阵地,让他们在更加宽阔的背景和场地之上驰骋。

90后诗歌——这片"开花的树林",正在充实汉语诗歌的风景,而他们正是那最独特的一道。

吴投文："投"身诗坛　连缀宏"文"

人物简介

吴投文，1968年5月出生，湖南郴州人。2003年6月毕业于武汉大学文学院，获中国现当代文学专业博士学位。现为湖南科技大学人文学院教授、硕士研究生导师，主要从事中国现当代文学研究。

入选理由

新诗百年之际，吴投文相继组织50后诗人系列访谈，这些访谈与60后、70后诗人系列访谈一起，全景展示了当代新诗中坚力量的创作状态，是对重要诗人群体的一次理论总结与推介，让读者看到了中国诗人的精神坚守和诗歌发展的希望。这些访谈在大型文学杂志《芳草》刊发，在全国引起强烈反响，体现了一个诗歌理论工作者的理论担当。

| 代表观点

"我一生爱河"

——50后诗人访谈之马新朝*

吴投文

吴投文：我注意到，你在20世纪70年代末期开始发表诗歌，1979年在《东海》杂志发表的《硬骨头六连组诗》10首还入选了浙江30年诗选，次年被评为南京军区文学创作奖。这是一组军旅题材的诗，那时你是在部队里服役吧？1986年，你出版了诗集《走向天空》，那时公开出版诗集颇为不易，这也表明你的创作产生了影响。请谈谈你早期的诗歌写作情况。

马新朝：世上不乏聪明人、天才、神童，一开口就有惊世之语，一出手就是精品，一开始就是高峰。我这个人笨，反应慢，好静不好动，啥事都得慢慢来，一点一滴地积累、学习、进步。我经常悔其少作，对于过去写的东西总是不满意，看了脸红。尤其是早期的作品，我看到它们心里就难受。所以，我只要一发现早期的作品就立刻烧掉，生怕别人看到。我曾经在一个晚上烧掉了三个早期作品的剪贴本。望着那熊熊燃烧的火焰，我没有难过，只有解脱。后悔当初为什么要写它们。

吴投文：哦，就这么烧掉了，不后悔？

马新朝：不后悔。我写书法也是这样，总是不满意过去写的字，今年一定不满意去年写的。所以，书法界有朋友开玩笑说："马新朝写书法进步太快，不断练，一天一个进步。"其实是我笨，悟得慢，别人今年悟出的，我明年才能悟出来。别人今年写好了，我明年才能写好。

我出生在河南唐河农村，五六十年代的唐河农村，封闭落后，仍然是车拉肩扛，过的是农耕社会的落后生活。村里没有电，点灯仍然是用煤油。所以，我在17岁以前，几乎没有接触过现代诗，读的全是中国古典诗。新诗在五六

---

* 原载《芳草》2016年第3期。

十年代还没有进入我那个村庄。那时,我们村里有一位高人,叫马体俊,曾做过武汉市教育长。此人学识渊博,会书法,善古诗,懂古文,还能拉京胡。我们两家是邻居,又是一个马家的近亲,虽然他头发斑白,我仍叫他大哥。我庆幸他成了我的私塾老师。那时候,学校都在闹"革命",写大字报,不好好上课,他在家教我古文、书法、拉京胡。在他的耐心教育下,我十几岁时的书法已经写得像模像样了,掌握了基本的用笔方法;京胡当时可以伴奏《红灯记》片段。可惜这门手艺现在未能坚持下来。我15岁以前能背300多首古诗词和不少的古文名篇,通读多遍《红楼梦》《三国演义》《水浒传》《西游记》。至今我仍然记得那个大雪纷飞的小村夜晚,北风呼啸,在我家的煤油灯下,大哥为我解读、朗诵屈原的《离骚》,声情并茂,动情之处,几有唏嘘,满脸泪流。是大哥把我引上文学之路,让我疯狂地爱上了诗歌。当时我写了不少的旧体诗。

吴投文:现在还写旧体诗吗?

马新朝:我现在虽不写旧体诗,但见到它们仍然觉得亲。我发表的第一篇文章不是诗,是一篇《红楼梦》评论,有5000多字,发表在当时的《河南文艺》上。时年21岁。所以,我有古典文学情怀,即使现在,古典诗那种美妙的意境还常常在我的脑海中浮现。

17岁那年,遵从大哥的建议,我参军到了部队,才接触到现代诗。为现代诗的开阔、敞亮所倾倒。通过朋友的关系,经常从河南大学图书馆借书看——借来的不仅有现代诗集,还有小说、散文等,并开始着手写作现代诗和小说。20世纪80年代前后,我发表了一些现代诗和小说,包括你提到的《硬骨头六连组诗》等。这些作品,我现在极不满意,而且已经烧掉,不提它了。

吴投文:20世纪70年代末到80年代初,正是朦胧诗兴起的时候,你当时有条件阅读到朦胧诗吗?你的创作当时有没有受到朦胧诗的影响?请谈谈。

马新朝:20世纪80年代前后,我读到了朦胧诗,它给我以强烈的震撼,并影响了我的写作。然而,那时我虽然写些诗,主要还是写小说,把朦胧诗的感觉和艺术融入小说中。那时,我看的小说多,写的小说多,迷上了小说。只是那些小说写得很怪,很现代,大多不能发表,压在箱底。

吴投文:我注意到,在《十月》杂志1996年第4期,你发表了系列组诗《大黄河》,获得了该年度的《十月》文学奖。你以《大黄河》为题发表了不少大型组诗,此外,你还先后发表了系列组诗《黄河抒情诗》《冬日黄河》《黄河源》《黄河号子》《黄河漂流启示录》等。1992年,你出版了诗集《黄河抒情诗》。可以说,抒写黄河成了你的一个重要的创作主题,这在当代诗人中恐怕也是少见的。如此密集而系统地咏叹黄河,可见黄河在你的生命中之重要。请谈谈你创作中的黄河情结。

马新朝:我一生爱河。

我的村边有一条小河,叫涧河。冬天清冽,夏天混浊而猛烈。我童年的那些夏天大多是在涧河里度过的。一群小男孩,整天一身泥,像泥鳅,在河上疯,玩耍,那些有关河的有趣的故事说不完。河,使我童年的天性得到了保护和发扬。

1985年,我从部队转业,到了黄河边的城市郑州。黄河让我莫名地兴奋、深思,有空我就到河边转。我总觉得河水亲切,它们是流动的生命,是诗,河水里藏着人的大秘密。河水不可言说,但与我有关,与身边这个城市有关。我坐在河边远望烟尘滚滚、落日朝霞,感慨万端。我想,要表现黄河,只有诗最合适。从此以后,我放弃了小说,专心进行诗歌写作。

1987年,黄河上发生了一件惊天动地的事,那就是黄河漂流。

吴投文:那次漂流影响极大,你当时做了全程采访。

马新朝:我当时在一家杂志社当编辑,觉得要了解黄河,这是一个机会,就果断地申请去随队采访。目的主要是考察黄河,了解黄河两岸的人的过往历史和生存现状。我终于如愿,随漂流队上了青藏高原到了黄河源头。黄河漂流历时数月,以七条人命为代价,完成了漂流的壮举。我也经历了一场心灵的、身体的以及生死的考验,却激动不已,每天都处于亢奋之中,写出了一组组的诗歌。正如你说的,在《人民文学》《诗刊》《中国作家》《十月》《上海文学》等当时国内一些重要的文学刊物上发表了组诗,并获得了《十月》文学奖。那一年,我到艾青老师家里,请他为我的诗集《黄河抒情诗》题写书名,他躺在病榻上对我说,黄河是很难写的。

我写的这些诗大都与黄河有关,与我家乡那条小河有关,也与我的生命和经历有关。

吴投文:2002年,你出版了近两千行的长诗《幻河》,这是你抒写黄河的高峰之作。这部长诗在装帧上别具匠心,是折叠式的,合上是一本书,打开来看,则如一条长河在奔腾咆哮。这首长诗是你酝酿多年的一个创作结晶,对你来说,当然也是顺理成章的事情。《幻河》出版后,产生了极大的反响,2003年获得了第三届鲁迅文学奖。你在一篇文章中说,长诗《幻河》"借黄河写出了中华民族的苦难史和我个人的心灵史"。在艺术上,你也进行了大胆的探索,在阔大的视野中,既融入了自己的生命体验,又注入了黄河之为幻河的诸多神话元素。我好奇的是,这样大规模的长诗在写作的过程中一定有些波折吧,请谈谈。

马新朝:古今写黄河的诗已经很多了,然而可以与黄河匹配的诗难以找到。黄河这条中华母亲河,在每个中国人的血液中流动。诗人们都有写它的欲望,然而,正如艾青老师说的,它很难写。写黄河的古诗有很多,从《诗经》到宋词,多不胜数。然而,大多是观景抒情,又因为其短小,往往是一闪而过。新诗呢?"五四"以来也有很多,其中不乏名家之作,却几无沉石之作。我当时有个雄心,就是要写出与黄河相匹配的诗来。反观过去自己写的那些短诗,也都是皮毛,不值得留恋。我要写出一首大诗来。

我知道自己艺术准备未足,就开始恶补。20世纪80年代末到90年代,我读了大量的书。主要是中国哲学和西方20世纪以后的哲学、历史和诗歌。改革开放以后,凡是西方翻译过来的哲学和诗歌我大多都买来读了。我要站在人类的高度、哲学的高度,来看待黄河边的人和事。我跳过自己曾经写过的那些有关黄河的短诗,开始写作长诗《幻河》。写作期间,我的耳朵里总能听到黄河的流水声,时紧时慢,时大时小,一直伴随着我,挥之不去。

《幻河》几易其稿我已经记不清了。初稿有3000多行,后来删成了1800多行。现在看来,还要删,只是还没有找到下刀的地方。我在写作中采用了具体之后的抽象、抽象之后的具体之方法,进行这种艺术试验,包括语言的流动性、歌诗性及细微性的试验等。黄河只是背景,我要利用这条有生命的河,来抒写人的苦难、民族的苦难,以及个人的心灵史。

吴投文:《幻河》的主题是多解的,很多评论对《幻河》进行了多层面的解读。

马新朝:是的,《幻河》正如你说的,是多解的,是感性的,因为多解和感性而丰富。它对于现代诗歌表现重大题材是一次很有意义的尝试。现代诗可以处理各种题材,包括重大题材,如果把诗仅仅局限于写微小的蚂蚁和微观事物,那新诗就没有希望。写黄河过去没有大诗,我要弄一首大诗出来。

关于《幻河》的评论已经很多了，我感谢众多的批评家为它所做的解读。这首写作于 90 年代的诗，现在看仍有不足，还可以删，我已经努力了。

吴投文：新世纪以来，很多诗人都涉足长诗创作，长诗被认为是衡量一个诗人创作高度的重要指标。诗人周伟驰就认为："持专业态度的人会意识到长诗对于自己综合能力的极大挑战性，衡量一个诗人真正才能的，使一个诗人优胜于别的诗人的，也许只有长诗。因此 20 世纪的大诗人，几乎都有长诗问世。"新世纪以来的长诗创作蔚为大观，你怎样看待当前的长诗写作热潮？

马新朝：长诗是一个诗人的试金石。如果准备不足，就会在长诗写作中露怯，露馅儿。短诗是一个点，长诗是面。如果说短诗是闪电，那么长诗就是天空和闪电的组合。周伟驰说得对，长诗写作是对于一个诗人综合能力的考验。尤其是现代诗中的长诗，要求更高。如果没有某种特殊的人生经验，没有哲学高度，没有敏锐的观察能力和艺术表现力，是写不好长诗的。

我写作《幻河》的体会是，写长诗不仅要有好的艺术准备，还要有好的身体。如果你的身体不好，写作中老是断气，接不上，那你就写不好。

有一种说法，颇有代表性，认为"写好短诗就行了，长诗没有那么重要"。持这种观点的人不在少数。我想，因人而异，有人一生写短诗，也很有成就。然而，长诗毕竟是检验一个诗人的重要标志，是对他的技艺、观念、人格、人生、灵魂以及身体的检验。

一个时代如果没有经典长诗，将是这个时代的悲哀。

吴投文：你认同的长诗有哪几部？

马新朝：我对新世纪以来的长诗读得不多，但我认为，新世纪的长诗写作仍然准备不足。

吴投文：进入新世纪以来，你出版了三部诗集，除了长诗《幻河》，还有《低处的光》和《花红触地》，诗集《响器》年内也将出版，创作的节奏应该算是很快的了。如果说长诗《幻河》处理的是宏大的主题，那么，在《低处的光》《花红触地》《响器》三部诗集中大量精美的短诗，则注目日常生活中细微之物的朴素和庄严，从琐碎中发现存在之美，往往在日常事物上赋予灵魂的光彩。请谈谈你进入新世纪以来的创作情况，为什么诗的题材和风格发生了这样的变化？

马新朝：《幻河》是一种神性写作，有对自然的、人的神秘性的探索，也有民族的、人性的承担和质疑；我的三部短诗集大多是写日常的、细微的、人性的东西。两者有时又互为因果,相互交叉。一个诗人写什么,与他那个时间段的心态或是观念有关,什么样的心态就写出什么样的诗。有朋友问我,你后来写的日常生活是不是对过去的否定?我说,不是的,更不是我的艺术观的改变。

诗歌界有一种"文革"情结,往往为了倡导某种观点,就喜欢否定其他的观点。20世纪90年代以来我们的理论家们否定的东西太多了,只要是新的就是好的,旧的就是不好的。现在回头看看,他们否定的东西,有些又活了,又被另外的一些理论家所倡导。并不是大的东西都不好,并不是小的东西都好,大的东西看你是否有能力来消化。诗这个胃,不应该挑食,什么都可以吃,问题是要能够消化掉。有人说,我写日常生活,好像是从神那里回到了人间。是的,神与人是相互呼应的。它们都很重要。

日常生活是平面的,机械的,烦琐的,没有深度的。它们有足够的时间和耐心,可以把一个人的尖锐部分磨平,使你屈服于庸常和世俗。诗可以使人保持警惕,保持尖锐,并不断地从日常发现奇迹。这是我写日常生活诗的体会。

吴投文: 我注意到,你的诗中经常写到"低处",比如《垂下》《这里,真好》《乞丐》《向下》《马路向西》等,还有一本短诗集《低处的光》,这些诗都表达了你对人生的某种理解。我想,你在生活中也是一个低调的人吧。你在诗中要表达的是一种怎样的人生姿态或哲理?

马新朝: 诗要贴近事物、贴近具体、贴近存在,必须低下。低下才能抚摸到实在。有些高蹈的东西看起来很有才气,但那是塑料花,不可取的。高蹈是所有艺术应该警惕的。伟大的艺术的姿态都应是低的,包括像李白、惠特曼等这些浪漫主义诗人,他们的作品因为触及了心灵和实在,看起来高扬,姿态仍然是低的。为什么有些人地位高了,就写不好诗了?因为他们的心态变了,开始用俯视的目光看待万物。而诗人与万物是平等的。诗人看待事物不应居高临下,你只有在低处才能看到低处事物的真实。有些人身在高位也可以写好诗,那是因为他们的心灵仍在低处。

吴投文: 我注意到,在你的创作中有很多乡土题材的诗歌,如诗集《低处的光》《花红触地》中就有不少。说实话,目前的乡土诗太多了,随便打开哪一本诗刊,最多的可能就是乡土诗。实际上,乡土诗要写好很不容易,而目前诗人之间的模仿和复制到了泛滥成灾的地步,写来写去,就把乡土诗写成了一副雷同的面孔。我不知道你注意到这个现象没有。请谈谈。

马新朝：我写过一些乡村的诗，然而，我并没有把它们当作乡土诗来写，我只是把它们当成诗来写。我不大喜欢使用"乡土诗"这个词。

近几十年写乡土题材的诗，已经有了巨大的超越。一大批诗人写乡土有别于以前的诗人，他们是用全人类的视角来看待这片乡村里的人和事，他们的苦难是人类进程中普遍的苦难，不仅仅是农民的苦难。比如雷平阳的《杀狗的过程》、杨克的《人民》等一些作品。

有一种说法是乡土诗太落后，没有现代感，写乡土的诗都是土的，不可取的。这种说法太幼稚，在艺术中没有哪一种题材是不可以写的，问题是你怎么写，怎么消化。无论是50后，还是80后、90后，你不是农民，你父亲就是农民，你父亲不是农民，你爷爷一定是农民，我们的心灵底色、我们的基因都是农民的，这个改变不了。再者，中国乡村大变革，千年不遇，因此，诗人不可规避乡土题材，问题是你怎么写它。

当下，写乡村的诗，的确有雷同，写表象的过多。诗人们写乡土，首先要走出乡土，要用全人类的视角来看待中国乡土和农民。

吴投文：我发现，国内外的很多诗人都喜欢写乌鸦。在中国从胡适就开始了，他的那首《老鸦》还有些特色。你也好像喜欢写乌鸦，比如《老鸟》《黑乌鸦》《废墟上的乌鸦》《典卖》《傍晚》《论主义》等，还真不少呢。请你谈谈，这种现象是否包含了某种特别的创作心理？

马新朝：我还没有注意到这个现象。经你这么一说，还真是的，我真的写过不少乌鸦。可能是因为乌鸦是中原地区较为常见的一种鸟，我见得比较多。乌鸦的意象符合我当时的写作心境，因此，我用得比较多。

吴投文：与上一个相关，每个诗人都有自己喜欢使用的意象，你是一位特别注意使用意象的诗人，看得出你诗中的意象都是经过精心选择的，讲究意象的凝练和内敛，往往有饱满的力度，加上语言简洁，使你的诗歌耐人回味。你怎样看待意象的功能？请谈谈。

马新朝：关于"意象"这个词，一些评论家解释得过于复杂。其实很简单，意象就是意与象的融合。意象是象征的最小单位，你可以没有象征，但不能没有意象。20世纪以后的中外诗人，特别是有成就的诗人，都很注重意象，大都是意象的高手。你说得对，我的诗很注重意象。然而，一首诗中，意象也不可过多，比如在一个句子中，如果出现多个意象，就会显得过于做作，不透气。

一个诗人，什么技巧都要懂，但在写作时，要全部忘掉。我在写诗时，那些句子，那些意象，大都是自己找上门的，它们就在那里，一眼就能看到，而不是费力地去组合。一旦费力地去经营技巧，就不自然了。技艺就在诗人的血液中，它变成了你的一部分，与你的心灵能够瞬间结合。有时，技巧与思想不好分，它们好像是一体的。

吴投文：从很多诗人的写作中，我都看到一种来自生活的挫败感，这也可能是诗人普遍面临的一种生命情境。在你的诗中表现过这种感觉没有？

马新朝：我的诗挫败感很强，从长诗《幻河》到一系列的短诗，都有这种感觉。这种挫败感不是有意为之，而是自然形成的，它是诗人内心真实的外化。挫败感也是人类生存一种普遍的情绪。即使一个再风光的人，内心也会有挫败感，它是人的内心的真实。人与人，人与自然，人与自身不可能总是胜利者。挫败、怀疑、不安是我的诗歌中常有的情绪。

吴投文：在你的创作中，有不少的五行诗，这是一个令人感兴趣的事情。我自己写过不少八行诗，也不是有意这样写的，写完了一看，又是八行，但也没有细想这个问题。这实际上涉及了新诗形式与体式的尝试与探索。你怎么看待这个问题？

马新朝：这是个有趣的话题。我开始写了一些诗，一数是五行，后来我就有意为之，有意经营，共写下了30多首五行诗。新诗的形式不可能固定。有人做过尝试，八行的、九行的、十二行的、十四行的，都不会得到太多的认可。然而，尝试和试验仍是有意义的。

我写五行诗，只是一种尝试，一种形式的探索。把诗行规定在五行以内，是一种约束和纪律，对于形式意识的唤醒，也是对于过去古典诗形式的某种回应。我发现，五行诗有时正好符合我当时的一个情绪单元，再写就是多余。就像裁衣服一样，五行正好适合那种独立的情绪。

吴投文：不知你注意到没有，口语诗写作目前有强劲的势头，争议也很大，褒之者和贬之者针锋相对，很难进行对话。你怎么看待口语诗？

马新朝：我认为，"五四"以后的白话诗都是广义上的口语诗，使用的都是日常话语，为什么不能叫口语诗？只是现在有人倡导的口语诗，不能有任何修饰和选择，这就太绝对了。日常口语经过诗人诗意的选择、修饰，会更好，更有表现力，更有诗意。纯民间的口语，未经诗人提纯的口语，表现力会弱一些。

这些东西不要争,时间会做出选择的。

吴投文:现在诗歌界流行以地域划分诗群,我也注意到河南诗人在有意推动"中原诗群"这一概念,你被看作"中原诗群"最有代表性的诗人之一。我们湖南打出的旗号是"新湘语诗群",其他还有"江西诗群""东北诗群""江南诗群""昆仑诗群"等,都是各地诗人推动的概念。不过,也有人认为,这些诗群往往带有炒作的成分,旗号举得很高,有的却没有多少实质性的创作成果。你怎么看待这种现象?

马新朝:至于号称什么诗群,都不重要,重要的是写出好诗来。当下诗人们普遍有一种身份焦虑,总想获得别人的认可,总想出大名。因此,就搞些群,搞些流派,搞些山头,甚至有意搞体制内或体制外的写作对立。这些都没有用,都是做给别人看的,做给评论家们看的,它们与诗没有关系。有人提出过"中原诗群"这个说法,我从未说过,也没有时间去说。我也没有参加过任何诗歌流派,只是默默写作,低调做人。写作才是唯一。

当然,有一些评论家写评论或是编选集为了省事,就以群和派为准,你不是这个群或这个派的就不会写到你。这是评论家的悲哀,也是诗坛的悲哀。

吴投文:还有一种现象也值得注意,有的诗人抱怨,中心城市的诗人往往更容易获得关注,比如北京诗人在诗坛更容易获得话语权,而所谓的外省诗人即使很有创作实力,也往往处于被遮蔽的状态。你认为这种情况存在吗?

马新朝:被遮蔽的好诗人很多,尤其是外省的好诗人被遮蔽得更多。人家在北京,或是在高校,有话语权,有选编权,这个没有办法,还是认了吧。

吴投文:现在的诗坛非常热闹,我注意到一些小说家、散文家对此感到有些奇怪,他们认为创作本来是一件安静的事情,用不着大张旗鼓地抱团行动。有一些诗人被看作"诗歌活动家",这个称号好像有褒有贬,要看具体情形而定。这些诗人热心于编刊物、做社团、搞活动,应该说,他们个人要做出很大的牺牲,也在诗坛有一定的号召力和话语权,但也往往引起非议。你怎么看待这种现象?

马新朝:有一些小说家或是文学界领导者老说诗坛热闹,诗人们不安分。这些人不了解情况,站着说话不腰疼。诗人们往往不会受到官方重视,受到官方重视的是小说家。诗人们的活动大都是无奈中诗人们自己搞起来的,有的甚至自掏腰包或是到处跑赞助,到处求人。他们出诗集自己拿钱,搞活动自己拿钱,又赔时间又赔钱,你还说他们爱热闹,这不公平吧。哪像一些小说家,聚在一起就议论版税或是哪一级作协给开研讨会。我认识一些诗人，除了自己写诗，还编刊物，搞活动，把自己的时间和积蓄都赔进去了，为的就是诗，让人肃然起敬。

我们河南的诗歌学会也经常搞活动。黄河诗会我们已经开了20届，几乎每年一届，坚持了20多年。诗歌学会没有一分钱，是个群众组织，或民间组织吧。每搞一个活动，大家就要忙乎一阵子。没有一点收入，不为名不为利，纯粹是尽义务，为诗人们服务。把诗人们组织起来，开个研讨会，或是采采风，谈谈诗，也是一种鼓劲。

这些人默默地为中国诗歌做着贡献，是诗歌的义工，是诗歌的英雄。

吴投文：有一个流传颇广的说法，认为诗歌是青年人的事业。不过，从目前的中国诗坛来看，中年是一个真正富有实力和创造性能量的群体，像你的创作也是这样，这些年你一直保持旺盛的创作活力，很多重要作品是在近些年里完成的。你认为诗歌创作和年龄有关系吗？

马新朝：诗与诗人的年龄没有关系。年轻人可以写出好诗，年老人也可以写出好诗。西方一些大诗人有不少到了晚年才写出代表作，米沃什九十多岁了还保持着旺盛的创造力，杜甫也是越老写得越好。诗是青春的事业，是一种误解，也可能与写作观念有关。如果是靠青春写作，或是靠激情写作，那你必须趁年轻；如果你靠经验、靠哲学写作，年龄大点没有关系。而青春写作、激情写作往往是靠不住的。并不是只有年轻才能写好诗，每个年龄段都有各自的优势。有些年轻诗人很狂，唯我是好，那是因为他走得还不太远。等他到了一定年龄，写了很多诗以后，就会认识到诗的无边和幽深，也就不会再狂了。

吴投文：你认为对一个诗人来说，最重要的能力是什么？请谈谈。

马新朝：诗人最重要的能力是发现。

要能够从日常生活中发现神性，从平庸中发现奇迹，从衰败中发现希望，从繁华中发现本质。甚至要众人皆醉我独醒。

一个诗人如果没有发现能力，是没有前途的。你跑万里路也没有用，再美的风景也没有用，去什么地方扎根生活也没有用。葡萄牙诗人佩索阿一生没有去过多少地方，大多数日子是在办公室和住宅度过的，生活很平淡，也缺少起伏动荡。然而，他却成了一位大师。为什么呢？就是善于发现，他是在办公室里，在住宅里，或是在住宅通向办公室的路上发现了世界的秘密。

吴投文：我在大学中文系教书，开了一门"新诗鉴赏与写作"的选修课。实际上，我还是讲得很卖力的吧，但教学效果不算理想。不少学生是冲着学分来上课的，对诗歌本身并没有真正的热爱。我注意到，你也非常重视新诗的普及工作，你怎样看待当前的新诗教学与教育？有一些什么好的建议没有？

马新朝：给你这样有影响有见识的评论家当学生，这些学生有福了，他们应当百倍地珍惜。

当下的教学模式不太有利于诗歌教育。我们的教育过于重视实际利益，过于重视理工而轻视人文。而人文才是一个人的立身之本，一个国的立国之本，理工只是技术，与心灵无关。就像我们多年形成的英语教学模式，为什么要把英语放到那么重要的位置，比汉语还重要，这是本末倒置。

我理解你的难处。我是郑州大学文学院的兼职教授，有一次，我到文学院搞讲座，发现当下的大学生们普遍没有激情，诗歌知识也相当贫乏，他们大多是应试教育的牺牲品，这没有办法。

大学可以培养出批评家，要培养出作家、诗人就难了。

吴投文：你在一篇文章《新诗写作中的中国乡村经验》中写道："中国新诗的灵魂和核心是：自由。这符合人类发展的方向。"（见《河南日报》2015 年 11 月 25 日）我深为认同。不过，这可能也是一个具有争议性的话题。你如何理解新诗的"自由"？

马新朝：我认同新诗的本质就是自由的说法，人类自由的方向，也就是新诗发展的方向。新诗无论怎样发展，无论走什么路，无论有什么样的形式，自由都是唯一的方向，如果违背了自由的方向，那一定是走不通的。

回顾中国诗歌发展史，它也是沿着自由的方向发展的。开始是四言，后来又五言、七言，到了宋发展成为词，到了元，发展成为曲，"五四"以后，发展成了新诗。自由的步子虽然缓慢，然而却一直是向前的。

吴投文：你在这篇文章中还说："我们仍然缺少大师和伟大的诗歌，为什么呢？因为我们的诗歌呈现出的是大面积集体的贫血，精神强力不够。"这也是新诗长期受到指责的一个原因。确实，自中国新诗诞生以来，还没有获得广泛认同的伟大诗人，原因可能是多方面的。请谈谈。

马新朝：关于大诗人和经典这个问题，它不是人为的，不是可以命名的，它是自然形成的，我们不要着急回答这个问题。

近几十年，中国新诗主要是解决形式问题，解决技巧问题，解决怎么写的问题。诗人们的注意力也大都在这里，新奇为上，西方诗歌所有形式和技巧都在我们这里有过试验。我们有了先进的形式和技巧，但精神强力不够。下一步，下个几十年，也许就会产生有精神强力的诗篇。

吴投文：1917年诞生至今，新诗已有将近一个世纪的发展历程。社会公众在谈到新诗的前景时，一般并不乐观，这与诗人的看法有比较大的差异。你如何看待新诗的发展前景？

马新朝：对于新诗否定的声音此起彼伏，其中有大人物，也有小人物，还有学者、官员，各阶层都有。新诗一百年了，否定的声音一直不断。"五四"以后，新诗的草创期，那时反对新诗的声音比现在要大，有人把新诗看作异端、毒蛇猛兽。经过百年的实践，新诗的队伍壮大了，写的人多了，顺应了时代的发展，也走向了世界。但仍有反对声，却没有开始那样激烈了。反对者们没有了理直气壮，有些羞羞答答地反对，半遮半露地反对，只言片语地反对，这就是新诗的一种进步。

中国的古诗词，平平仄仄的诗歌，有人爱好，可以长期存在。但它不可能像有些人说的那样取代新诗而成为主流。新诗的地位无法撼动。它仍是一个新事物，仍是一轮朝阳，因为它自由的本质决定了它未来的辉煌。

吴投文：最后一个问题，请从你自己的创作体验出发，谈谈你的诗观。

马新朝：曾多次谈起自己的诗观，每次谈起来都不知道要说什么。作为一个诗人，技术当然是不可缺少的。然而，一个诗人的观念更为重要。观念，就是你对于这个世界的看法，对于事物的看法，对于他人的看法。什么样的观念就会写出什么样的诗，所有的诗都是诗人观念的外化。你恨这个世界，就会写出恨的诗，你爱这个世界，就会写出爱的诗。一个很冷的人，诗里也不会有温度。因此，诗人要关怀人类，关怀他人，同情弱小的事物；要爱朋友，爱他人，要有怜悯心，而不是仅仅爱自己。诗人要有深度和广度，一个平面的人，一个自私的人，即使有很好的技巧，可能会写出几首好的有技巧的诗，但成不了一个好诗人。

2016年3月18日

诗歌评论文章

汉语诗歌的当下处境*

周伦佑

> **专家点评**
>
> 周伦佑是一个在天空中的观察者,他以居高临下的姿态,站在三十年来"文凭热""文化热""经商热""网购热"的纵向角度,站在小说、散文乃至文学评论的横向角度,理性分析诗歌的演变轨迹。他一方面看到诗人们的"底层化""边缘化",一方面看到正因为中国诗人在社会基层诗意地生活、写作,中国新诗才在艰困中以澄澈的诗性温润着当代人的心灵。周伦佑洞察到了这样一种现象,洞察到了人类诗歌史上的这一个大奇迹!他由此得出了一个结论:当代诗歌仍然是中国新文学最有活力的存在。这是一篇有充分高度亦足够全面看待当前诗歌的文章。

中国诗歌与中国诗人,在 20 世纪 80 年代曾处于舆论和社会关注的中心。随着商品经济的发展及社会风气的演变,近三十年来,如果我们从"文凭热""文化热"到"经商热""网购热"来追溯其演变轨迹,消费文化与欲望化耗散,对中国人的精神消解,对严肃文学造成的致命冲击,把中国诗歌与诗人从社会关注的中心抛向了舞台的边缘。诗人们犹如被主流社会"放逐"的那些边缘群体一样,大多数人的生活及写作状态都处在了体制外;"底层化""边缘化"已经成为描述中国诗人生存状态的两个常见的词语。但是,中国诗人仍然在社会基层诗意地生活、写作,中国新诗仍然在艰困中以澄澈的诗性温润着当代人

---

* 原载《扬子江评论》2016 年第 5 期。

的心灵。

长时间以来,人们常常爱把商业化浪潮冲击下的诗歌与小说、散文乃至文学评论相比较,也爱把诗人与小说家、散文作家、评论家及学者相比较。在进行人的比较时,都会异口同声地说诗人可爱,诗人有激情。我认识的两位文学月刊女编辑就曾对我说,她们参加过小说家的讨论会,也参加过评论家和学者的学术会议。觉得小说家的讨论会冗长、沉闷;学者们的讨论会刻板、枯燥;还是诗人的讨论会好玩、自由、富有激情、活力四射,特别有意思。

仅以2012年10月在漳浦旧镇举行的"新死亡诗派20年暨中国先锋诗歌十大流派研讨会"为例,也可以说明这一点。

研讨会是纯民间的、自发的,由诗人道辉提议并承担会议的全部费用。道辉的提议很快得到了众多诗人的响应。到会的100多位诗人中,绝大多数都是自费去参加的。因为研讨会预定的时间正好是中秋节和国庆节,机票都是全价。其中航程最远的大概是诗人董辑,从长春到厦门,往返机票就花了4000多元,而只为了参加一天会(道辉原计划的会期只有一天,后改为两天,但董辑是按一天会期购买往返机票的),4000多元对工薪阶层来说不是一个小数目。其中最让人感动的是发星和他的几位朋友。为了参加这次研讨会,他们从各自的出发地相约同行,坐了5天的火车和汽车才赶到漳浦,会议后,又要坐5天的火车和汽车才能回到家。其中的大凉山彝族诗人麦吉作体,除了往返的10天汽车和火车硬座行程,到了西昌,还要再走两天山路,因为他在大凉山深处的一个山区小学做老师。他自费颠簸劳顿12天千里迢迢去参加诗会,只是为了在漳浦旧镇给到会的诗人们唱一首彝语古歌(讨论会上麦吉作体没有发言)。这种使人热血沸腾的情景,在中国的小说界、散文界、评论界和学术界是不可能见到的。这一切,只源于发星们、麦吉作体们、董辑们对诗歌的热爱!这种热爱完全是纯精神的,非功利的。

对文学的痴迷只有诗人才会如此这般。他们图什么?他们的作品很多在正式刊物上发表不了,他们自费印的诗集和刊物就是自己阅读,自己交流;他们在自己的民刊上发表的作品和职称不挂钩,和工资不挂钩,和职务升迁也没有关系。我觉得这才是艺术的本来意义——诗歌来自生命,又反过来观照生命;诗歌照耀他的生命,温暖他的生命!最后主持者还给参加会议的比较有知名度的评论家每人发了一个红包,我感觉很惭愧,私下退还了,否则,真是无地自容。麦吉作体自费颠簸劳顿坐10天火车和汽车,还要再走两天山路去参加一次不准备发言的诗歌研讨会,说实话,这种生命行为,散文作家们做不到,大多数小说家也做不到,学者们更做不到。

这是人的比较。在将诗歌与小说、散文等做比较时,人们的看法就大不同了。

在谈到"汉语诗歌的当下处境"时,目前在评论界最流行、最通常也被诗人们自己认同的一个说法是:"当代诗歌已经被边缘化了。"我在许多场合(包括一些学术讨论会上)都听到人们在这样说。这种说法初始一听,似乎有些道理,但仔细一想,就觉得不一定对了。既然说到"边缘",首先要确定一个"中心"作为参照系——以什么为中心?如果是以"权力"为参照的中心,那么,除了直接为政治服务的意识形态产品,所有严肃的写作,不仅是当代诗歌,包括当代的小说、散文、评论——甚至被学者们奉为安身立命之本的学术,也都被边缘化了。当然我理解,人们不是以"权力中心"作为参照系来谈论诗歌的边缘化的。还有一个参照是20世纪80年代诗歌的辉煌。那个年代,诗歌处于整个社会舆论的中心,引领着小说、美学、评论乃至整个社会思潮的变革,可以说,诗歌是全社会关注的焦点。现在的诗歌与那个时代相比,已经不再处于社会舆论的中心了,公众的关注度也大大降低了。如果是从这个意义上来论说"诗歌的边缘化",那我认为这个说法是基本成立的。

但在承认这一说法的同时,我也可以问一句:如果是以20世纪80年代的辉煌作为参照,除了诗歌,难道现在的小说、美学、评论的影响力可以和那个年代相比吗?为什么人们只是在谈"诗歌的边缘化",而没有人谈小说、散文、评论的边缘化呢?这引出了另一个参照系:金钱-商业利益中心。这才是问题的实质。现在的出版者、评论者、学者们正是以这把金钱-商业利益的尺子作为价值尺度来看待当代诗歌,才得出他们认为的"当代诗歌被边缘化"的结论的。他们之所以不说"当代小说被边缘化了",是因为他们认为小说还有一小群读者,出版社还愿意出版小说,文学杂志还愿意发表小说,也是因为还有这一小群读者还愿意掏钱买小说作品;他们之所以不说"当代散文被边缘化了"也是因为同样的原因。读者即发行量,发行量即金钱-商业利益。这才是他们心目中"当代诗歌被边缘化"的真正的价值参照系。

说到这里我想再问一句:现在一本以刊登小说和散文为主的文学期刊每

期的印数有多少？一本刊登文学评论的学术期刊的印数有多少？这点，大概这些刊物的编者最清楚。除了个别的印数上万（如《收获》），大多数刊物也就几千册吧。据笔者了解，很多文学期刊和学术期刊每期的印数只有一千册上下。堂堂十三亿人口的国家，只有这些印数，难道不表明整个中国当代文学以及学术已经完全被边缘化了吗？再从读者接受面的变化来看，随着互联网特别是智能手机和微信的广泛使用，手机阅读已经成为年轻一代接受信息的主要方式，纸质读物特别是长篇小说的影响迅速式微，销售量下降，读者减少，已成为不可阻挡的趋势。现在，纸质印刷品中还有一点读者的是历史类读物。置身于当下中国的精神氛围中，还有哪一位小说作家、散文作家、学者没有感觉到自己被边缘化？也就是说，从现象上看，继诗歌被边缘化之后，小说、散文、学术也依次被边缘化了。

　　2013年在复旦大学参加一次学术活动的讨论中，我说到了当代先锋诗歌的一个传统：非正式出版的诗歌刊物，即一般所说的"民间刊物"。我说到这里时，孙绍振先生赞同我的观点，说诗人们自己出版大量印刷精美的民刊，是中国现代诗的一个伟大的传统。2015年在同济大学的当代汉语诗歌讨论会上，我又继续阐明了这个话题。我说，除了以发行量为标准的商业利润计算，还有另外一个更具参考价值的数据：据《诗选刊》编辑部统计的数字，在当前，中国非正式出版的诗歌民刊有427种（按每一种每一期最低印数500册计算，每一期最少印数有20万册），自己印制交流的个人诗集每年有2000种以上（按每一种最低印1000册计算，大概有200万册以上）。这样一种诗歌奇观，是中国之外的任何一个国家——不管是法国、德国或美国都不可能有，只有中国才有这样的体制外诗歌出版盛况。而且，这种现象是在诗人个体大多被排除在主流社会之外自发形成的。经历了各种浪潮冲击，中国的现代诗仍然在体制外活力旺盛地生存着，发展着——全国的427种体制外诗歌刊物、每年2000种以上的自印诗集，仍然冲破各种阻力自发地印发着，投递着，交流阅读着。这样一种现象，不能不说是人类诗歌史上的一个大奇迹！

　　支撑"当代诗歌被边缘化"这个观点的还有一个说法，就是所谓的"写诗的人比读诗的人多"。这个说法也是想当然的，没有统计数字支持的。应该说，诗歌的读者还是比较多的，实际上诗歌作者就是最铁杆的诗歌读者。2012年到福建漳浦参加研讨会时，我说，在中国，写诗的作者大概有十万人吧？广东诗人杨克说:你太保守了,你根本不了解现在的网络世界,现在的微博、微信对发表、传输的内容有字数限定,这为诗歌的传播提供了很好的方式。网络上写"微诗歌"的人很多。杨克在搞这方面的组织工作,他们广东作协搞了一个"微诗歌"大赛,参加的作者一次有十几万人。他们统计了一下,现在网络上在线诗歌写作的人,估计有几百万。我开始不相信,后来,开会的有个"微诗歌"协会的副会长,很年轻的女孩,她给我一个数据:经常在网上、微博上写作诗歌的不下五百万人!当代诗歌仍然是中国新文学最有活力的存在。

如果要我们对文学艺术与商业的亲密关系做一个排序,排在首位的无疑是绘画,紧接着是电影、音乐、戏剧、小说、散文,诗歌肯定是排在最后的。也就是说,在所有的文学艺术中,诗歌是最不容易被商业化的。也因此,诗歌才能在商业化的浪潮中保持它的纯粹性。拒绝商业化,正是诗歌的光荣,正是诗歌之所以为诗歌的伟大。正是诗歌的这种非商业性和非功利性,为物欲泛滥时代的审美和精神的超越性追求保留了最后一块净土。我们应该加倍地珍惜和爱护它。我们为什么要用金钱和商业尺度来衡量它呢?

说到这里,我想顺便问一下:中国当代小说界有非正式出版的民间小说刊物吗?回答是没有,一本都没有;中国散文界有非正式出版的民间散文刊物吗?回答也是没有,一本都没有;中国文学评论界有非正式出版的民间评论刊物吗?回答还是没有,一本都没有;中国学术界有非正式出版的民间学术刊物吗?回答依然是没有,一本都没有。

为什么没有呢?因为不可能有,所以没有。

顺着这个话题,我想做这样一个假设:

——如果哪一天国内所有发表小说、散文的文学期刊全部停办了,国家出版社也不再出版小说、散文了,我们的小说家们和散文家们会怎么办呢?我想,除了改行,只有失业。

——如果哪一天所有由国家出钱养着的大学学报(社科版)以及各省的文学评论刊物都停办了,其他文学期刊也不刊登文学评论了,国家出版社也不再出版文学评论和学术著作了,我们的评论家们、学者们会怎么办呢?我想,除了改行,还是只有改行!

但是,当我们将同一个问题抛给当代诗歌,答案就完全不一样了。

如果哪一天国内主要发表诗歌作品的刊物(包括《诗刊》《星星》等)全部

停刊，所有的文学期刊全部取消诗歌版面，所有的国家出版社都不再出版诗集，会是一种什么局面呢？中国的现代诗会消亡吗？回答是：不会，一定不会！如果这样的情况出现，中国的现代诗一定会在体制外的生存空间中继续顽强、茁壮、茂盛地生长、繁荣和发展。

这是因为，近20年来，《诗刊》《星星》等主要发表诗歌的体制刊物在绝大多数诗人眼里早已不存在了（它们早已被体制外诗歌界边缘化了），其他体制文学期刊用于发表诗歌作品的版面也已压缩再压缩；国家出版社也很少出版诗集了。在这样的生存环境下，经历了各种浪潮冲击，中国的现代诗仍然在体制外活力旺盛地生存着，发展着——全国的427种民间诗歌刊物、每年2000种以上的自印诗集就是最好的证明。

这样多的诗歌读者，这样多的诗歌作者和诗人，这样多的民间诗歌出版物——这样一种由自生自长而自足自为，进而自在澄明的诗歌存在，是绝不可能被边缘化的，也没有任何力量能把它边缘化。

我虽然在上面对汉语诗歌的当下生存状态做出了比较乐观的描述和肯定，但并不等于我没有看见汉语诗歌存在的问题。下面仅就我观察到的一些现象谈点个人的看法。

一是所谓的"下海归来派"现象。"下海归来派"又被有的诗人称为"诗歌还乡团"。这是指一些顺应潮流下海经商先富起来的以前写诗的人，这些年又重新上岸，把诗人的桂冠戴在自己头上，四处活动，八方露脸。这些响应党的号召下海经商的"前诗人"，基本上都涌现于20世纪80年代。在那个"文化热""诗歌热"的社会氛围中，爱好诗歌并选择诗歌写作是很普遍、很时髦的事，就像今天人们热衷于经商一样。后来发生的分化（出国、经商、践踏诗歌、坚持严肃写作），原本就是有前因的。诗人经商致富当然是好事，但我不喜欢成了商人还要死死扭住"诗人"这个称号不放。不写诗了，经商了，就是商人了，即使称诗人也应该加一个"前"字，叫"前诗人"。顺便说一句，这些"前诗人"即使重归诗人行列，也大多带上了商业心态和商业眼光，并且会以商人的方式来包装自己、炒作自己（因为他们有钱，他们相信钱的力量）。这对坚持严肃的诗歌精神是有害的。至于"口水诗""下半身""废话诗""裸诗"之类，不过是商业意识形态支配下的一种异化行为，完全是对诗歌的践踏。评论者不应该把这种种乱象与当代诗歌的先锋实验相混淆。

二是中国诗人的"写作资源"问题。自20世纪90年代以来很长一段时间,国内的诗歌风气被几个诗人热衷的"翻译体写作"所牵引和毒化。所谓"翻译体写作",是指那种醉心于西方文化语境——以西方人名、地名为诗题,与西方大师的幽灵对话,大量充斥于每一首诗中的外国场景与人物,扭捏作态的刻意断句和转行,不时插入诗中的对话和引语(一定要加引号),拖沓、散漫的节奏——直至在审美趣味和价值取向上完全以西方现当代诗歌标准为圭臬的近似于"翻译诗"的诗歌写作。一次,在和国内一位优秀的诗人同时也是英美现代诗翻译家的朋友通电话时,我善意地提醒他:"你翻译的外国诗对你自己的诗歌写作有着影子般的参照作用,可能会产生某种负面意义。"他说:"伦佑,你说得对。但是没有外国诗歌资源怎么写作啊?"我说:"你自己呢?你的生命本身,你的生存体验,你的痛苦虚无,你的所思所感,还有我们置身其中的这片土地的忧患历史,过去与现在,当下境况,你肉体和精神每一天的疼痛!这些都是你的写作资源啊,你还要到哪里去寻找写作资源呢?"这段对话揭示了我的写作价值观。和那些强调西方知识资源、主动与西方接轨的近似于翻译诗的"翻译体"写作者不同,我的知识背景、审美趣味和诗学价值观就其根本上来看,是本土的、中国的。我个人在写作中更强调诗人切身的生存体验、个人经验以及置身其中与这块土地共忧患的疼痛感和介入感。

三是建立"诗歌标准"问题。这里所说的诗歌标准,牵涉到诗与非诗怎么区别,一首好诗和一首坏诗如何鉴定,评价一首诗歌作品是优秀的而另一首诗歌作品是重要的,是根据什么来判定的等问题,这是与诗歌的本质确认生死攸关的大是大非问题。

这里仅举笔者经历的一件事,作为对我自己提出的这个问题的回答。

2012年,我到郑州参加杜甫诞辰1300周年纪念活动。在会上,遇到《诗刊》社的一位编辑,他也是一位诗人,但他不承认诗歌有标准。晚上有个诗歌朗诵会,由诗人们朗诵自己的作品。朗诵会上这位编辑也朗诵了他的诗。我听这位编辑朗诵后对他说:"你朗诵的只是一首诗的素材,还不是一首诗。"朗诵会后,这位编辑找到我,问我:"周老师,什么是诗?什么不是诗?什么是好诗?什么是坏诗?有什么标准吗?"我说:"理论上确实没有一个统一的标准,但如果由我来编一本'中国新诗百年百人百首诗选',假如你入选了,我请你选出你自己认为最好的一首诗,你能选出来吗?"他说:"当然有啊!"然后说出了他认为的自己那首代表作的标题,并念了一些片段给我听。我说:"你是根据什么标准来选的?"他说:"说不清楚,只是觉得这首诗好。"我说:"这就对了,我们已经找到了共识:这说明诗歌是有标准的,好诗和坏诗也是有标准的。你怎么能说诗歌没有标准呢。"

虽然迄今为止,有关现代诗公认的、统一的批评标准暂时无法建立,但不等于诗歌没有标准。其实,诗歌的标准一直存在着——它就存在于我们每个写诗者和爱诗者的心中。所以,诗歌标准的建立是有根据的,也是能够形成共识的。

四是诗歌写作的"有效性"问题。2010年12月,我到广东佛山参加"中国先锋诗歌二十年论坛",在许多诗人的发言中,我听到最多的是对"写作无效"的感慨,说社会变化太快了,一切都破碎化了,诗歌的表达乃至于词语完全失去了对应物,语言无效了,诗歌无效了,写作已经完全无效了。我在会上说出了相反的声音,我说:所谓的"写作无效",其实是诗人们逃避现实的结果,是自我取消的结果。我们所说的"词语的对应物"并没有破碎或自动消失,它继续坚硬、庞大地存在于我们的现实中、生活中,它每天都在我们眼前胁迫着我们,扼杀着我们,甚至在睡梦里也在践踏我们的睡眠。而我们的诗人们对此视而不见,或者故作优雅,刻意回避之,不敢用词语去"对应"这个生活的敌人。要说无效,那些逃避现实的写作肯定是无效的。退回到自己那点小小的个人趣味上,守着几个无害的词语和句式把玩,你怎么能获得你期待中的"写作的有效性"呢? 真正的问题不是"词语完全失去了对应物",而是诗人完全失去了用词语去对应那个"对应物"的良知和勇气。

我在那次会上的发言中有一段话,我根据记忆把它抄录在这里与诗人朋友们共勉:

> 凡是对词语敏感的地方,语言就还有力量;只要语言还存在禁忌,写作就仍然是有效的。词语的力量不是表现于畅销与流行中,而是存在和彰显于禁忌之中。一个有良知的中国诗人,置身于我们现在所处的这个大时代的光明与黑暗中,是最幸运的,因为我们可以通过词语彰显的力量,参与到现代性变革的伟大进程中。

最后，请允许我以 2015 年 10 月 5 日撰写的《〈钟山〉文学奖书面答谢辞》中的一段话，作为这篇短文的结束语：

> 诗歌往往被视作一个民族的精神镜像。当这面镜子被打碎，丧失其完整性时，许多人转身离去，而这时依然会有少数人弯下腰、蹲下身子，从地上捡起破镜的碎片，努力使这面破碎的镜子恢复完整。重建当代诗歌精神及其价值标准，正是这种努力的一部分。
>
> 根据词源学的考察，"象征"原指古代恋人分手时将一块信物从中分成两半，两人各执一块，以便相逢时重合验证。它代表人类对完整生活、圆满幸福的期待。我是握着一件信物——一块破镜的碎片来到这里的，我看到在座的各位评委和各位朋友的手里也都握着一件信物；我们每个人的手里都有一小片破镜的碎片在闪光；我们都是握有信物而期待圆满生活的人。我们手握同一件信物的碎片走到一起，在这里，在这个早晨，我看见那一面破碎的镜子在各位的努力下，突然间呈现出完整的镜面，并以它澄澈万方的光辉照亮了这座大厅，照亮了我们在座的每一位，照亮了中国诗歌的天空！
>
> 我由此坚信：只要我们拥有圣洁的精神，只要我们坚持不使自己的灵魂蒙尘染垢，只要我们手中握有的信物——哪怕只是一小块理想的碎片——不丢失，人类便不会失去最后的希望。

作者简介

周伦佑，著名先锋诗人，著名文艺理论家。籍贯重庆荣昌。20 世纪 70 年代开始文学写作，1986 年创立"非非主义"，主编《非非》《非非评论》两刊。自 1994 年起，与北京大学教授张颐武、王宁、王岳川等合作，策划并主编"当代潮流：后现代主义经典丛书"。作品入选北京大学谢冕教授主编的《中国百年文学经典》和"中国百年文学经典文库"丛书，著名学者林贤治主编的《自由诗篇》《中国作家的精神还乡史·诗歌卷：旷野》等，并被翻译成英、日、德等多种文字在国外出版。其理论和创作在新时期文学理论界和海外汉学界有较大影响。

百年新诗的历史意义*

李少君

> **专家点评**
>
> 诚如本文所说,"百年新诗"无可争议地成为 2016 年最火的热词之一。而这篇在首届上海国际诗歌节"世界诗歌论坛"上的发言文章,回顾了中国新诗的百年历程,提出了中国诗歌有待完成的目标,预测了中国诗歌发展的方向,对您一定有所裨益。

明年是中国新诗诞生一百周年,这个时间确定,是从 1917 年胡适在上海出版的《新青年》杂志开始发表新诗算起。因此,今年的上海书展借机设立了首届上海国际诗歌节,同时就中国新诗百年举办了"世界诗歌论坛"。而此前,全国各地也已陆续举办过各种纪念新诗诞生百年的研讨会、论坛及诗歌活动。"百年新诗"无可争议地成为 2016 年最火的热词之一。

百年新诗,客观地说,已取得了相当大的成就,但也意见纷纭。早在 20 世纪 30 年代,新诗诞生十五年之际,鲁迅就对当时新诗表示失望,认为中国现代诗歌并不成功,研究中国现代诗人,纯系浪费时间,甚至有些尖锐地说:"唯提笔不能成文者,便作了诗人。"而鲁迅在留日时期写过《摩罗诗力说》,对诗曾寄予很高的期许:"盖诗人者,撄人心者也。"新世纪初,季羡林先生在《季羡林生命沉思录》一书中,也认为新诗是一个失败,说朦胧诗是"英雄欺人,以艰深文浅陋"。甚至以写新诗而著名的流沙河,也认为新诗是一场失败的试验。当

---

* 此文为作者于 2016 年 8 月 17 日在首届上海国际诗歌节"世界诗歌论坛"上的发言稿。

然,声称新诗已取得辉煌的也不在少数,有人甚至认为中国当代诗歌已走在同时期世界诗歌前列。

我个人对此抱着相对客观超脱的态度,觉得应该要放到一个长的历史背景下来看待新诗的成败得失。我一直认为冯友兰先生的一段著名的话,特别适合用来讨论诗歌与中国文化的关系及理解新诗与旧诗,那就是他在《西南联大纪念碑碑文》中说的:"我国家以世界之古国,居东亚之天府,本应绍汉唐之遗烈,作并世之先进,将来建国完成,必于世界历史居独特之地位。盖并世列强,虽新而不古;希腊罗马,有古而无今。惟我国家,亘古亘今,亦新亦旧,斯所谓'周虽旧邦,其命维新'者也!"这段话的意思是说,无论是从国家的层面上讲还是从文化的意义上衡量,居于现代层面的"中国"来源于"旧邦"的历史文化积淀,但它自身也存有内在创新的驱动力。不断变革、创新,乃中国文化的一种天命!这种"亦新亦旧"的特质同样可以运用在我们对"五四"以来新文化、新文学特别是新诗的理解上。

讨论这个问题,首先要从诗歌在中国传统文化中的地位谈起。孔子曰:"不学《诗》,无以言。""诗"是"言"的基础,就是说诗歌是中国文化的一个基础。诗歌在中国文化中有着特殊的地位,在儒家的经典中,《诗经》总是排在第一。可以说,西方有《圣经》,中国有《诗经》。古代最基本的教育方式是"诗教"。《礼记》记载孔子曰:"入其国,其教可知也,其为人也,温柔敦厚,《诗》教也。"其次,"诗教"也可以理解为一种教养和修养,孔子在《论语》里面夸一个人时经常说"可与言《诗》"也。最重要的,"诗教"还可以理解为一种宗教。林语堂曾说"吾觉得中国诗在中国代替了宗教的任务",他认为诗教导了中国人一种人生观,还在规范伦理、教化人心、慰藉人心方面,起到与西方宗教类似的作用。钱穆等也有类似观点。

既然旧体诗是中国传统文化的基础和核心,那么,对传统采取全盘激烈否定态度的新文化运动,当然要从新诗革命开始。新诗,充当了新文学革命和新文化运动的急先锋。胡适率先带头创作白话诗,在《文学改良刍议》中倡导文学革命,声称要用"活文学"取代"死文学"。认为只有白话诗才是自由的,可以注入新内容、新思想、新精神,他声称"死文字决不能产生活文学,若要造一种活的文学,必须有活的工具",开始了以白话诗为主体的"诗体大解放",打破格律等一切束缚,宣扬"有什么话,说什么话,话怎么说,就怎么写",因此,新诗也被称为自由诗。陈独秀发表《文学革命论》，称欧洲之先进发达源于不断革命，"自文艺复兴以来，政治界有革命，宗教界亦有革命，伦理道德亦有革命，文学艺术亦莫不有革命，莫不因革命而新兴而进化"。

这些年，关于"五四"的争论也很多。正面的认为其代表时代进步思潮，值得肯定；负面的认为其彻底否定传统文化开了激进主义思潮，导致伦理丧失、道德崩溃、虚无主义泛滥。关于"五四"，学者张旭东的观点比较公允。他指出，在"五四"之前，人们常常把中国经验等同于落后的经验，而将西方经验目之为进步的象征，由此就在中国与西方之间建立了一种对立关系，陷入了"要中国就不现代，要现代就不中国"的两难境地。"五四"将"中西对立"转换为"古今对立"，成功地解决了这一困境，"五四"成为"现代中国"和"古代中国"的分界点，成为中国现代性的源头，从此可以"既中国又现代"。既然古代中国文化的核心和基础是诗歌，所以，新文学革命和新文化运动以新诗作为突破口是有道理的。

学者李泽厚就对新诗新文学予以高度肯定，表达过其相当深刻的理解。他说"五四"白话文和新文学运动是"成功的范例，它是现代世界文明与中国本土文化相冲撞而融合的一次凯旋，是使传统文化心理接受现代化挑战而走向世界的一次胜利。'五四'以来的新文体，特别是直接诉诸情感的新文学，所载负、所输入、所表达的，是现代的新观念、新思想和新生活；但它们同时又是中国式的。它们对人们的影响极大，实际是对深层文化心理所作的一种转换性的创造"。他特别举例现代汉语在输入外来概念时，所采取的意译而非音译方式，很有创造性，文化既接受了传入的事实，又未曾丧失自己，还减少了文化冲突，"既明白如话，又文白相间，传统与现代在这里合为一体"。

确实，在郭沫若、冰心、胡适、徐志摩等早期新诗人的诗歌中，自由、民主、平等、爱情及个性解放等现代观念得到了广泛的传播，起到了一定的现代思想的启蒙和普及作用。此后，闻一多、何其芳、冯至、卞之琳等开始强调"诗歌自身的建设"，主张新诗不能仅仅是白话，还应该遵照艺术规律，具有艺术之美和个性之美。戴望舒、李金发等则侧重对欧美现代诗艺如象征主义、意象派的模仿学习。抗日战争开始后，艾青、穆旦等在唤醒民众精神的同时继续新诗诗艺的探索。中华人民共和国成立后，受苏联及东欧、拉美诗歌的影响，积极昂扬向上的抒情主义一度占据主流，并奠定思想基础及美学典范。但后来这一方向遇到"文革"阻断。直到20世纪70年代末,诗歌界才又重新开始新诗的现代探索之路。

在这里,我重点梳理一下20世纪70年代末算起的当代诗歌四十年。我个人曾大致把这四十年分为三个阶段。

第一个阶段是朦胧诗时期,主要是向外学习的阶段,翻译诗在这一阶段盛行。朦胧诗是"文革"后期出现的一种诗歌新潮,追求个性,寻找自我,呼唤人性的回归和真善美,具有强烈的启蒙精神、批判思想和时代意识,是一种新的诗歌表达方式和美学追求。朦胧诗主要的特点:一是其启蒙精神和批判性,北岛在这方面尤其突出,他对旧有的虚假空洞意识形态表示怀疑,公开喊出"我不相信",同时,他高扬个人的权利,宣称"在一个没有英雄的年代里,我只想做一个人";二是对人性之美的回归,对日常生活之美的回归,舒婷比较典型,她呼唤真正的深刻平等的爱情、友情,比如《致橡树》等诗。朦胧诗的新的美学追求也得到了部分评论家的肯定,其中尤以谢冕、孙绍振和徐敬亚为代表,他们称之为"一种新的美学原则的崛起",为其确定追求人性人情人权的准则,从而为其提供合法性、正当性证明。但朦胧诗与翻译诗关系密切。诗歌界有一个相当广泛的共识,即没有翻译就没有新诗,没有灰皮书就没有朦胧诗。已有人考证胡适的第一首白话诗其实是翻译诗。而被公认为朦胧诗起源的灰皮书,是指六七十年代只有一小部分人可以阅读的、所谓"供内部参考批判"的西方图书,其中一部分是西方现代派小说和诗歌,早期的朦胧诗人们正是通过各种途径接触到这些作品,得到启蒙和启迪,从此开始他们的现代诗歌探索之路。改革开放之后,西方诗歌从古典主义、浪漫主义到现代主义被一股脑翻译过来,从普希金、拜伦、雪莱、泰戈尔、惠特曼、波德莱尔、艾米莉·狄金森、艾略特、奥登、普拉斯、阿赫玛托娃到布罗茨基、米沃什、史蒂文森等,以西方现代诗歌为摹本的风气更是盛行一时。

朦胧诗本身的命名来自章明的批评文章《令人气闷的"朦胧"》,认为一些青年诗人的诗写得晦涩、不顺畅,情绪灰色,让人看不懂,显得"朦胧"。这一看法,可以从两个方面来分析:一是朦胧诗由于要表达一种新的时代情绪和精神,老一辈可能觉得不好理解,故产生隔膜,看不懂;二则可能因为这种探索是新的,这种新的时代的表达方式是此前所未有的,因而必然是不成熟的,再加上要表达新的感受经验,中国传统中缺乏同类资源,只好从翻译诗中去寻找资源,而翻译诗本身因为转化误读等,存在不通畅的问题,在这样的情况影响下的诗歌,自然也就有不畅达的问题,故而扭曲变异,所以"朦胧",让人一时难以理解接受。

朦胧诗试图表达新的时代精神,创造新的现代语言,但因受制于时代,受翻译体影响,再加上表达受时代限制导致的曲折艰涩,诗艺上还有所欠缺,未能产生更大影响,后来进入欧美后也受到一些质疑,比如其对"世界文学"的有意识的模仿和追求,以及诗歌表达方式和技巧的简单化。

第二个阶段是文学寻根时期,也是向内寻找传统的阶段,后来更在"国学热"、文化保守主义潮流中日趋加速,朦胧诗和第三代诗人中已有部分诗人开始具有自觉地将传统进行现代性转换的创造意识,这个时期也可以说是一个文学自觉的时期,民族本土性主体性意识开始觉醒。最早具有寻根意识的作品被认为是杨炼的诗歌《诺日朗》等,后来则是小说界将之推向高潮。韩少功发表《文化的根》,莫言、贾平凹、阿城等相继推出《红高粱》、"商州"系列和《棋王》等小说。文学寻根思潮的产生,可能受到两股思潮的影响:一是拉美的魔幻现实主义,它也是以"寻根"面目出现,寻找拉丁美洲大陆的独特性和精神气质,代表性作家马尔克斯的《百年孤独》在文学界几乎人手一册;二是欧美的反现代化潮流,表现为所谓反现代性的审美现代性,比如在艺术界以凡·高、高更为代表的反现代文明、追求原始野性的潮流。此外,进入20世纪90年代以后,文化保守主义思潮兴起,"国学热"盛行,陈寅恪、王国维等成为新的时代偶像。

这一时期值得注意的是台湾现代诗歌对大陆的影响。台湾现代诗正好已经过第一阶段向外学习,开始转向自身传统寻找资源,而且刚刚创作出具有一定示范性的代表性作品,比如郑愁予的《错误》、洛夫的《金龙禅寺》、余光中的《乡愁》等。台湾现代主义早期也是以西化为旗帜的,三大刊物《现代诗》《创世纪》《蓝星》等,明确强调要注重"横的移植而非纵的继承",主张完全抛弃传统。但有意思的是,台湾现代诗人们越往"西"走,内心越返回传统。他们最终恰恰以回归传统的诗作著名,而且也正是因这批诗作,他们被大陆诗歌界和读者们广泛接受。台湾现代主义诗歌对整个当代诗歌四十年的影响力,有时会被有意无意忽视,但我们不能不承认,在第二阶段,台湾现代诗取得了辉煌的成就,足以和朦胧诗抗衡。

寻根思潮持续性很强，后来也出现许多优秀的作品，比如柏桦的《在清朝》、张枣的《镜中》等，更年轻的继承者则有陈先发、胡弦等，其意义还有待进一步挖掘。

第三个阶段出现在 21 世纪初，其中最重要的一个背景是互联网和自媒体的出现及迅速普及，还有全球化的加速，促进中西文化与诗歌大交流大融合，激发创造力。我称之为诗歌的"草根性"时期，这是向下挖掘的阶段，也是接地气和将诗歌基础夯实将视野开阔的阶段。所谓诗歌的"草根性"，我写过一篇文章《天赋诗权，草根发声》，大意是每个人都有写诗的权利，但能否写出诗歌和得到传播还需要一些外在条件，比如要有一定文化水准，也就是说得先接受教育，现在正好是一个教育比较普及的时代。然后，写出来能得到传播，网络正好提供了一个新的传播渠道和平台，博客、微博、微信这样的自媒体对诗歌传播更是推波助澜，这些外在条件具备了，诗歌的民主化进程也就开始了。新的创作机制、传播机制、评判机制、选择机制与传播依赖纸媒、编辑的机制相比，发生了变化。诗歌进入一个相对大众化、社会化也是民主化的时代。当然，一个人是否能成为好诗人还有天赋等问题，诗有别才，但大的趋势基本如此。所以，我将"草根性"定义为一种自由、自发、自然并最终走向自觉的诗歌创作状态。

这个时代的一个标志就是底层诗人的崛起。被称为"草根诗人"的杨键、江非等最早引起注意，而"打工诗人"郑小琼、谢湘南、许立志等也被归于这一现象，2014 年年底余秀华的出现，使"草根诗人"成为一个具有广泛社会影响力的现象，达到一个高潮。另一个标志是地方性诗歌的兴盛。中国历史上就有地方文化现象，古代有"北质而南文"的说法，江南文化、楚文化、齐鲁文化、巴蜀文化等使得中国文化呈现活力和多样性。当代地方性诗歌也处于相互竞争、相互吸收、相互融合的阶段。雷平阳、潘维、古马、阿信等被誉为代表性诗人。而少数民族诗人的兴起也可以归入这一现象，如吉狄马加等少数民族诗人，为当代诗歌带入新的诗歌元素，并成功进入主流文学。

还有一个现象是女性诗歌的繁荣。这也与网络的出现有一定关系。女诗人几乎人人开博客和微信、微博等自媒体。自媒体有点像日记，又像私人档案馆，还像展览发布厅，自己可以做主，适合女性诗人。女诗人们纷纷将自己的照片、诗歌、心得感受、阅读笔记等公开，吸引读者。我曾称之为"新红颜写作"

现象。其背后的原因则是女性接受教育越来越普遍，知识水平、文化程度提高。女诗人大规模涌现，超过历史任何一个时期，释放出空前的创造力，并深刻改变当代诗歌的格局，引起广泛关注。而且，女性占人类一半，其创造性的释放，在某种意义上具有人类文明史的意义。

近两年，在诗歌传播上，微信更起到了推波助澜的作用。微信的朋友圈分享，证明诗可以群。微信阅读日渐成为人们日常生活习惯。它快捷，容量小，并可随时阅读，适合诗歌阅读和传播。而另一方面，从网络诗歌开始就有的"口语化"趋势，也使诗歌更容易被读懂和广泛接受。所以，微信不受地域限制，汉语诗歌微信群遍布世界各地，人在海外，心在汉语。其后续影响值得关注。

第三个阶段之后，我觉得开始进入一个新的阶段，一个向上超越的阶段，这个阶段刚刚开始，在这个阶段，有可能确立新的美学原则，创造新的美学形象，建立现代意义世界。

历史上曾出现过这样的时期，盛唐诗歌就创造了古典美学的典范。李白是自由、浪漫的象征，他代表着道教的精神。杜甫是深情、忧患的典型，他的感时忧国是一种儒家传统。王维则是超脱、超越的形象，他有佛家及禅宗的关怀。在古典文学中，由于文史哲不分家，诗歌里本身包含哲学观念和历史经验，诗融情理，诗人们集体创造了一个古典的意义世界，为社会提高价值和精神，至今仍是一个美学和意义的源头。

所以，向上，确立新的现代的美学原则，创造新的美学形象，建立现代意义世界，是一个有待完成的目标。现代意义世界，应在天地人神的不断循环之中建立，兼具自然性、人性、神性三位一体，因为，自然乃人存在的家园，这是基础；而对人性、人心、人权的尊重和具备，是必需的现代准则。神性，则代表一种向上的维度，引导人的上升而非堕落。只有在这样一个多维度的融域视野中，高度才是可能的，当代诗歌的高峰也才会出现。

对这一个阶段，我预测：首先，这将是一个融会贯通的阶段，由于我们身处全球化时代，这将是一个古今中西融会的阶段。其次，应该是众多具有个人独特风格和审美追求的优秀诗人相继涌现。当然，最关键的，这一阶段还将有集大成的大诗人出现。最终，这一阶段将确立真正的现代美学标准，呈现独特而又典范的现代美学形象，从而建构现代意义世界，为当代人提供精神价值，安慰人心。

作者简介

李少君,笔名南君。湖南湘乡人。1989年毕业于武汉大学新闻系。曾任《海南日报》周末版副主编兼读书版主编。1998年加入中国作家协会。著有长篇小说《九十年代的收获与缺憾》,散文集《岛》,随笔集《南部观察》,小说《人生太美好》,散文《中国的秋》《中国的月》《中国的爱情》《海口之恋》《蓝吧》等。

新诗史上最大的接受"聚讼"*
——"汪诗热"剖解与现代诗"接受"的省思

陈仲义

专家点评

　　这是一篇关于诗歌"接受"的理论文章。它以新诗史上最具规模也最具争议的接受个案——"汪国真热"作为解剖对象,试图解读诗歌的创作者诗人和接受者读者之间的关系。

一、接受主体的深堑鸿壑

　　接受主体的开放性,诱惑着接受的无边性。层出不穷的接受"黑洞",不仅吞没一切"喧嚣",反过来,也"映照"出接受主体本身的"百罅千缝",导致终端评价千奇百怪,甚至与创作者意图南辕北辙。以新诗史上最具规模也最具争议的接受个案——"汪国真热"作为解剖对象,对长达20多年接受的膨胀、缩水、变形、走样的还原过程,让我们重新打量此前被忽略的接受主体,该,还是不该拥有"决定性力量";如何调整接受的"层级";新诗接受主体的某种"分级"趋势,在不同接受级差上能否进行和平对话;新诗接受的大众轰动效应与精英化驱策下的接受冷遇,是否必然演变为新诗接受的对峙"死结";等等。一系列问题都有待细细梳理。

　　20年来,热捧与批判,促成汪国真名噪一时。追捧者坚持:汪国真以广大

---

　　* 原载《扬子江诗刊》2016年第2期。

青少年为阅读对象,当之无愧是"青春诗人""诗坛王子""中国诗歌最后一位辉煌代表"。不同于朦胧诗对生命形而上的复杂感受,也区别于"第三代"对生命晦暗、悲观、碎片式的解构,汪诗的简洁明朗虽缺乏深奥的个人体悟,却迎合广大青少年需要。"汪国真现象"标示一个诗人拥有自己的读者群,它既代表一种社会心态,同时也代表一种诗歌方向。

挺汪代表、北大学者张颐武认为,人们低估了汪国真的贡献,浅吟低唱成为让普通青年理解的小感悟,从而让人们的人生丰富。艺评人廖廖认为汪国真作为一个中国的文化偶像,他有着不折不扣的中国传统文人的底色:温文平和、顺从犬儒。"也许我们不该说汪国真影响了一代人,而是一代人自己选择了汪国真。"[1]鲁迅文学奖得主王久辛认为,汪诗有三个精神特征"青春""励志""温暖","对于高中生与大一、大二的学生,是有意义的"。诗人、剧作家李蝴蝶认为,汪诗的出现,本身就是一种积极心态的复苏。即使他算不上伟大,也要看到汪诗能浸润普通大众的心灵。[2]

倒汪派学者冉云飞将汪国真封为"鸡汤鼻祖"。"他的鸡汤文字参与了种种致力于让人装睡的力量,而且贡献颇大","犬儒大盛,不分青红皂白的劝忍劝忘,其实是一种变相的对不公不义的维护"。[3]青年学者杨早认为,本该是反思匮乏与蒙昧的时机,却变成伪青春的记忆狂欢,他谈不上抚慰创痛,却为那个时代"美白"。"某种程度是扭曲、误导和降低了中国青少年的审美品位,以及他们对当代诗歌的鉴赏能力。汪诗走红是一副麻醉剂。"(诗人喻言)"曾是一场语言的灾难。"(诗人潘洗尘)[1]

批判的火力不断升级:"作为一个诗人,汪国真极不合格。汪国真所有诗歌的水准,徘徊在顺口溜、励志歌、校园黑板报之间。……汪国真诗歌不是改革开放的新事物,……汪诗的最高成就,也就是流行歌词的高度。"[4]欧阳江河更加直言不讳:"汪国真的诗……简直就是对整个诗歌智识层面的一种羞辱。……那些表演性成分和精神励志等,我认为是拼凑出来的'假诗'。而我们的教材居然要把它收入,塑造那种四不像的东西,这是对学生的一种毒害,从小学时起就会有树立起一种'恶趣味'的危险。"[2]

其间也有温和的中立派。比如唐晓渡将汪诗与汪诗的影响加以区分,一方面认为汪诗确实比较幼稚浅显,易被中学生所喜爱,但另一方面,他的流行并非他的过错,不应该受到任何指责。他在多元化的诗歌格局当中,也有他的理由、他的意义。[1]张柠认为,汪国真的诗歌通俗易懂,有自己的受众面、传播渠道,有自己的意义。"我们不能强求所有人写我们在大学讲堂里所讲的那种有深度、意象的东西。我们只能说那是无数种诗歌风格中的一种而已,不能说它就是诗的标准。"[5]

凤凰网文化专栏在汪国真去世后做了个专题,实时流量比两周前去世的诺贝尔奖获奖作家格拉斯足足高出200倍,可见汪诗在大众层面的影响力。回顾汪国真1991年出版第一部诗集《年轻的潮》5次印刷高达15万册,《年轻的思绪》4次印刷高达20万册,其"年轻系列"总数突破百万册。汪氏清浅流丽,虽属学生手册关乎理想教育的励志篇,但作为青少年亚文化形态的正能量,还是征服了青春期的心理市场,适合花季年华的胃口。

这不是中国独有的现象,同年去世的美国诗人罗德·麦克温也有相似之处。据旅居芝加哥的非马介绍,麦克温诗选卖掉过6500万册,远远超过美国历史上两个最有名的诗人佛洛斯特与艾略特的诗作销量的总和,同样也没得到主流诗坛认可。许多人鄙夷麦克温的诗太明朗、太多糖分。《新闻周刊》称他"俗气大王"。名诗人谢皮洛贬他"连垃圾都不如"。[6]截然不同的接受"撕裂",涉及极为复杂的问题。如果坚定站在问题的各自端点,从单一的角度出发——比如只锁定文本或以大众口味为唯一检测准绳,各自得出的答案就永远是势不两立"你死我活",但如果在多重视域交集下,引入更多维度,可能就有许多值得协商的地方。

二、接受主体的"切分"与局限

其实接受领域存在不同的接受身份与接受层级,不好"一刀切",它往往导致接受的天壤之别,云泥之隔,只不过平时多被"忽略",如今在汪氏身上更加集中与白热化。假如我们换位思考一下,从十三四岁的阳光嗓音出发,我们会发现,汪国真在稚嫩心灵留下的传声带,即便单向度,也会被唱得格外起劲:"花的河流/必定要奔腾不息/帆的船队/必定要航行在晴朗的天宇/春天的女儿呵/必定要前进在春天的队伍里"。简易的青春文本、流行的校园文化气息,当汪国真把理念转换成单纯明朗的声调,在未谙世事的少年身上极易化为人生动力、素质修养、伦理情操。现成的浅白哲思,迅速被摘句、撷取、抄录成贺年卡的祝词、毕业典礼的赠言、彩笺上的珍重,以及课桌底下的秘密传送。这些格言体的励志篇,有千篇一律之嫌,但对于"一张白纸"、对于生长发育期的"八九点钟的太阳",却有一种"只要明天还在/我就不会悲哀""当我们跨越了一座高山/也就跨越了一个真实的自己"的即时加油、鼓舞与鞭策的效用。判断句的大量运用,强行的制导力量,不管这种力量是建立在沙化、浮松的基础上,它统摄了青年学子的课业、理想、爱情、未来,斩钉截铁地"推上去",用直接的提问方式,明快干脆的答案,给予所谓正能量的青春指南。纵使缺失历史感,也不探触深层现实、违背温室的生长规矩,但与自暴自弃、消极沉沦的灰色地带无缘,永远是清一色、"高八度"的挺拔姿态。所有这一切,都与一个巨大的、青涩群落的心态紧紧关联,所到之处获得热烈欢迎,自有其客观必然性。

应该承认少量较好文本(《生命之约》《应该打碎的是梦》)相对脱俗:"我不想追波/也不想逐浪/我知道/这样的追逐/永远也追不上/我只管/走自己的路/我就是/含笑的波浪"。一俟脱开汪氏模式,其严重的同质性才略有打破,如《悼三毛》:"撒哈拉沙漠很大很美/她一定是迷了路了/再也走不出来//她迷路的那天/并没有下雨/可是 许多人的心/都被淋湿了//从此/雨季不再来"。可惜,这样的文本很少。

所以,与其把汪国真当作诗人,不如当作一般词作家。理由是其文本表意明朗、语言直观,相对简洁,修辞简单,明显的歌词化,同校园流行歌曲一拍即合。"不是不想爱/不是不去爱/怕只怕/爱也是一种伤害"(《默默的情怀》)。歌词化结构,经常通过一个理念,如《感谢》,在春风春天、浪花海洋、红叶枫林、雪花世界等并列物之间做简单演绎,缺乏层次感,情感体验有限,多数结构如模子印出来平板单一。即便如此,由于较注重音乐性(大体格式整饰、几乎篇篇押韵),读来朗朗上口,也会冲淡内在诗情的单薄。启用诗歌最简单的手段——重复、排比,制造了情感连贯与情感的直接力量。晓畅的流泻、明朗的逻辑,使得汪诗节奏轮廓鲜明,特别适合校园朗诵会(也于此埋下了作者转向作曲的伏笔)。

然而,从专业、从现代诗以原创为生命的创新角度考量,汪诗就乏善可陈了。一旦置于"隐含读者""理想读者""模范读者""有能力的读者"面前,他的被漠视便是必然。通常诗歌界有四种接受形态:深入深出、深入浅出、浅入深出、浅入浅出。汪国真无疑属于第四种类型浅入浅出。针对文本,香港诗人廖伟棠毫不客气:"我在媒体上读到的汪国真59岁所写的最后一首诗,比他19岁、29岁所写的毫无寸进(无论思想境界还是语言能力)……一个人19岁的时候幼稚,我们可以说他是单纯,过了40年人生历练还这样,那就是存心迎合愿意幼稚的人的举措。"[3]这种迎合的幼稚大大暴露文本的美学缺陷与不足,那是连篇累牍、缺失创造性的大白话,缺乏真切疼痛感,只剩下没有血肉的骨头:"如果远方呼喊我/我就走向远方/如果大山召唤我/我就走向大山",翻来覆去,通篇是干巴的说教,人人皆知的常识,"我没有太多的话/告诉你,走什么路/全在自己……不要太看重/名利与荣誉","不必去呼唤未来/未来就在你的手里"。缺乏生命的痛彻,经不起深入推敲,空洞的概念化,挂在壁纸上的塑料花,少有诗美的掘进和砥砺。

其结果,最终必然落入明显的制作套路。主题、题材、观念、情调、手法,有太多雷同、太多重复。("背影总是很孤单""欢乐总是太短""寂寞总是太长""往事总是很淡很淡""感激总是很深很深")时间久了,填充式的路子会越陷越深。概念说教,表明情感贫瘠;为文造情,不可能走得太远。难怪有人说,《热爱生命》几乎涵盖了汪国真所有的主题内容,读他一首等于读他所有诗歌。"本质上,汪诗没有创造性、没有独特性。他诗中的好些句子都似曾相识,很难找到表现他个人独特智慧的语言。"王小章直指文本的评鉴可谓一语中的。[7]

纵然是被多人引用、津津乐道,成为汪国真最具分量的名句"没有比脚更长的路/没有比人更高的山",也很难说是他的原创。经查阅,二十出头的公刘,早在20世纪50年代——在汪国真三十多年前的《山间小路》就写出来了:

一条小路在山间蜿蜒,
每天我沿着它爬上山巅,
这座山是边防阵地的制高点,
而我的刺刀则是真正的山尖。

读者一旦读过"刺刀比山峰还尖"的句子,就不会对"人比山高"发出原创性赞叹。再推远一点,也可以看到是林则徐"山登绝顶我为峰"或有人赠张大千"山至高处人为峰"的翻版。由此不难想见,接受主体本身存在着巨大的封闭性与局限性。接受主体有自觉与自发、敏感与迟钝、精细与粗糙、深邃与肤浅、颖悟与懵懂、聪慧与愚驽之分。不同类别、层级的接受主体反应是大相迥异的：一些清晰明了的，可能被视而不见；一些浅尝辄止的，可能被无限演绎；一些庸常普通的，反被奉为佳篇。因为学养、经历、知识结构、艺术感受力的残缺、盲点、外行，都会明显留下接受的内外硬伤。诚如英加登所指出的"读者的想象类型的片面性，会造成外观层次的某些歪曲；对审美相关性质迟钝的感受力，会剥夺了这些性质的具体化"[8]。

由此看汪诗接受的两极，少年学子的热烈拥趸与批评界的大多断然否定，完全属于正常现象。需要省思的是，接受主体的无边开放是否存在绝对的"天经地义"？它如何对待自身的封闭与局限？接受主体的局限性明摆在那里，是无法逃遁也无法遮蔽的。流行受众，无视自身知识欠缺，顺随时尚风流，不以之为俗而以之为荣；精英受众，一味抢滩弄潮、高标探举、唯新是瞻，睥睨基础层面，也无助于新诗初级形态的普及。大众层面的轰动效应与精英面前的冷遇命运，双方每一次"交火"，都极易在对峙的语境中升级，又在各自的领地里"自行其是"，或维护各自的"狂欢""快感"，或保留各自的"倨傲""尊严"。那么，有没有"和解"的必要与可能呢？

三、大众化"轰动效应"的背后

"汪诗热"出现不是偶然的，表面上看是经由一两位编辑发现而引发的出版机遇，其实是20世纪八九十年代之交，时代语境总体合力下的结果。汪诗的轰动缘由，具体分析有四。其一，20世纪80年代末90年代初，第三代诗歌左冲右突，带有太多探索性、实验性，尚不成熟，叫本来就窄门的现代诗继续走向圈子化，其尖端的反叛与锋芒部分，的确很难进入公众视野，甚至屡遭阻击，阅读"失效"。精英观念的超前与激进，只是对精英诗人有吸引力与凝聚力，却无力感召广大青年学生参与、追随。精英诗歌义无反顾死守自身美学立场，无形中被广大受众抛弃，客观上为汪诗的登场鸣锣开道。设想，要是没有当时的意识形态环境，没有第三代不加节制、走火入魔的实验，现代诗界不被快速嬗替的潮流搅局而保留良好生态，汪诗想脱颖而出恐怕不那么容易。

其二，其时校园文化、青春心理的趋同性达到惊人一致，从众心理长盛不衰，是教育机制的一个弱项。只要"一声响动"，同处那一个青春期，不同班级、不同性别的人群很容易一窝蜂形成"趋之若鹜"的大流。在乌托邦的想象共同体里，躁动不安的青春灵魂，大同小异地寻求慰藉与安放。尽管汪诗无法解决真切的实际疑难，但毕竟提供一种符合社会、家庭要求的文本，并成为个人想象所能接受的精神支点。正是这种接受模式吻合青春期快餐式宣泄，才赢得广大学子的热捧。平白清浅的格调，再怎样贬低，还是挺适合中学六个年级，加上大一、大二年级的胃口。八个年段的总数不可小觑。其中最大受体是70后这一代人，他们没有经历"文革"阵痛，又迎面外来文化初潮，历史体验和当下文化指引双重缺失，加剧了迫切性，只要触到新鲜的文化萌芽马上"依附"上去。其间流行的港台文学，无法持久地契合他们的心理需求；干涸的心灵更加饥渴地寻求文化雨露，汪诗恰恰填补了这一空缺。

可是，这种青春阶段性的诉求不会总是一路狂欢下去。调查表明，当80后、90后以"隔代"眼光反观前辈，境遇、思想、资源都开始发生变化，可以想见汪诗生命力在未来时间长河中面对新一轮受体，要想持续20世纪90年代的影响，肯定要走下坡路了。某种意义上，汪诗可视为一种温和折中、妥协的"青年亚文化"，部分源于青少年较低的辨识文化程度以及较低的审美判断——满足表达清晰、意蕴浅显就达标的接受尺度。这与他们青春体验的局限有不可分割的联系，相对单薄的知识文化结构、发育期的躁动，更愿意在流通的、大众的、青春的广场上载歌载舞。这，颇像小说界的郭敬明。本质上，可以说汪国真是诗歌界的郭敬明。撄宁的《汪国真、郭敬明，你们到底有多像？》通过主题、题材、受体、言论、销量、跨界等层面的收集比对，出示了两位青春偶像的共同特征。如此看来，这样的文化雕塑，只有在校园平台上，才具备发生与接受意义，而校园文化在大文化广场上，永远有一席之地。

其三，其时的大文化初潮伴随着"流行""时尚""轻型""消费"元素：健美裤、伦巴、三点式、麦当劳、"四大天王"，包括刘墉、张小娴等也进军大陆市场，占据一席之地。在此之前，已有席慕蓉风靡校园，《七里香》等印数超过百万，但是古典式的缠绵忧伤，毕竟留下历史文化隔膜。如果说席诗是青春已逝的似水年华，汪诗则贴身本土校园的青春温床，席诗遗留的心理余温，被汪诗用另一种明快的青春柴火点燃。平心而论，同是流行诗歌，席诗乃属于本真行走，源于自我平常心愫，成就了一种清芬圆润、唯美细腻的风格，远比汪诗高出两档。

其四，汪诗流行成功的很大原因，还在于"顺随"了传播特性。他关注、迁就读者，坚持文本一目了然，使得读者在阅读"加工"过程中，无须做过多的歧义排除。这样，阅读难度降低、吸收速度加快，读者译码、释码过程得以一帆风顺，感情的共鸣轻而易举，阅读的快感也更容易建立。汪诗放弃高度，降低审美水平，稍比中学平均水平高出一些，在未成熟的心灵中引起更多认同；而其间许多优秀诗文本尚远离大众视野，在被遮蔽的前提下，汪诗的小哲理更易被视为"上品"。而出版社看准市场，大力推行营销策略，"捕获"青少年读者易如反掌。

这种在"前网络文化"语境中发迹的"暴发户"，正好是当时商业出版机制改革下的"宠儿"；作为学术界的"弃婴"，反倒以相当比重入选中小学教材，加剧了前所未有的传播。[9]这并没有什么讽刺意味。当然，还得算上各种链条的推动，诸如系列的市场化签售，电视屏幕包装亮相，大中专院校巡回讲演，报刊专访报道，盒带光碟推销，名胜古迹风水宝地题词，以及书法、歌词、作曲的其他才艺，多维加码，在时代总体语境合力塑造下，汪国真一跃完成从诗界"畸零人"到文化明星再到偶像的全过程，创造了中国诗界最大的轰动效应。2015年联合国通过量化统计，给出中国素质排名全球倒数，盖出于中国文盲比例高，文明程度低，艺术教育与资源稀缺。考虑到国人整体素质偏低，汪诗在青年读者群中能起到如此广泛的入门"启蒙"，这一点应当得到肯定。

同时，也不难理解先锋诗界对汪诗轰动效应嗤之以鼻，一直保持着高傲与不屑。就其文本而言，汪诗意蕴浅显、韵律规整，委实不能满足精英诗界对好作品的要求。因其研究空间不大，最多只能与琼瑶、邓丽君为伍——同存于通俗文化领地。但其惊人的销量与轰动效应，大大加重了精英界的危机感，焦虑中的精英们对其作品的"烂俗"本无暇指摘，但其"媚俗"却大大刺痛了精英立场，从而引起强烈"反扑"。[9]这就形成了中国新诗史上历时最久、对峙最烈的"水火不容"。

四、精英化的"冷遇"结果

与轰动效应形成强烈反差，是多数先锋文本在个人化写作推进下的惨淡命运。那么一个作品的价值究竟由什么决定？流行？时尚？市场？抑或创新性？而创新性受阻又该怎么办呢？面对媒体，汪国真一直振振有词："人民说你是诗人你就是诗人，不被人民承认就什么也不是。检验作品的标准一个是读者，一个是时间！那么多读者，这么多年，一直喜欢着我的诗，足够了。"[10] 诚然，时间与读者作为接受准绳没有错，然而，汪国真把青少年读者（部分）当作人民（整体），岂不是在逻辑上做了一次巧妙偷换？而时间，仅仅过去十多年，能否成为"人民群众"所喜闻乐见的经典，还需要耐心等待。

表面上，这样的雄辩颇能成立，但在某种程度上，这是以隐含的媚俗作为部分通行证的。米兰·昆德拉深刻指出："媚俗，是把既成的思想翻译在美与激动的语言中。它使我们对我们自己，对我们思索的和感觉的平庸流下同情的眼泪。……随着大众传播媒介对我们整个生活的包围和渗入，媚俗成为日常的美学观和道德。"[11] 而"媚俗的逻辑必然导致对现实生活的文饰，在无所神圣中冒充神灵，在苍白的荒原上布置塑料盆景。因此，严肃的、深刻的诗人、思想家就得不到大众的拥戴，反而那些平庸的、肤浅的、装腔作势的表演者倒能成为大众热情拥戴的明星"[7]。所以，在流水线上炮制的诗文本，只是文化快餐的一次性消费，一览无余，失之智性阅读的乐趣。因为文学价值不高，纵然拥有许多读者，一时流行，终究还是走不出经典化关口。君不见，在所有新诗、现代诗的重要选本、年鉴、档案中，汪诗都被"遗漏"。他的位置，当在"当代通俗文化"的某一章节里。

那么反过来，那些不媚俗、不时尚的严肃、探索性的文本就一定高出一筹吗？也不一定。严峻的事实是，先锋文本以求新求变为圭臬，在个人化口号推进下，罔顾受众，一意孤行，在普通受众那里，自然不断受到"理解"的多种诟病，像佶屈聱牙、叠床架屋、晦涩重重、猜谜、游戏、故作高深、语词暴力等。假借先锋特权，放纵个人表达方式与个人词汇表，目中无人地自我满足、孤芳自赏。

现代新诗的接受"魔咒"一直以来就存在两种交叉：行走在大众"喜闻乐见"的路子上，是人气、拥趸、风光、一路攀升，能迅速打通接受文化的隔离带，却又很难保证优质的艺术品格，这种普泛的初级形态有走向媚俗化的危险。而现代新诗的先锋性"日日新苟日新"，抠心挖肠，远远走在时代前面，令大众的知觉力赶不上他们的步伐，屡遭冷遇、冷冻也很自然。这的确是个不易迁就的两难。激进者宣称,是先锋在引领大众,否则艺术早就夭亡;大众反驳说,放弃通俗,就证明高明?看来现代新诗的接受不宜做笼统的"一刀切",而应"切分"为不同层面不同层级,以平息混乱。最大群落的划分是新诗中的先锋部分、精英部分,属于引领性的,其尖端朝向不断的突围与创新,它对应于高端接受。新诗中的初级部分、通俗部分,属于公识性的,以读者的普泛需求为标的。两者在多大程度多大范围内的交叉,可兼得鱼和熊掌呢?

罗兰·巴特说:"文学作品的诱惑使读者不再是文本的消费者,而成为文本的生产者。"[12]这意味着,即使个人自诩的高端文本,一经问世,其生予大权并不在他手中。读者不买账,再尖端的文本也会被束之高阁。30年前,笔者在朦胧诗懂与不懂的争论——考察"五主将"的接受光谱时,曾多次打比方:如同在9寸电视机屏幕前,坐在前排的受众,大约离屏幕2米处,是眼睛看得较为清楚的地方,当属舒婷与顾城暂时领先的"势力范围";坐在稍后的观众,距屏幕四五米处,看到北岛的文本影像,相对比较模糊,尚需一段时日向前"挪动"的努力;而坐在最后面的,八九米开外,即便睁大眼睛,看到杨炼,多数是些闪烁的条纹与光斑,他们需要更长时间的等待。现在,观看杨炼的位置,已经大大朝前靠拢了,但是远没有达到最舒服、合适的位置。这一熟稔的观看经验表明,愈是属于个人化的,愈难得到大众的通融;在不同层级的接受中,都存在着一个相对适中的"契合点"。

杨炼挺立在个人化的写作前端,近期的"后峰写作",涉及丑陋、罪恶、病态、古怪、荒谬,开掘自身的后劲、耐力,触摸内心黑暗的极限努力,由深度派生难度,自难度激发深度,着力营构"同心圆"诗学,做人生—文本—人生的不断递增、轮回。这个"被大海摸到内部"且"眺望自己出海的"鬼魂,站在深渊与悬崖间,一如封口的石像,静享冷遇与孤独。

继杨炼之后,臧棣的走势更为飘忽。70后赵卡在《反禁忌的禁忌:臧棣的非正式性——读诗札记:臧棣的诗集〈骑手和豆浆〉》中的描述有一定代表性:"他像一个饶舌的忧郁症患者推迟了一首诗对自身的诗意呈现……他的分句审美让诗搭起了锐角和钝角的惊险结构,臧棣的诗歌建筑学近乎'闪电的遗址',……人们并不习惯他的逆审美的哥特式巴洛克风格,他的诗反抒情如同小说反叙述,盘根错节的意象干扰了读者的视线……令人恐怖的重度修辞几近一个邪恶狂徒的计划,他毫无顾忌地展示了一种令人恼怒不已的荒谬性……对读者形成的障碍却是难以言表的困惑。说句不太准确的话，就是臧棣的诗看起来像一种诗的方言……他的诗的确有着常人不可企及的复杂性和难度。"

这是汪与杨、臧在两极接受上的巨大落差。如果你选择后者，你得做好思想准备，在一段很长时期内被打入冷宫，绝对与凯旋门的狂欢无缘。最多与几位志同道合的"心腹"共赴险境；也推石般做些启蒙工作，滴水穿石，来日方长。困窘的原因，是你走得太快太急太远，经常被抛在大众的视线之外，不容待见，加上盲视者往往把彩云误当辉煌，所以你也不要只顾自己往前赶路，你还有一个任务，时时回过头来，等待、召唤剩余的、滞后的队伍。

汪与杨、臧的案例再次表明，受众主体的整体性是完全靠不住的，受众的分化、裂隙与对峙是必然的。尤其在两极的端头，前者投合俗化，赢得消费狂欢，后者勇毅涉险，冒着曲高和寡、无人问津的代价。这是新诗普泛的、后拖的板块，同先锋的、尖端的板块的"拉锯战"，是不同写作主体引发不同接受主体的分裂与区隔。随着国民素质的整体提升，随着现代诗性的渗透、弥布，相信国人的接受会逐渐告别"浅进浅出"的格局，趋于更高的层级。

参考文献

[1]汪国真去世引发大讨论：纯真记忆还是鸡汤毒药？[EB/OL].(2015-04-26)[2015-10-30].http://culture.ifeng.com/a/20150426/43637303_0.shtml.

[2]吴亚顺,柏琳.诗人汪国真因肝癌去世,年仅59岁,诗歌再引争议：生前一纸风行,却从未进入主流诗坛[N].新京报,2015-04-27(C03).

[3]廖伟棠.拒绝哀悼一个人,但哀悼一个时代[EB/OL].(2015-04-27)[2015-10-30].http://cul.qq.com/a/20150427/047759.htm.

[4]马小盐.悼念汪国真的精神误区：青春追忆症与群善表演[EB/OL].(2015-04-27)[2015-10-30].http://culture.ifeng.com/insight/special/wangguozhen/.

[5]宋宇.汪国真：我就问你一句话[N].南方周末,2015-04-30.

[6]非马.汪国真：中国的麦克温[J].新大陆,2015(4).

[7]王小章.价值真空时代的"文化孤儿"——析崔健、汪国真、王朔现象[J].青年研究,1994(11).

[8]英加登.对文学的艺术作品的认识[M].陈燕谷,晓未,译.北京:中国文联出版公司,1988:93.

[9]崔凤敏.试论多重文化视角下的"汪国真现象"[D].济南:山东师范大学,2014.

[10]孙桂荣.汪国真诗歌与青春文学的文化模态分析[J].南方文坛,2014(3).

[11]昆德拉.小说的艺术[M].孟湄,译.北京:生活·读书·新知三联书店,1992:159.

[12]巴特.S/Z[M].屠友祥,译.上海:上海人民出版社,2005:10.

作者简介

陈仲义,厦门城市职业学院教授。出版现代诗学专著6部,如《现代诗创作探微》《诗的哗变》《中国朦胧诗人论》《现代诗技艺透析》等,发表现代诗学论文160多篇。

陈超与中国当代诗歌批评*

张桃洲

> **专家点评**
>
> 这是一篇诗歌评论家对诗歌评论家的评论,而且是评论一个带有标本意义的诗歌评论家——陈超,近 30 年中国诗歌的一位重要亲历者、见证者。该文全面评析了陈超的"生命诗学",可以说,这是一篇诗歌的"解剖学",是一部如何进行诗歌评论的方法论。这对于一个诗人自觉、理性写作,对于评论家观察、评论诗歌,以及欣赏者欣赏、阅读诗歌,都是大有启发的,堪称打开并进入诗歌的一把钥匙,是诗歌评论的一本教科书。

作为卓有建树的批评家,陈超堪称近 30 年中国诗歌的一位重要见证者。无疑,应该将陈超的诗歌批评放到 20 世纪 80 年代以来中国诗歌发展和诗歌批评进展的脉络中予以考量。这里,强调陈超之于当代诗歌的见证人或亲历者的身份,是有必要的。当然,诚如洪子诚先生辩证指出的:"'亲历者'为历史过程提供具有'见证'性质的叙述,无疑具有其他人所不能提供的陈述……作为'亲历者',在意识到自己的经验的重要性的同时,也要时刻警惕自己的经验、情感和认知的局限。"对同一段历史或同一时期文学的研究,亲历者和非亲历者会表现出不大一样的切入角度和方式,这自不待言。此处强调陈超之于当代诗歌的亲历者身份,并不在于凸显其诗歌批评的"优先性",而是为了指明其诗歌批评的一个基本特质:敏于对历史情境中的细节和气息的捕捉。他的

---

* 原载《新诗评论》总第二十辑,北京大学出版社 2016 年 8 月出版。

诗歌批评以对同代诗人的观察和分析起步,在后来的推进中显示出与那些诗人成长及当代诗歌发展的极强的"同步性"。可以说,陈超的诗歌批评伴随着其理论见解的层层深化和拓展,融入了中国当代诗歌的历史进程并成为其中重要的组成部分。

一

陈超开始从事诗歌批评之际,正遇上风起云涌的中国当代诗歌的潮流更迭:朦胧诗在激烈的论争中进入其巅峰时期并逐渐获得"经典"地位,却也面临着"盛极而衰"的窘境;与此同时,一股更新的夹杂着"叛逆"气息的"第三代"诗潮(在多篇文章里,陈超称之为"实验诗",后来则直接使用"先锋诗歌"),已经"不可遏止"地浮出地表。在一篇为朦胧诗辩护的文章里,陈超审慎地提出,应从朦胧诗中发掘出批评者所忽视的"现实主义因素",他认为朦胧诗人"并非要脱离生活,而是要以更深刻的方式重新理解和评判生存以感知它的底蕴。他们从探求人的内心世界最深处入手,将内外现实看作处于同一变化中的两个潜在成分,并且能用一种整体上的逻辑和理智来控制诗思"。这种关切"生存"、注重"内心"、着眼"诗思"的言说路径,为陈超的诗歌批评奠定了某种基调。

与同代一些批评家——耿占春、唐晓渡、程光炜、王光明及稍长的陈仲义——相似,陈超最初的诗歌批评具有明确的诗歌本体意识,对诗歌的文本分析显出强烈的兴趣。他的首部论著《中国探索诗鉴赏辞典》(河北人民出版社,1989年)和《生命诗学论稿》(为其20世纪80年代和90年代初诗学论文及部分诗作的结集)中的大多数篇章,即充分体现了这点。这固然受到80年代文学批评反拨历史-社会方式、追求审美自律的整体风尚的促动,但更多地源于他所接受的西方文化、哲学、诗学思潮的影响。在步入诗歌批评领域之初,陈超与同代批评家共享着来自异域的各种新潮思想资源:"就整个80年代而言……无论是诗评家还是小说评论家,有两套书起了关键作用。一套是三联出的四五十本的'现代西方学术文库'……还有一套是上海译文的'二十世纪西方哲学译丛'……受这些书的影响,我们这代人的知识系谱说得好听一点比较有活力,什么好用就用了,说得难听一点就是有点儿精神资源紊乱。"这种

"紊乱"的西方资源连同当时活跃的诗歌创作的激发,所催生的本体意识和语言形式意趣,以及或多或少为诗歌寻求哲学依据或根基的冲动,使得这代批评家获得了某种显豁的"代际"特征,在批评观念与实践上同前代批评家区别开来。在一定程度上可以说,从今天的角度回望20世纪70年代末以来的中国诗歌批评版图,似乎只有这代批评家从群体的意义呈现出相对清晰的面目。在整个80年代,这代批评家在致力于廓清新诗历史面貌的同时(与前代批评家一道),超越了那种简单化的诗歌历史-社会批评,建立起一种鲜明的本体论诗学——这应当是他们共同的贡献。

不过,这代批评家虽然分享着相同的思想资源、感受着近似的创作氛围,但个人性情的差异特别是汲取资源时着眼点的不同,令他们发展出各具个性的批评路径(当然他们后来各自都有不小的变化)。比如,陈超自己就总结过他与耿占春的差别:"对我影响更大的还是属于现代人本哲学的,比如海德格尔、尼采、萨特、本雅明、胡塞尔、伽达默尔,以及'西马'诸人的著作。科学哲学里面对我本人影响很大的,到现在依然起作用的是波普尔的著作《历史决定论的贫困》,它整个改变了我的世界观,从方法论上是《猜想与反驳》。……耿占春一开始就受神话诗学、文化诗学,主要是受卡西尔的影响。《人论》我也读过多遍,但是它从语言的产生开始谈人,人是符号的动物,最后谈到了艺术和诗歌;这对于我来说感觉太遥远,我要解决最迫切的东西,想谈当下中国的先锋诗是怎么回事。"的确,耿占春的早期代表性论著《隐喻》(东方出版社,1993年)尽管也十分关注诗歌语言,但它偏重于从神话学、文化学甚至人类学的维度,从普遍诗学的视角进行探讨,其看重的不是现象分析而是理论归纳。而陈超诗歌批评的重心,一开始就落在当代诗歌现象和问题的剖析与评判上,其方法则是基于大量的文本细读。

对于陈超而言,之所以要大力倡导和实践文本细读,除了上述影响(尤其是同时引入的英美"新批评"理论)的因素,还由于其内在理论需求的紧迫性:"对诗歌评论者而言,其个人方式只能是对文本的深入","从价值论上看,细读法是唯一能抵进最高限值的努力";"细读是我们从事批评活动的起点,我们应有能力吸收转化其优长","批评家可以采用任何有效的理论进行批评运作。但有没有对文本的'细读'这个起点是不一样的"。由此,文本细读和以细读为核心方法论之一的新批评,就成为陈超诗歌批评的真正起点和理论基石,并对他后来的诗歌批评(虽经深化和拓展)产生了持续的影响。在当时的陈超看来:"'新批评'是一种变格的形式主义文论,与其他形式主义相比,它又是最关心对文本意义及生成的诠释。对当时的我来说,理解它正合适。诸如文学的本体依据和自足品质,语境理论,文本内部矛盾意向的包容与平衡,反讽,张力,玄学性,含混,'意图迷误'与'感受迷误'……特别是文本分析'细读'法,都深得我心。"于是,从1985年秋到1987年末,他"每天必做的功课是解读一首有难度的现代诗"——那些"功课"的成果,便是一部《中国探索诗鉴赏辞典》。尽管后来他的视野转向了"文化观念、价值向度",但仍旧在"讨论写作本身",这显然受到了新批评的"潜在支配"。因此陈超一再强调:"至今我仍未放弃新批评有价值的地方。比如文本细读,它永远是有效的乃至必须的。"

值得注意的是,陈超对新批评的理解富于辩证性,对于当时急速涌起且被引介到国内、一般被视为具有消解或"破坏"性的解构理论及其与新批评的关系,他的看法明确而清晰:"西方解构批评并不是'新批评'简单的天敌,从基本意识上,它是新批评最近的'亲戚'。解构主义之'解构',也是建立在对文本的细微构成,尤其是语言修辞特性的关注上。他们不满意新批评的'细读',是意在更进一步的'超级细读'。这是很关键的地方。他们将细读、含混、复义、悖谬、歧义、反讽等因素强调到极点,必然导致'文本有机自足'的失效。在文本意义的自由争辩中,解构批评家的确揭示了只能经由他们揭示的重要方面,文本具有了新的活力和开放性。但这种活力和开放性,都是批评家在细读文本中的每个字词、句群间的隐秘关系时,延伸、接引出来的。"无疑,这是一种相当"超前"的意识,可谓抓住了解构理论的要害,即便从当下的眼光看也依然合理。

一方面或许是得益于解构理论的启发,另一方面更多地源自他本人的理论探索的内驱力,陈超在自身的诗歌批评实践中,在坚持新批评及其细读法的同时,又对之进行了改造。按照陈超的说法,他"汲取的是新批评文本分析的态度,但是在分析文本时不会把一首诗的历史语境封闭住",他认为"在具体运作中,我们应放开眼量,读出更多的东西,而不是局囿于一隅"。可以看到,无论是集中于《中国探索诗鉴赏辞典》(及后来的《当代外国诗歌佳作导读》)里的文本细读,还是《中国先锋诗歌论》中"建立在细读的基础上"的诗人论,大都没有孤立地对文本、诗人进行分析或讨论,而是引入历史、文化等因素,试图探掘诗歌中超出语言、形式的意涵和价值。综观陈超各类著述里的文本细读,其中似乎鲜有单纯从形式(行句、音韵、节奏)角度分析诗歌的文字,它们总是把对形式的勘察滑向其他层面,如关于多多诗作《我读着》的解读:"从开始的'十一月的麦地'到结尾的'伦敦雾中',像一条历经沧桑的溜索两端的扣结,坚实而完整地抻起了这首诗的时空喻指;而在弯曲柔韧的溜索中间,有多少心灵的细节,可能的语象撞击速度,感觉的迂回升沉。还有,在溜索之下又有多少逝水的温暖召唤和凶险的漩涡!"在此,"喻指"朝向了"时空"主题,"语象""速度"连接着"心灵的细节""感觉的迂回升沉",本已具有形式象征意味的"溜索"隐含的则是"温暖召唤和凶险的漩涡"。他大概将那种孜孜于字句、行节的形式分析,归为他所说的"美文意义上的修辞分析"了。

二

综上看来,虽然陈超秉持鲜明的本体论立场,但他的诗歌批评自始至终就不属于纯然的"形式诗学"范畴,它们不仅与同新批评一并传入的俄国形式主义理论相去甚远,而且也偏离了他为之倾心的新批评理论。他在对诗歌语言、形式的理解和阐释中,带进了较多的历史、文化成分;更重要的是,他为他的语言本体加入了一重格外醒目的维度——"生命",从而使其诗学观念建基于"语言-生命"本体,形成了一种独特的"生命诗学"——其中,语言与生命(生存)是紧密联结在一起、不可分开须臾的。陈超曾总结其诗歌批评的"两项任务":"其一,立足文本细读和形式感,并经由对诗历史语境的剖析,揭示现代人的生命／话语体验";"其二,稍稍逸出诗学的个别问题,将之放置到更广阔的哲学人类学语境中,在坚持诗歌本体依据的前提下,探究其审美功能";而贯穿其中的"一条线索",是"研究个体生命-生存-语言之间的复杂关系"。他的一番夫子自道,既表明了自己的理论目标,又呈现了他的批评进路:"坚持诗歌的本体依据,面对文本并进而揭示出现代人的生存与语言间的复杂关系……探询人与生存之间那种真正临界点和真正困境的语言。"与其说他的本体论立场推崇诗歌的语言(形式),不如说它更看重语言(形式)背后的与生命相连的自由、心性、存在、担当等精神性内质:"构成诗歌的材料是语言、字词,本身具有一种精神指向。所以我从来就没有相信过纯艺术的神话……越不纯就越纯";"作为中国诗人,我们大家缺乏的现代形式感已经通过艰苦的阅读和模仿而拥有,但一个基本意识却从一开始就忽略了。它是什么呢?是我们精神运行的向度!"为此他甚至宣称:"如何保持汉语诗歌的锐利和纯洁,正义和尊严,在局部的形式上的努力只能是第二义的问题。"当然,他的这一表述,有别于那种把形式视为附庸甚至要取消形式的教条式主张。

以陈超的生命诗学观之,在现代诗中语言和生命(生存)是一而二、二而一的混合体,不存在与生命无关的语言,也不存在不依傍语言表达的生命呈现,二者相互渗透、互为表里:"现代诗从意味上最主要的特征是对生存的领悟","从内在精神上永远不会也不能放弃这种标度:它是一种词语的存在形式对生存/生命存在形式的揭示和对称。它以坚卓连贯的自足运动,和词语间不懈的推进,显示了人对其宿命的永恒反抗";"对诗人的有限生命来说,只有从事关个人的具体处境出发,加入广博的对人类生存或命运的关怀不断深入,才能从根本上保证个我精神的不被取消"。在他为某辞典撰写的"现代诗"词条里,更有如是论断:

(现代诗)是源自生命底渊的欣悦和疼痛,是语言与生命尖锐的相互发现与洞彻,是回击死亡的圣物,是背负十字架又在天上行走的心路历程。正是在这种巨烈而充满快感的惨烈摩擦中,在纯粹灵异的形式感体验中,他发现活着是值得的……因此,现代诗与现代人的生命是同构的。

生命意志对历史决定论的逾越,原始冲动对理性教条的逾越,精神自由对物利欲求的逾越,个我生命对生存压力的逾越,人在死亡之前与死亡的对峙和人对自我局限的逾越,这一切——构成了现代诗最噬心最了不起的基本命题。

决定诗之为诗的重要依据是诗歌素质上的浓度与力度,诗歌对生命深层另一世界揭示和呈现的能量之强弱……直观、错觉和幻觉,白日梦和种族记忆,通感和移情,象征和语音漂流,生存结构和个体生命结构,复杂经验和深度文本……这一切,均在现代诗的形式中得到深度综合处理。

这种"对生存和语言的双重关注"和"对本体和功能"的"同时关切",使陈超

"进入对生存、历史、文化、语言的综合思考……它牵动了美学和其它(他)人文学科的连接域,使诗歌形式本体趋向与之相应的具体生存语境中的生命本体"。这也使得陈超的不少批评文章(如《从生命源始到天空的旅程》《深入当代》《诗歌信仰与个人乌托邦》等),具有了"性质含混的泛文化语言批评"特征。

不过,正如陈超自我辨析的,其生命诗学"不是纯然探究生命问题,而是探究生命体验在语言中的转换关系,它是一个写作问题","不是要在生命冲动和历史写作的冲突中简单'站队',而应把握这种冲突,并就在这种冲突中寻求异质扭结的现代诗性";而且"不是单考虑'生命本原'问题,还要考虑其在历史、文化、生存、语言中的变异。因此,我试图在'生命诗学'中综合处理生命冲动、生命意志、无意识、主体移心、症状阅读、交往理性、语义学、修辞分析,特别是历史话语和历史写作理论";在此基础上他还提出,"诗人应为噬心的生存情境命名。在自觉于诗歌的本体依据、保持个人乌托邦自由幻想的同时,完成其对当代题材的处理,如此等等"。陈超在关于其生命诗学的阐述中,始终将语言与生命并置,并强调二者的相互依存与诗歌创造的能动关系:"汉语先锋诗歌存在的最基本模式之首项,我认为应是对当代经验的命名和理解。这种命名和理解,是在现实生存-个人-语言构成的关系中体现的","先锋诗歌对当代话语的占有,我不是指那种表面意义上的'时代感''主旋律',而是指生命哲学意义上的个人与当代核心问题在语言上发生的冲突、互审、亲和等关系";"真正的诗性正来源于对个体生命与语言遭逢的深刻理解","在今天,诗不再是一种风度,而是诗人烛照生命和语言深处的一炬烽火"。概而言之,现代诗在本质上就是一种生命诗学,是通过处于胶着状态的"语言-生命"而完成的诗性书写。在相当长一段时间里,生命诗学所包含的种种理念成为陈超诗歌批评极为关键的立足点。

不难看出,作为陈超诗歌批评核心观念的生命诗学,既有他观察和思考的中国当代诗歌的促动,又与前述他所接受的西方思想影响不无关联,那些西方思想具体来说就是包括生命哲学、生命意志论、存在主义等在内的现代人本主义哲学,他在吸收的同时也融入了自己的发挥:"80年代我接受生命哲学中对'生命'一词的给定。比如狄尔泰认为生命是混茫的意志,是非理性的神奇体验;柏格森认为生命像一系列难以遏止的洪流,只能靠直觉来领悟;由此发展到叔本华、尼采的生命意志理论。今天,我仍认为它们是有效的。但我更'完整'的想法是,在诗学写作中,'生命'在吸收此前已存内涵外,应自觉摄入更广阔的东西。'生命'有自在的成分,也有'自为'的成分。它受到生物的、心理的、历史的、文化的、语言的牵制,呈现复杂结缔状态。因此,在现代条件下讨论'生命',厘清其基本结构,就离不开对这一切的同时关注。"这些不同流派、本有着历史演化过程的思想资源,被陈超"共时"地接受后,又与其他他所认同的诗学和文学资源(瑞恰兹、艾略特、罗兰·巴特等)"融汇"在一起,共同"铸就"了他所理解的"生命诗学"。与他的文本细读对新批评之封闭、内化的扬弃相似,陈超的生命诗学在借鉴生命哲学的"生命"内涵之余,又吸纳了"历史的、文化的"等"更广阔"的因素。

陈超对所有这些资源进行的共时性转化带来了两方面后果,其实也是他的生命诗学面临的两个难题。其一,生命诗学本应具有的理论景深和层次受到了削弱。比如,新批评的关键概念之一"张力",在变成陈超所期待的一种精神性"张力"——"先锋诗歌是对被遮蔽了的存在的敞开和揭示,它内部的张力构成了生存／生命中矛盾性、差异性、衍生性、边缘性,与终极关怀、本源、核心的平等竞争／搏斗。这一切彼此冲突纠葛,运行在诗歌结构深处,唯一不变的是诗人揭示生存／生命这一基本立场"——之后,参与诗性书写的语言的具体规定性(即其所蕴含的历史、文化属性及自身构造特点等信息)反而被过滤掉了,仅剩下"唯一不变的""揭示生存／生命"的诉求。最终,它通向的是"精神高迈的圣洁天空",即"人类有始以来一直脉动不息的伟大诗歌共时体。在这种共时体中,交流着不同时代和民族诗人的血液——在苦难和斗争中轮回的不灭的向上信念";而"伟大诗歌共时体的存在,就是我们的精神得以进入时间的最大根源。它始终不可被消解的原因,乃在于我们对生命和生存临界点上语言复杂可能性的渴求、展露"。

有必要指出,"诗歌共时体"是诗人骆一禾早先阐发过的一个重要命题。骆一禾基于"对线性的'古典—现代—后现代'史观链条的扬弃",提出"建立一种创造力形态的共时性诗学",他认为"诗人归根结底,是置身于具有不同创造力形态的、世世代代合唱的诗歌共时体之中的,他的写作不是,从来也不是单一地处在某一时代某一诗歌时尚之中的……所谓'走向世界'并不是一种平行的移动,从一个国度的现实境况走向另一个国度,而是确切地意识着置身于世代合唱的伟大诗歌共时体之中,生长着他的精神大势和辽阔胸怀";依照骆一禾的表述,"世代合唱的伟大诗歌共时体不仅是一个诗学的范畴,它意味着创作活动所具有的一个更为丰富和渊广的潜在的精神层面……从这个精神层面,生命的放射席卷着来自幽深的声音,有另外的黑暗之中的手臂将它的语言交响于本于我的语言之中"。诗人西渡在评述骆一禾的"诗歌共时体"时,认为其"不仅具有批评和诗学的意义,而且在创作学的层面,联系着其生命集合的概念,而对诗学有丰富启迪"。

事实上,作为骆一禾宏阔诗学构想之一部分的"诗歌共时体",其意义主要在诗歌创作层面,即一种理想的诗写状态应当超越单一时空的囿限,成为人类文明视野下各种语言经验和生命体验的贯通交融——这一构想回荡着20世纪80年代关于诗性创造的激情与抱负。当陈超援引骆一禾的"诗歌共时体"阐述他的生命诗学时,他的批评文字难免更近似一位诗人的创作或关于诗歌创作的创作论(如他本人所言的"性质含混的泛文化语言批评"),兼有诗学认知的个人化色彩(乃至风格)和"元理论"般的普遍性与有效性。不过,当它作为一种诗学尺度,被用于具体的批评实践(针对变化着的当代诗歌现象与诗人)时,某种两难就有可能出现。这正是陈超生命诗学面临的另一难题。

例如,陈超在讨论北岛时便陷入了纠结与含混。为了摒除北岛所遭受的"严重误读",陈超首先认定"诗人的着力点主要是对'人的存在'的探询,对语言困境的揭示,和在形式上的现代性创新",并概括北岛诗歌的特点:"其话语修辞形式属于象征主义—意象主义—超现实主义谱系,其诗歌意蕴,则始终围绕着人的存在,人的自由,人的现实、历史和文化境遇,人的宿命,人对有限生命的超越,以及诗人与语言艺术的复杂关系等方面展开。"这种切入诗歌的着眼点显然得自他的"语言-生命"一体的生命诗学。沿此思路,陈超逐步拨去缠绕在北岛身上的种种"误读"性符号:"即使是在赞美的意义上,以往诗歌理论界仅将北岛定义为启蒙主义'总体话语'发布者式的诗人,也是不准确的";"(《回答》修改稿)为诗人赢得了巨大的名声,同时读者也将诗人仅仅定格为社会性的'道义战士'……其实,北岛一直在警惕着单一的'承担者'视点";"诗歌永远只是诗歌,即使它涉及政治,也不是意识形态'站队',它的视点只是艺术视点,人性的视点……北岛早期诗歌即使是涉及政治性的个别篇什,其言说基点也是个体主体性的人道、人性内涵。然而,更值得指出的是,个别作品的政治性代表不了北岛早期作品的基本状貌";"他出国后的诗作,不但极力淡化政治性,而且继续朝向对'纯粹的诗'的努力。纯诗,在北岛这里不是指向风花雪月的素材洁癖,而是指向对语言奥秘的探询。经由不可为散文语言所转述的诗歌肌质,更内在地揭示生存,追忆历史,更深入地挖掘人性,吟述心灵……这些其实也是北岛80年代以来就确立的写作向度"……所有这些辨析,都意在"确认作为'纯粹的诗人'的北岛"。应该说,这种"矫正"的努力有其合理性。陈超曾专文论析过他向往的"纯粹":"我所说的'纯粹'不想关涉诗歌语言的具体构成,因为,离开结构谈语言,至少对现代诗是讲不通的。而结构……主要是诗人精神和生命的构成状态。"在此意义上,专注于人的存在、人性之书写的北岛(姑且这么看待)确乎是一个"纯粹的诗人"。然而,陈超论述里关于北岛的"纯粹"另有所指,即虽非"素材洁癖"但"极力淡化政治性"而"指向对语言奥秘的探询",这样的论断不仅与一般论者对北岛所作的"去政治化"认定无异(其前提是"政治性"与"纯诗"的非此即彼),而且易于坠入陈超本人所反感的诗歌"'美文'态度"——只有"写作技术的'超越'""语言在修辞方式上的'变化'"而无"灵魂的跃迁"。

三

上述关于北岛诗歌所做论断的偏误,可看作陈超生命诗学应用于批评实践的一个瑕疵——毕竟,他过于看重诗人对生命(生存)的噬心感。在逸出其观念框架的情形下,陈超对在"反诗"与"返诗"交错中的于坚所进行的评析,对西川诗歌"从'纯于一'到'杂于一'"的梳理与概括,以及对"第三代诗"若干特征的感悟式把握,无不精准而透彻。陈超的生命诗学遭遇的困境,可能也是他的诗歌批评本身遭遇的窘境:他往往"先知先觉"地、敏锐地洞悉并提出了一些诗学议题和概念,在时代语境发生变化后,他不愿调整自己的观念或者未能实行其所预期的"对诗历史语境的剖析",而难以避免地导致了局部的错位。或许,这也是中国当代诗歌批评遇到的困境。

比如,陈超很早提出了诗歌中的"历史想象力"的问题,该语后来成为贯穿他诗歌批评的核心概念之一,得到他的持续关注和反复探讨。早在20世纪90年代中期的一篇诗学对谈里,陈超就花了较多篇幅阐述他对"历史想象力"的见解;随后的一次访谈中,他提到了"扩大诗歌文体的包容力","由美文修辞想象力发展到历史想象力";在较近的一篇综论文章里,他更是从想象力的角度考察先锋诗歌的流变历程,认为"20年来先锋诗歌的想象力是沿着'深入生命、灵魂和历史生存'这条历时线索展开的",其重点是90年代以后"个人化的'历史想象力'"的出现。这些带有一定系统性的讨论勾连着其生命诗学的相关理念,二者互相呼应、生发,强化了陈超诗学观念和诗歌批评的某些特点。

按照陈超的说法,诗歌中的"'历史想象力'既包括所谓灵魂的超越,也包括日常生活,还包括历史记忆,就把它综合处理"。这一命题之下至少具有三个方面的指向。

一、现代诗对生命(生存)的深入思考与书写。"它要求诗人具有历史意识和有组织力的思想,对生存-文化-个体生命之间真正临界点和真正困境的语言,有足够认识;能够将自由幻想和具体生存的真实性作扭结一体的游走,处理时代生活血肉之躯上的噬心主题";"对生存和文本的双重关注,使'诗与思'共同展示,是诗人历史想象力的旨归";它"应是有组织力的思想和持久的生存体验深刻融合后的产物,是指意向度集中而敏锐的想象力,它既深入当代又具有开阔的历史感,既捍卫了诗歌的本体依据又恰当地发展了它的实验写作可能性","它不仅指向文学的狭小社区,更进入广大的有机知识分子群,成为影响当代人精神的力量"。这一点无疑生发于陈超的生命诗学。

二、现代诗所表现出的"历史的个人化"。这是"指诗人从个体主体性出发,以独立的精神姿态和话语方式,去处理我们的生存、历史和个体生命中的问题";"诗歌在构成性和叙述性话语中涉入分析因素,在'讲说'中要有对生存情境的穿透和'命名';由个我经验的展示发展到将其对象化的'自我研究';从个体生命出发包容人类生存情境。这是历史想象力要做的事"。"历史的个人化"被视为20世纪90年代诗歌的一个显著特征而成为重要议题,由此陈超进行了回应和辩护:"将历史的沉痛化为内在的个体生命经历,它烛照了个体生命存在中最幽微、最晦涩的角落,以本真的个性化体验,折射出具体的历史症候,把读者引向更广阔的暗示性空间。"

三、现代诗的包容力与综合性。在陈超看来,"现代诗的活力,不仅是一个写作技艺的问题,它涉及诗人对材料的敏识,对求真意志的坚持,对诗歌包容力的自觉"。而实现诗的包容力有三种方式:其一,"处理'非诗'材料,尽可能摆脱'素材洁癖'的诱惑，扩大语境的载力，使文本成为时代生活血肉之躯上的活体组织"，"在诗中，想象力的'不洁'常是有活力的、迷人的，它捍卫了人对生命的提问"；其二，"由简单的抒情性转入深层经验的叙述性，由单向度的审美'升华'转入怀疑和反讽，由不容分说的'启蒙'变为平等的沟通和对话"，或者"生命和话语历险中彼此冲撞、摩擦、盘诘的不同义项，在一个结构中对抗共生，同时存在，多音齐鸣地争辩，小心翼翼地变奏，以求摆脱独断论立场"；其三，"扩大诗的词汇量和语型，包括吸收和接引俗语、俚语、叙述和人际对话，设置多声部的盘诘，使结构具有变奏感等"。

　　这几个方面，正对应着陈超一贯的诗学理念："现代诗中的'知识'是'特殊知识'。用特殊来限制和修正'知识'，意在陈明它是一种与矛盾修辞、多音争辩、互否、悖论、反讽、历史想象力对生存现状的复合感受有关的'知识'。"在很大程度上，这一仍然从"创作学"出发提出和进行阐述的"历史想象力"，深化了陈超的包括生命诗学在内的诗歌观念与批评。实际上，综合性也是陈超所期待的诗歌批评的一种质素，用他的表述就是"历史–修辞学的综合批评"，它"要求批评家保持对具体历史语境和诗歌语言/文体问题的双重关注，使诗论写作兼容具体历史语境的真实性和诗学问题的专业性，从而对历史生存、文化、生命、文体、语言（包括宏观和微观的修辞技艺）进行扭结一体的处理。它既不是一味地借文本解读来传释诗歌母题与理念，只做社会主题学分析，也不是单纯从本体修辞学的角度探寻诗歌话语的审美特性，把诗歌文本从历史语境中抽离，使之美文化、风格技艺化，而是自觉地将历史文化批评和修辞学批评加以融会"。显然，对于陈超而言，诗歌批评本身也是一种生命诗学，要在历史–文本的双重视野下向生命突进。

　　有着丰富理论内涵的"历史想象力"这个概念，无疑将对当代诗歌批评产生方法论上的启示意义，应成为后来批评者的一个重要参照点。不过，未来的诗歌批评还不能仅止于包容力或异质性、抽象的历史意识或宽泛的文化情怀等层面。如年轻的批评家姜涛所言："沿了这条富于启发性的线索，或许还可以进一步追问的是：在近20年的思想及文学的谱系中，上述人文立场存在的前提和条件是什么？在当下情境中，这种立场在自我说明之外，是否还具有充沛的活力？同样，为它所哺育的个人化'历史想象力'是否自明？为了回应新的思想及生存问题，'历史想象力'是否存在内在的限制，又该怎样突破限制？

这一突破又将伴随怎样的困境？"对这些追问的反思性解答以及循此线索的继续追问，将是今后诗歌批评保持有效性的路径之一。

毋庸讳言，当前中国诗歌批评已陷入过度媒体化的格局，无论批评者的姿态还是其思维、话语方式，都受制于媒体舆论的牵引。在此情境下，陈超的诗歌批评格外值得珍视。他努力寻求诗歌批评与诗歌创作的对称，即诗歌批评的"自立性"(不只是"独立性")，探索着一种个人化的批评文体——它是跨界的、综合的，摆渡于理论与创作、理性的辨析与激荡的诗性絮语之间，已臻于极致。在总体上，陈超的诗歌批评偏向于比利时学者乔治·布莱所说的"我思"的批评，亦是批评家耿占春描述的"别样的写作"。倘若耿占春的说法是确实的，"诗歌批评意味着与一个时代最深刻的感知力与想象力之间进行一场持续着的对话"，那么，未来中国诗歌批评将承接更艰难的挑战：不断重建批评与诗歌文本的关系，始终考量批评自身在社会、文化中的处境，等等。陈超对诗歌批评的命运早有觉识：

> 真正的诗歌批评并不能妄想获取一种永恒的价值。它只是一种近乎价值的可能，一种启示：它索求的东西不在它之外，而它却仅是一种姿势或一种不断培育起来又不断主动放弃的动作本身。

作者简介

张桃洲，1971年生于湖北天门，2000年12月在南京大学获文学博士学位，现为首都师范大学文学院教授、博士生导师，中国诗歌研究中心专职研究员。主要从事中国现当代诗歌研究与评论、中国现代文学及思想文化研究。在《中国社会科学》等刊物发表学术论文70余篇，出版《现代汉语的诗性空间——新诗话语研究》(北京大学出版社，2005年)、《"个人"的神话：现时代的诗、文学与宗教》(武汉出版社，2009年)、《语词的探险：中国新诗的文本与现实》(社会科学文献出版社，2012年)等论著，主编或共同主编、参编《中国新诗总系(1989—2000)》(人民文学出版社，2010年)、《诗歌读本(高中卷)》(广西师范大学出版社，2010年)、《内外之间：新诗研究的问题与方法》(社会科学文献出版社，2012年)。获首届唐弢青年文学研究奖(2003年)、北京市第九届哲学社会科学优秀成果奖(2006年)等。入选2011年度教育部"新世纪优秀人才支持计划"。

当下诗歌的"热病"*

霍俊明

> **专家点评**
>
> 这是一篇在现场、在当下的诗歌评论。作者仿佛是猴戏现场角落的观察者,"几乎是一夜之间,各种私人微信、大大小小的微信群以及微信公众号都以令人瞠目的速度催生了大量的'分行写作者'"。他同时又像一个望闻问切的中医,在透视着众多"诗人"在各种热闹的场合的狂欢,诊断出了当代诗歌集体性地患上了这个时代特有的"热病"。文章紧扣诗坛现状,语言凌厉,针砭时弊。

时下的诗歌不是一般的热闹,就如高速路上不分昼夜的轰鸣。几乎是一夜之间,各种私人微信、大大小小的微信群以及微信公众号都以令人瞠目的速度催生了大量的"分行写作者"(我没有使用"诗人"一词),这个数字是惊人的,而且每天都在刷新中。怪不得很多读者及诗人、评论家都惊呼:现在居然有这么多的诗人!写诗的人多了也不是坏事。但是,很多人却忽略了"写诗的人"并不一定就是"诗人"这一道理。众多"诗人"在各种热闹的场合狂欢,集体性地患上了这个时代特有的"热病"。甚至,诗歌界的闹剧不时上演。

在这一过程中,微信等新媒体的出现起着重要的作用。现在,难以计数的大大小小的微信群(少则数十人,多则数百人)正在不分昼夜地讨论、热议、评骘,甚至有全职型的"选手"不遗余力、乐此不疲地对诗歌进行点赞、转发并且

---

* 原载 2016 年 7 月 18 日《文艺报》。

还组织起微信平台的"读诗会""评诗会""品评会",时不时还发起红包打赏。这是新一轮的不折不扣的诗歌运动——每个人都可以瞬间圈地、占山为王,可以轻而易举地成为发起者、创办人甚至自封的领袖。

微信给我们带来的除了"热闹""繁荣",还有没有我们不敢正视的缺陷、问题?微信带来了诗人的狂热、内心膨胀和空前自恋——我这样说并不是否定微信平台的积极意义。自媒体更新了当下诗歌的生态——无论是写作、发表、阅读还是评价、传播都发生了前所未有的变化。任何人都可以发表自己的诗、评价别人的诗,可以利用微信平台提供的前所未有的交互法则讨论诗歌,这甚至可以看作一种写作和传播的民主形态。但是,平台、媒介只是个客观中介物,并不代表在此语境下的诗歌的"进化论",也并不意味着这样空间产生的诗就比以前的诗更好、更重要、更伟大。平台可以提供民主和自由,也可以制造独断论、霸权癖和自大狂。另外,更多的时候,我们已经不再关注文本自身,而恰恰是文本之外的身份、阶层、现实经验和大众的阅读驱动机制以及消费驱动、眼球经济、粉丝崇拜、搜奇猎怪、新闻效应、舆论法则等在时时发挥效力。

在这种热闹之中,我们很难形成共识。这尤其体现在对诗歌评价标准的把握上。诗歌判断的标准总是公说公有理、婆说婆有理。如果你喜欢用大白话,人们会说你的诗过于粗鄙直接;如果你的诗讲究修辞策略,喜欢暗示、象征和隐喻,人们就说你的诗云里雾里、绕来绕去、磨磨叽叽;你写亲吻写身体,就有人骂你是下半身、臭流氓;你写宗教写高蹈,就有人说你不接地气、有精神病;如果你写宏大题材和主旋律,立刻就有人过来说你是假大空;如果你专注于个人情感世界和私人生活,又会有人指责你不关心现实、远离了时代。如此种种诘难就像在运动场上,你作为跳高运动员裁判却说你跳得不够远,你是马拉松运动员裁判却说你没有爆发力。

现在诗人的脾气是越来越大。诗人的脾气一方面来自这一特殊写作者的精神症候,另一方面则来自自媒体平台下各种圈子和小团体的故步自封的利益和写作虚荣心的驱使。当下的诗歌"热病"还体现为一部分诗人的阴鸷之气和冷硬的批判面孔。我在更多的年轻写作者那里看到了他们集体地带有阴鸷面影地说"不"。似乎否定、批判甚或偏激有时候会天然地与青年联系在一起,但是也必须强调的是诗人不能滥用了"否定"的权利,甚至更不能褊狭地将其生成为雅罗米尔式的极端气味。实际上,诗人在创作中最难的是,在知晓了现实的残酷性之后，还能继续说出"温暖"和"爱"。这让我想到诗人亚当·扎加耶夫斯基说的"尝试赞美这残缺的世界"。

当然必须强调的是，我如此尖锐地指出时下诗歌现场的问题并不是否定新世纪以来诗歌创作的整体成绩。这是两回事。只是说好话的人太多了，批评的刺耳的声音已经寥寥无几。当下的诗歌"热病"，让我想到的是 20 世纪 80 年代的诗歌运动。那时几乎是一夜之间，大大小小的流派、宣言和形形色色的"主义"之下的诗人扛着五颜六色的旗帜跑步叫嚣着进入中国诗歌的运动场。那是何等热闹、何等喧嚣！但是也几乎是一夜之间，这些运动法则驱动下的流派、团体、群体、宣言和主义瞬间土崩瓦解、烟消云散。最终大火熊熊之后留下的灰烬中只有为数极少的流派和诗人存活了下来。当下诗歌界的热闹，让我们看到了"一片繁荣的景象"（这的确是产生好作品的背景），但是我们也要清醒地意识到，历史不会收割一切。稗草永远是稗草，灰烬就是灰烬。诗歌史只是由真正的诗人来完成的。也许，这就是诗歌的真理。

作者简介

霍俊明，河北丰润人，文学博士后、诗人、评论家。中国现代文学馆客座研究员、首都师范大学中国诗歌研究中心兼职研究员。著有《尴尬的一代——中国 70 后先锋诗歌》《变动、修辞与想象：中国当代新诗史写作问题研究》《无能的右手》《新世纪诗歌精神考察》《从"广场"到"地方"》等和诗集《怀雪》《一个人的和声》《批评家的诗》等，主编《中国好诗》《诗坛的引渡者》等。曾获山花年度评论奖（2015 年）、《人民文学》《南方文坛》青年批评家年度表现奖、《星星》年度诗评家奖（2012 年）、《诗选刊》年度诗歌评论奖（2012 年）、《南方文坛》2013 年度优秀论文奖、《扬子江》诗学奖、评论奖等。

文本还是人本：如何做诗歌的细读批评*

张清华

> **专家点评**
>
> 诗歌的细读批评是重文本还是重人本？英美的"新批评"强调的是唯文本论，但在中国古人的批评观里，则首要强调"人本"的意义。有没有一种"总体性意义上的诗歌"？请看作者的观点。

在英美人发明"细读批评"之前，似乎从来不存在一种单纯从文本出发的阐释工作。但细察中国文学批评史，我们的先人却似乎早已有一种类似的实践。而且就"批"与"评"而言，在中国人这里，是产生于读者与文本及作者之间的一种"对话"，常穿插于行文之中、原书之内；行间为批，文末为评。此现象早见于各家经史子集的注疏，仅就《史记》版本而言，正文间就同时穿插了"集解""正义""索隐"等内容，文末还有作者自己的评论"太史公曰"云云，读其文可谓有一种类似"复调"和"解构主义情境"的体验。在文学领域，则有盛于明清之际的小说批评。如张竹坡批评《金瓶梅》，李卓吾批评《忠义水浒传》，毛宗岗批评《三国演义》，至于《红楼梦》的批评，则更是产生了一门让人望而头晕的"红学"。批评文字的掺入，使这些小说都变成了"双重文本"，彼此构成了一种"中国式的解构主义"实践。在诗歌领域，我们的先人也同样有很多精细的做法，历代选家的各种归纳和分类，诗家所作繁多的"诗话"，都有细读功夫在其中。然诗歌与小说终究不同，很多阐释并不求达诂。从孔夫子的"诗三

---

* 原载《诗刊》2016年6月号上半月刊。

百,一言以蔽之,曰:思无邪"开始,就很有些刻意的语焉不详——明明有很多需要阐释的复杂含义,有许多"无意识"的、身体的、力比多和性的隐喻闪烁其中,却偏要说"思无邪"。还有王国维式的那些感悟之说,"有我之境"与"无我之境"的体味,古今成大事者之"三重境界"云云,都是越过逻辑直奔真理的讨论,并不刻意体现字里行间的"细读"功夫。

　　细观两种批评,英美的"新批评"强调的是唯文本论,不准备考虑作者的因素,而只探察"文本"本身的技术与含义。但在中国古人的批评观里,则首要强调"人本"的意义,从孟夫子的"知人论世",到司马迁的"悲其志,……想见其为人",历代的读书人无不强调这种读其诗书、设想其人格境界的"人本"立场。而这也正是笔者早在十多年前即试图诠释的"上帝的诗学"之理由与缘起。所谓"上帝的诗学",实在是一种极言之的借喻,是"生命本体论的诗学观"的一种说法。即对文本的认知,应该基于对写作者生命人格实践的探知与理解。这就像"上帝"——或者造化与命运法则本身——所持的公平,他赋予了写作者多少痛苦与磨难,就会在文本中还其以多少感人的力量与质地。而这也正应了中国人"文章憎命达""诗穷而后工"的理解,从司马迁所说的"屈原放逐,乃赋离骚;左丘失明,厥有国语"的"发愤著书"到杜甫怀想李白时所叹的"文章憎命达,魑魅喜人过",从韩愈的"不平则鸣"到欧阳修的"穷而后工",都是近乎这种生命本体论的诗学观的典范论述。

　　而此种理解,在雅斯贝斯的哲学中也得到了类似的阐述,他在推崇荷尔德林等作家时曾解释道,伟大作家"是特定状况中历史一次性的生存","伟大的作品,是毁灭自己于作品之中,毁灭自己于深渊之中的一次性写作"。他列举了西方文艺复兴以来的米开朗琪罗、荷尔德林和凡·高,认为他们都是此种类型的创造者。从人格上说,他们要么是一些失败者,要么是一些"伟大的精神病患者"。在所有伟大的诗人中,"只有歌德是一个例外",只有他成功地躲过了深渊和毁灭。这些说法与司马迁以来的人本主义文学观可谓是相似或神合的。当代的海子也表达了近似的观点,他说,伟大诗歌是主体人类突入原始性力量的一次性诗歌行动。这种不可复制的一次性,指的也是文本与人本的合一,生命人格实践对作品的见证。"我必将失败,但诗歌本身以太阳必将胜利"——在他的堪称"小《离骚》"的抒情诗篇《祖国(或以梦为马)》中,他甚至还做了这样骄傲的预言。

某种意义上可以说，海子这样的诗人，正是"上帝的诗学"或"生命本体论诗学"的最经典的例证。

因此，我所推崇的"细读"，说到底并非一种"唯文本论"的技术主义的解析或赏读，而更多的是试图在诗与人之间寻找一种互证，一种内在的阐释关系。唯其如此，才能真正接近于一种"文学是人学"的理解。窃以为"新批评派"带给诗歌批评的最有价值的部分，正是一种专业化的意识，一套可操作的范畴与方法，以及将文本的内部凸显出来的自觉。但如果真的脱离人本的立场，以纯然的技术主义态度来进入诗歌，在我看来恰恰是舍本逐末的，绝非诗歌研究和文学批评的正途，更谈不上是终极境界。因为从诗歌的角度看，也许从来就不存在一种与作者和人脱离了创造与互证关系的"纯文本"，从来就不存在一种单纯作为技术和知识的非审美范畴的诗歌阅读。假如是以"唯文本论"的态度来理解的话，我们永远也不会读懂海子的"我必将失败，但诗歌本身以太阳必将胜利"的含义，也不会读懂"屈原放逐，乃赋离骚"的感慨抱负。即便是王国维所说的"无我之境"，也是抒情主人公的一种人格化的态度，一种超然物外的气度和风神的传达，是另一个"我"的呈现，而绝非没有主体参与的修辞与语言游戏。因此，真正理想和诗意的批评，永远是具有人本立场和人文主义境地的批评。

这也应和了海德格尔的说法："探讨语言意味着：恰恰不是把语言，而是把我们，带到语言之本质的位置那里，也即，聚集入大道之中。"（《在通向语言的途中》）这种"大道"显然是言与思的统一，人与文的同在。无论是从哲学和玄学的层面，还是从审美和批评实践的层面，都应该把诗歌阅读看作一种人与文同在的活动。

当然也有不同的理解——史蒂文斯就说："一首诗未必释放一种意义，正如世上大多数事物并不释放意义。"该怎样理解这样的说法呢？其实也并不难领会，"泛意义化"的诗歌阐释，也如汉代的腐儒们总爱将诗意解释为所谓的"后妃之德"，其实是违背了孔夫子的立场和观点，是一种可笑的"过度阐释"。夫子所说的"事父""事君"与"兴观群怨"的诸种意义之外，还有"多识于草木鸟兽之名"的游戏或知识的功能，用今天的话说，即"并不一定是有意义的，然而却是有意思的"。这自然也是诗歌的应有之义。所以，人本主义的理解和批评，也并不意味着一切皆意义化甚至道德化，而应该也像人并不总是着眼于意义一样，还应该考虑到各种趣味的合理性。正如王国维讨论"'红杏枝头春意闹'，著一'闹'字而境界全出……"一样，在意义之外，还有一个"趣"字，"趣"也是人的情味与欲求所在，可以见出主人公的人格形貌与风度修为。真正现代批评观念的理解，是不应该排除这些内涵的。

因此，将诗歌"总体化"和"人格化"的理解，并不意味着随时将文本大而化之地、笼统和搪塞地予以简单化处置，或通过"将主体神化"而将文本束之高阁，以推诿自己的低能和懒惰。而恰恰应该把诗歌的各种功能与处境、各种不同的范畴和价值，予以多向和多元地解释出来，甚至把无意识的内容也要离析出来，这才是真正精细的批评工作。海德格尔并不广泛和通行的诗歌批评之所以充满魅力和"魔性"，就是他随时能够将诗句升华为形而上学的思辨和冥想，又随时能够将哲学的玄思迅速还原为感性的语句的例证。王国维也是这样，他总是能够从少许的诗句中提炼出精妙的见地，使之由单个的案例生成为一般的原理，给人以深远而长久的启示。他的那些概括总是能够以少胜多，直奔真理。

有没有一种"总体性意义上的诗歌"？当我们说"诗歌"的时候，其实意味着是在说形而上学意义上的或者"总体"意义上的诗，这时我们说的不是具体的文本，而是由伟大作品或伟大诗人所标定的某种标准和高度，由他们所生发出的文本概念或规则。如果是从这样的意义上讨论的话，那么它是存在的。正如我们说"语言"，并不是在说某个具体的话语和言语，而是在说所有话语和言语的可能性，以及其存在的前提，是指全部语言的规则与先验性的存在。那么据此，我们再讨论"作为文本的诗歌"，即具体的作品，每一个具体的文本从一开始产生就面临着一种命定的处境，即与总体性的概念和规则之间的关系，这是我们讨论一首诗的前提。它的水准与品质、美感与价值的认定，无不是在这样的一种关系中来辨析和认定的。

在"总体性文本"之外，还会涉及"作为人本的文本"，即从一个诗人的整体性的角度来考量诗歌，因为一个具体的文本与它的作者之间的关系是必须要考量的，这其中包含了复杂的互文关系：单个文本与其他文本之间的关系；单个文本与该位诗人的全部文本之间的互文关系；单个文本与诗人的生命人格实践之间的见证关系。这三者都必须要考虑在内。比如，假定我们没有读过海子的长诗，假定我们不了解他悲剧性的生命人格实践，就不太可能会理解他的《祖国(或以梦为马)》这样的诗篇为什么会使用了如此"伟大的语言",也不会真正理解它的境界与意义;假如我们对于食指的悲剧性人生毫不知情,那么也不会读懂他的《相信未来》这类作品中所真正生发的历史的和人格化的感人内涵。

我当然没有必要再度将"文本"和"细读"的问题玄学化,绕来绕去将读者引到云里雾中。只是说,作为文本会有不同的处理层次,我们的细读必然要时时将总体性的思考与单个文本或诗句的讨论建立联系,就像海德格尔和王国维所做的那样。当他们谈论一首甚至一句诗歌,无不是在谈论总体意义上的诗歌;反之亦然,当他们谈论总体性的玄学意义上的诗歌的时候,又无不是迅速地落在一句或一首诗歌的感性存在之上。我认为这才是最有意义且最迷人的讨论。我虽然尚没有自信说自己也做到了这一点,但却是自觉不自觉地在朝这种方向和方式努力。

去岁,我偶然读到了一位四川的青年诗人白鹤林的一首《诗歌论》,这种作品在现今其实并不十分罕见,许多诗人都有"元写作"的实践,即在一首诗中加入了关于诗歌写作的问题的思考。但这首诗却让我似乎格外敏感和心有戚戚,所以我忍不住还是在这里引用其中的几句:

> 难道诗歌真能预示,我们的人生际遇
> 或命运?又或者,正是现实世界
> 早先写就了我们全部的诗句?
> 我脑际浮现那老人满头的银丝,
> 像一场最高虚构的雪,落在现实主义
> 夜晚的灯前。我独自冥想——
> 诗歌,不正是诗人执意去背负的
> 那古老或虚妄之物?或我们自身的命运?
> ……

难怪海德格尔动辄会无头无尾地引述一两句诗,来表述、代替或跳过他紧张而中断的哲学逻辑,因为诗歌确乎有比哲学更靠近真理、更便捷地通向真理的可能。在这首诗中,写作者揭示出许多用逻辑推论都难以说得清楚的道理。

比如：诗歌与人生的必然的交集与印证关系；真正的诗歌都充满了"先验"意味，仿佛早已存在一样；诗歌作为生命的结晶，可谓既是"纯粹现实的"，又是"最高虚构的"；诗歌是此在之物，但又是古老的和历史的虚无与虚妄之物，而这一切就是诗人注定无法改换的处境和命运……

这样的"细读"当然会变得十分多余。但有一点，看起来无用或多余的文字，与诗歌的充满灵悟与神性的文字的交集，还是会生发出一些必要的东西。就如白鹤林在史蒂文斯的诗句上衍生出了这段神来之笔的文字一样，我们的细读，或许还是会在多余与无用的碰撞中生发出迷人的新意。

与一场自然的细雨一样，文字的作用同样是这样一种充满偶然与相遇的神奇境遇。在这春日迷蒙的夜色之中，那些冥冥中的幽灵，语义或意象的游魂，文字和诗意的鬼魅，都不自觉地出笼了。远在大洋彼岸的一位从未相识也不可能相识的诗人，就在这夜雨中复活，她的诗句也变成了无边的细雨和水滴，在这夜色中游荡并且召唤：

  天空下着有气无力的水滴
  这死亡的姐妹，这痛苦地下来的
  致命的水滴，难道你们还能
  再沉睡？……

这是米斯特拉尔的《细雨》中的句子，她已谢世多年了，但读这样的诗歌却有近在眼前的幻觉。透过句子我们仿佛看到一个犹疑的灵魂，一个在细雨中忧伤又生发着灵感的人的徘徊。以永恒诗歌的名义，她在召唤着古往今来的一切幽灵，以及在她身后诵读诗篇的我们。此时此刻，仿佛杜甫的春夜喜雨，又仿佛杜牧的南国烟雨、韩愈的天街小雨，或是戴望舒的丁香之雨、顾城的灰暗之雨，它们俱各还魂复活，彼此交集。但这雨中最显眼的，仍然是它们的主人的身影。

一切似乎越来越言不及义。我想我将这些当作一种启示和比喻，是想借以说明什么是诗歌和细读，它们与什么有关，怎样才能使两者走近，获得意义。我确信我说清楚了，但也知道又近乎什么也没有说。

作者简介

张清华,1963 年 10 月生,山东博兴人,文学博士。现为北京师范大学文学院教授。长期从事中国当代文学研究与批评。

现代禅诗的话语与意识表现*

思小云

> **专家点评**
>
> 现代禅诗作为诗歌的一个流派，除了传承传统禅诗所固有的意味和旨趣，必然要着重凸显现代意识和当下的时代气息，以显现其"现代性"。对于想写好禅诗和想欣赏禅诗的朋友，此文值得一读。

现代禅诗以其特有的民族审美特征和深契"汉味"精神内核的禅与诗结合的艺术表意魅力，为当下诗写提供了推进的契机和格局突围的最大可能。但当下对现代禅诗的界定标准还存在着诸多的不确定性和理论的模糊性，更多只是停留在传统宗教禅理、古典诗质的意境、表意趣味与现代感的简单联结关系上，或仅做单纯"泛禅"文本与内容形式的展示，以及对西方诗学技巧、哲学观念的"畸形"应用。少有将生命机趣、生存体验、生命意识，内在的禅本心、本意、本性与眼前物、日常事、当下境真正融会贯通，难以企及禅诗圆融通和的大悦、大美、大化的真如境界。而真正好的禅诗作品大多出自有深厚的禅文化积淀、禅修经验丰富的居士或佛信徒之手，所以现代禅诗的发展还只是一次初浅的尝试，有不少空白亟待填补。

有不少学者把凡有"禅味"的书写范本都归为禅诗一类，这样的界定门槛未免过低，有些泛滥，并对禅本体悟精神存在着某种误读，尚且停留在浅白化的以抒写僧侣、寺院、佛典、自然山水为趣的"涉禅味"阶段。李春华教授提到：

---

* 原载《星星》2016 年第 26 期。

"现代禅诗首先应该是禅者之诗,至少是有悦禅倾向的诗人写的诗……那么,一切被'解出'禅味的诗都叫禅诗,其外延就未免太宽、太不确定。"[1]中国禅诗讲究亲近自然万相,通过对事物的通透感受和生活的直观体验来认识世界的本相。所谓"一花一世界,一叶一菩提",一切生命都存在着相互转化、依存的互动关系,都是一个自足的个体。冥踪流水,花鸟顽石,宇宙万物皆在自足的生命机趣中和谐共生。而禅诗就是对生命的深度体验,对生活事态的超验感悟,通过顿悟的领悟能力和敏锐的直觉穿透力,找到与古典诗性相契的意境和趣味表达,获得高度的内心清适与审美愉悦,心不滞物、无挂无碍,斩去五欲羁扰,摆脱物质的欲望和心地煎熬,让心呈现出它本来的样子,轻松安明,超然自在,自然进入了禅悦的生命意识和状态。所以但凡好的禅诗作品,完全是由其所带给读者的阅读体验与直觉感受力决定的。除了充满智性魅力的禅机语言,更是以自性直觉贯穿始终的内在的禅心、禅性,以及诗禅圆融之后超越的生命意识和精神境界。

禅作为极力强调自心自性、以"悟入"为主的主体性极强的精神理念(非一般意义上纯粹的主观性),而且禅宗"教外别传,不立文字,直指人心,见性成佛"的教派宗旨,从一开始就赋予它自身某种不可言说、不可推理的神秘性。但禅并非神秘主义,也不是抽象的哲学或者一门宗教,禅是活生生的事实,是可感知、可触及的事实和经验。"不着一字,尽得风流"是禅境界的最高阐述。禅常常不作抽象的文字概念,避免落入逻辑和思辨的泥淖中,而注重强调直接接触事物的本来面目,以直接体验的方式求得"本来的觉悟"。但禅又总是违背不立文字的主张而使用语言,尽管语言总是不能完尽禅的表意,便由此陷入一种令人费解的禅机与语言的悖论。而语言作为一种工具,是任何形式的文学创作都必须凭借的武器,"在未加工的或称直接的话语中,言语,作为一种言语,保持静默,但在言语之中,人在讲话,而这是由于使用是言语的归宿,因为言语首先是用来使我们同事物相适宜的,因为言语是工具世界中的一种工具"[2]。有了语言才有了各式的表达与命名,人在讲话、使用语言的同时,赋予了这个世界无限多重的意义。法国象征主义诗人马拉美也说,"没有不被表达的东西",而且在他的体验中,"语言运动于无穷无尽的潜能中,这种潜能只有在读者将其转化为意义解释的无穷潜能时才会转移到他身上"[3]。但这种对暗示性语言的追求,在禅看来也会成为自性的理障而阻碍"顿见"与"悟"的发生。当诗与禅紧密结合之后，读者绝不能像理解马拉美本体论模式那样，将颤动在语言与现实之间的隐秘、绝对、虚无、充满暗示色彩的"神秘性"同样"植入"现代禅诗。从严格意义上来讲，此种语言是被语言言说的观念语言，是意志和表象，虽然与禅共有一种超越感，但二者对语言的认识仍有明显的交合裂缝。因为在禅宗看来，当"我们可能应用语言，但是这早与观念作用连在了一起，并已失去了直接性，一旦我们使用语言文字，他们就表示意义和推理活动；他们表现某些不属于本身的东西"[4]。禅排斥理智所引起的一切对立的矛盾，它从来不做解释、归纳、推理和累赘的陈述，只是偶尔会有暗示性的启发活动，以自性的般若予以观照。

但在诗歌创作活动中，诗人不可避免地会成为语言的代理人。因为"即便是口头创作，也仍然是一种头脑中的书写。诗歌是言说，但它也是书写。词语有形体。首先是诗的写作，然后才是其他的东西"[5]。尽管禅是无法言说的，但一旦禅与诗结合之后，禅诗就作为一种词语形体在书写，必然会以文学作品的方式呈现，所以其中禅机的发生在某种程度上并不排斥语言。而诗作为一种纯粹的表现艺术，注重心灵深处的言说，是一种充斥着非理性因素的纯粹的语言，是词语不在场时"沉默"式的寂静，与禅独特的精神内涵结合，让人感到幽冥、静美、和谐、空灵的诗意美感，在自由、无念、无我、恬淡无欲的超脱体验中，开启了我们认识世界的新形式，以全新、独特的视角追寻生命和生活的本质。以诗现禅，以禅喻诗，诗禅圆融、通透，绝对是一种高明的表现策略，而且以诗来言说禅味也恰到好处。中国古代有众多禅诗创作的文本，被人们所熟知的寒山、王维、贾岛、皎然等诗人的创作为中国古典诗歌补充了新内容，丰富了古诗的精神意蕴和美学气质，开启了诗人们观察、思考和理解世界在诗文本呈现上的新形式，探索出古语禅诗新的艺术表现，为古体诗注入了独特的意境、韵味，以及更多以诗言说的可能性，耐人寻味。而如何在现代的时代背景和文化语境之下，尤其在以口语写作为主的创作倾向中，在不失现代感与当下语言表达习惯的前提下再现禅境与禅味，在诗写语言方面，不失为一次高难度的挑战。因为一面要脉承古典诗质的表意内涵，另一面又要表现出现代变奏的感觉与审美。但摆脱惯性的理念思维，以及西方的哲学观念、意识形态和诗学技巧，表现策略对汉语诗人长期创作的影响，而极力展现汉语诗的质感与"禅"般若直观的机趣魅力，破除语言的障碍是必要的，这也是现代禅诗实践与探索的诗人们所要开拓、研究和思考的。

禅门对语言的态度从来都是宽容的,只是不加以重视,他们认为语言是一种来自内心体验的"回声",这种"回声"既不反映观念的语言的意义,也不是体验之后所萌发的情感本身,而是一种近乎沉默的、非生命的语言。然而诗最终还是要借助语言来构建其意义的完整性,虽然它内部的信息有时用限的语言辞格无法传达。所以又会出现诗人自造语词的现象,以弥补诗歌在表达语境方面的欠缺,这也可看作诗在使用语言表达时的理障,与禅在对待语言的态度在某种程度上不谋而合。禅注重主体意志的投射方式,使它自觉放弃了表象的物镜,不拘泥于惯性思维定式而直指内心。这就要求禅诗的话语必然是"不存机心"而直抒胸臆,超越语言的逻辑和理路,从理念思维的压制和支配之下解脱出来,追求尽可能于心而发、自然、坦率、真挚而力求"不假于物"的,在遵循禅思、诗歌审美特质的前提下,经由"过滤"之后的心灵语言,直入我们生命的根本,即深入本心。

禅从来都只接触生活中具体可感的事实,它的一切皆是自觉接近日常经验,所谈论的也都是实际生活中最平常的表现,一切皆在现相镜的时空帘幕中展开,如水流、鸟鸣、风动、花开花落等自然现象,砍柴、挑水等日常实际的生活场景,在"当下即是""不离世间觉"的心态之上又象征性超越。禅宗中禅师的教导语通常也都是平白直述,尽可能不用言语表达,常常表现为不语或缄默,或者用一句看似不着边际、毫无相关的话令弟子开悟,以还原事物的"本来面目"。所以从禅诗取境来看,往往择取的也都是日常物、平常事,与当下生活联系紧密,这也决定了它所呈现的语言,必定是一种世俗化的"平常语",必然与活泼的口语言说联系紧密。但此种平常语、口语,绝非一些诗作中所关注的日常琐碎化的"口水",或者随意而发的一句平白语、俗语,而是在不丢失诗性审美的前提下,观照禅本体悟精神之后的蕴含无限机心、饱藏深度智慧的"禅语",而且往往能达到无意现禅而禅味自浓,令人蓦然惊奇、回味无穷的诗意效果。禅宗拒绝用理智、抽象、逻辑的概念诉诸禅理和禅意,且限有禅学的语辞大都简短但含意深刻,因为禅宗不好冗长。所以禅诗写作较少有形式的局限,具有独立自由的诗写精神,崇尚简洁、自然、朴素、灵动活泼的诗语言,多为短句,但并不局限于短句。重在自然呈现诗人自性的禅悟体验、感受,以及诗禅互动的禅思、禅趣、禅境,多是率性而发、随心而出,是自我个性的坦诚直露与呈现。从语言的形式策略看，深化了"刺点"的表现技巧，往往句末具有强烈的"刺痛感"，令人惊奇瞠目，有"含不尽之意见于言外"的深味。如同品味陈年窖酒一般，经得起细致深入地品味，且只有走进禅诗的语境，才能领会其中的真味与醇香，越是玩味，越是滋味无穷。

现代禅诗之所以备受关注，关键在于"禅"这种古老的东方智慧，它植根于本民族的文化土壤中，关乎古今诗人共同的血脉情结和深刻的本土意识。这种对古典诗风自觉的传承与实践，使古典诗质与现代审美意识在传统美学精神的回归之路上，形成良好的联结、通变与互动。在诗语境的构建上，表现出澄明、静寂、空无的特点，这与中国古典诗歌注重境界的营造相呼应，意趣盎然。此外，禅从来都是观照自然，表现出对宇宙万物终极关怀的意识，它不将自然看作对立物，而是将其看作主体生命的一部分，所谓"青青翠竹皆是法身，郁郁黄花无非般若"，唯以一颗禅者的"大心"向世间的所有可能性敞开，亲近自然，体贴万物之心，才能真正达到物我同一境地，才能求得空性的大智慧。潺潺流水、花鸟云石、风电雨露，当这些自然景致呈现在我们面前时，我们将其融合在生命里，同时将自己融合在自然万物里，使主客体打通、融会至一个境界完整的统一体，那时便有了"见山不是山，见水不是水"的禅体验的胜境。这同样要求现代禅诗的创作必然要超越二元对立意识，在自然相镜中随顺运化，使诗人的性灵与客观事物圆融至一个整体，达到物我的和谐统一。当然，现代禅诗与古语禅诗最大的区别也就在于，一方面可以自由运用现代诗歌的表现形式和技巧，另一方面不再局限于自然、山林情趣的抒意，而是深入与我们生活息息相关的日常，所以现代禅诗必有"即是当下"的浓厚的现代生活氛围，在此之上，表现出恬淡、闲适、无我、自在的禅者心境。

南禅宗作为一门"顿教"，讲究涅槃直观的顿悟自性，所以"悟"是其一切体验活动的主要方式，且见性常是一刹那的活动，所以诉之以诗的表现，在诗的内质的精神气韵上，自然充斥着深刻的顿悟意识。我们欣赏完一首禅诗，往往被其中的智性力量所折服，这就是"禅那"的机锋，总在不经意间给人以智慧的禅思启迪，使人获得内心的平安、宁静和愉悦，教人向善、向美。同时禅又讲究"以心应心"，禅的主体意识需要与读者在智识与情感上形成互证，读者唯用一种动态直观的体验方式来感念禅诗的"隐性"意趣，才能真正走进文本。且禅体验的基本方式是进入事物之内，超越一切人为观念，让事物的原理自发自现，以"空"和"无分别"观察这个有无、对立的世界。在诗的表现形式上，"空"又有两层意义，一是在诗歌意境的构建上，往往营造出空灵、圆融的禅诗语境的特点，直达真如之境。此外，便更加关注诗人本来的自净心，换句话说，也就是"性空"，性空即是无念。慧能在《坛经》中指出"无念为宗，无相为体，无住为本"，当诗人以一颗无分别心来体悟人生、观照世界时，眼前的一切便豁然开朗，获得了最高形式的平静。以"释"心开悟眼，摆脱世事的迷妄、痛障、烦恼焦虑，淡泊过分的功利心和欲望目标，放下执念及贪、嗔、痴对人的捕获与羁扰，最终见一切法，而心不染尘。无疑，现代禅诗以其禅教的意旨和奥秘，为现代人的心灵打开了一扇破除愚暗、普照智慧之光的窗户。可见现代禅诗这一诗歌流派，在现代社会生活中存在的意义。

　　现代禅诗除了脉承传统禅诗所固有的意味和旨趣，必然要着重凸显现代意识和当下的时代气息，以显现其"现代性"。大多数学者在关于现代禅诗的"现代性"问题上，或只看重超现实、象征、隐喻等西方诗学技巧、表现策略与禅诗的融会和应用，而将诗禅结合之后"禅"的实质美学精神抛之脑后，且在论述上往往避开诗性与禅性的内在联络不谈，反而转向对古典文化元素与现代性在联结关系上的探求，往往轻描淡写，或寥寥数语一带而过，将禅理单独"移植"出来，不论诗说禅，喜好阐述大的概念，对诗文本所表现出的禅机、禅趣与禅关联的诗理路关注较少，或将禅与西方话语符号系统之间的一些概念相混淆，一味地生搬硬套，试图以此种方式来言说禅意。所以何为现代禅诗的"现代意识"？是否仅将现代诗的技巧诉诸禅诗的创作中，还是侧重关注现代人的生存意识和心理状态，还是别有深意？这需要进一步研究与探求。而笔者除了不可避免地要承认现代诗学策略、表现技巧对现代禅诗创作的补充，更喜见禅这种古老的智慧和美学精神能深入"红尘世俗"，真正立足于现代人的生命意识和生存体验当中，使之内化为一种与生命相融的禅思表现，成为高贵的心灵信仰，以禅者的情怀和智慧破除愚妄，用一颗柔软之心去触摸、怀抱世界的本真，更加关注我们生命本来的自净心。所以可以确定的是，现代禅诗首先应该是禅的，而后才是诗的东西。禅诗的写作者至少应是现代生活的"禅者"。但如果一味执着于诗的表现技巧、禅意的营造，执着于禅本身（对禅仍一无所知），就已经有所思量，便早已失去了直接性，而永远无法抵达禅意。无疑，这样的"禅诗"亦不可称为禅诗。所以禅与诗的结合从来都是自发自现、自然而然的，都是按照其本来的面貌直接呈现的，诗无刻意现禅而禅味自浓，禅不执于诗而诗性圆成。这样的诗作，在宽容与禅思相悖的语词技法，以及摒除是否有禅修背景和禅体验之后，才能真正"现禅"，才是禅、现代禅诗最初的真意。下面例举几位现代禅诗创作的诗人。

周梦蝶作为一个宗教背景和宗教体验颇为复杂的诗人，从早期的基督信仰到后来的庄禅、道修，再至后来的皈依于佛，都使他的诗质精神变得复杂。但周公确是实具禅心与禅性的禅者、"圣徒"，他的诗也自然会凸显出"禅"来，这是不可否认的事实，且他恪守本味的创作着实令人惊佩，这里不再赘述。

洛夫是对西方超现实主义手法运用娴熟的诗人，所以他的禅诗难免注重西方的诗学表现，尽管已从早期的"魔性"向"禅性"转变，但仍不可避免地弥漫着诡谲、陌生、苦闷、艰涩的气息，某种程度上是对东方禅性的消解和破坏。少数诗作表现出禅的自性、空观的意识，但多数诗作明显与禅诗"不存心机"的表达理念悖离，与禅境不能契合，严格意义上与禅本性存在某种隐秘的隔阂。其在《洛夫禅诗》诗集自序中将其诗鉴定为禅诗，并加以现代理论的阐释和构建（或难免有读者接受的预设），从而受到学界的普遍关注并掀起洛夫禅诗批评的热潮，部分缺乏严谨求证态度的学者，不排除会形成"洛夫禅诗模式就是现代禅诗唯一的诗写范式"这样的认识甚至错觉，这是需要加以警惕的。

南北的现代禅诗深入生活，体验世间万物，表现出禅味、禅境和禅理。多年"诗禅双修"的丰富体验，使他自觉以禅者的情怀观照自然、确认自我，不断觉悟生命和生活的本真，将与事物对话的自性体验以最直接的方式呈现在诗中，呈现给读者，实践着心灵世界的自由超越，表现出对生命的终极关怀意识，以及以"空性"贯穿的超然的禅心、禅趣。他的诗语言简洁、凝练、朴素，句法灵活，意境空灵、静美，读来有清新、舒畅和愉悦之感，是一种自觉禅悦的生命状态。他将现代诗写作的一些手法和技巧不着痕迹地加以移植、应用与融会，自然、巧妙、和谐，同时又兼具传统汉诗的韵味、境界和美感，对当下基于汉语本色的现代禅诗的基本构建已经相当可观。当然，从世界现代禅诗写作的高度来看，就诗文本而言，在题材、语言形式、表达格调和抒写力量上或有更大的拓展空间。

雷默的现代禅诗在形式上显现出较为多样化的一面，具有创新性与开拓性，语言简约、冲淡、自然、活泼，对东方禅诗和现代性审美与当下生活的关系把握较好。但有时拘于形式反而弱化了禅在诗中的表现,有一定的局限。

藏北的现代禅诗则表现出明显的化禅意识,他将生命信仰与禅的理想信念融入生活之中,使之上升至一种与生命信仰本质相通的禅趣,甚至时时现佛,是现代禅诗值得借鉴、吸收的一种诗写范式与典例。

慕白的一些诗作在一定程度上显露出"禅心"和禅性,而且有一种士大夫文人的雅致和审美情趣,但与禅诗实质的精神内涵相去甚远,倾向散文化的诗歌语言冗杂、繁复,失去清新、明朗、简约、深刻的蕴藏禅机的诗语言,多表现为"涉禅"文本,古意与现代性的联结依然侧重于文本表象,难以真正走进禅的境界。

他们的现代禅诗或者"涉禅"文本作为代表性个案与典范提出来,完全是由其创作实践的丰富性和在未来发展的可观性决定的。禅以其独有的东方传统魅力影响着诗人们的创作,这对当下过度反讽、解构、戏谑、审丑的"低诗歌"和缺乏想象力的平白口水诗,以及那些无关痛痒、缺少生命形上思维的,与民族诗性脱节、缺少文化关怀的生活场景的描白,易沉溺于日常小情绪与焦躁、苦痛的表演,缺少内质精神和审美性的诗歌,无疑是一次很好的校正,为当下诗坛乱象突围提供了很好的契机,乃至是新诗百年最具可能性和可观性的一次希冀尝试。陈仲义在《打通"古典"与"现代"的一个奇妙入口:禅思诗学》一文中,肯定了"现代禅思"与诗结合的重要的开拓性意义。沈奇在评《洛夫禅诗》时也提到:"百年中国新诗,要说有问题,最大的问题就在于丢失了汉字与汉诗语言的某些根本特性,造成有意义而少意味、有诗形而乏诗性的缺憾,读来读去,比之古典诗歌,总觉少了那么一点什么味道,难以与民族心性通合。"[6] 由此可见,"禅"这种基于传统美学精神的审美追求,永远不会过时,且越来越彰显其在诗歌发展史上的重要地位和重要的精神文化价值。这是中国古老的传统智慧在现代的一次胜利,也从侧面唤醒我们的文化记忆,对在现代语境下找寻本民族的诗性冲动具有重大的启示和借鉴意义。

参考文献

[1]李春华.关于现代禅诗审美的几个问题[J].文艺争鸣,2012(2).

[2]布朗肖.文学空间[M].顾嘉琛,译.北京:商务印书馆,2003:21-22.

[3]弗里德里希.现代诗歌的结构:19世纪中期至20世纪中期的抒情诗

[M].李双志,译.南京:译林出版社,2010:108.

[4]铃木大拙.禅与生活[M].刘大悲,译.上海:上海三联书店,2013:110.

[5]布鲁姆,等.读诗的艺术[M].王敖,译.南京:南京大学出版社,2010:171.

[6]沈奇."诗魔"之"禅"——评《洛夫禅诗》集[J].华文文学,2004(4).

作者简介

思小云,1994年10月生,陕西志丹人。写诗,写评论,作品散见于《星星》《天津诗人》等。

过程诗学提纲*

白　鸦

> **│专家点评**
>
> 　　一篇理论文章能写得如此诗意盎然,也算我们阅读时的一大收获。但这篇文章教给我们的,远不止这些。作者从"诗即过程,过程即诗"说起,提出了一种新的诗学概念,并对一系列概念——命名。了解过程诗学,这是入门管钥。

　　诗即过程,过程即诗。无穷事件的瑰丽生成及历险般的发展过程,即是充满诗性的宇宙实在,它一直存在于人类的诗篇中,就像人类看不见的自己的脸。事件敞开即空间,过程流淌即时间。感受事件的过程只需一刹那,体证宇宙的实在无非一瞬间。诗人若能于此回光返照,打开心智,照见活泼泼的宇宙实在,即是捅破了万箭难破的窗户纸,即是在本无真相的宇宙中呈现了真相的丰富与澄明。如是,诗人就无须在重重无尽的思辨中走向虚无,更无须在虚无中漂泊那么久远。

　　过程诗学是回归本来的诗学,也是历险发展的诗学。它从抽象本质回归具体现实,从绝对回归相对,从永恒回归暂时,从死寂回归变幻。尔后诗人发现,过程高于现场,未来小于当下！在"万物历险记"那样的过程诗歌写作中,一切现实皆是诗性的历险过程,而影响一个历险过程的因素可以是任何一物,包括现实的事物和非现实的事物。在过程诗歌写作中,诗人通过直接的经验

---

* 见 http://blog.sina.com.cn/s/blog_49c185d00102x79u.html,后被多家微信公众号转载。

呈现出一个创造性的、互相依存、互相理解的诗性世界。

宇宙间汹涌着不可穷尽的事件及其诗性的发展过程,当这一切弥漫在诗中,诗,便朗照了具体的现实和生活。当诗人把关联、创造、新颖、历险、当下、慢、敏感、同情、多元、平等、和谐、互动、回应、参与、生态等过程主义观念与写作立场相结合,即是以诗的方式拓展了人类对宇宙生命的认识,促进了人类与世界的和谐,提升了人类公共文化生活的幸福感。过程诗学,正将我们对诗的认识引入一个无限奇妙而又本来即在的新图景。

过程诗学,源于怀特海过程哲学与中国传统文化观念之结合,两者诸多理念交集,心气相通。但须知:诗学并非哲学,禅道更非哲学,心气相通并非理上相等。此中理趣,诗家须知相通,禅客切勿纠缠!心上会意,一丝不挂方可得法;理上纠缠,万山红遍已坠迷途。古人倡三教合一者,不过是拿"心性"二字行个方便而已,何况如此心气发散之诗论?是故,此文仅取过程哲学与中国传统文化观念之交集,向下一路,略行方便,恣意挥洒,为我所用,旨在点出过程诗学精要,脱去当下汉语诗歌窠臼。仁者见仁,智者见智,存其可能,待其延展。

过程之眼:过程诗学认识论

1.缘起。诗人睁开过程之眼,看见世界上没有永恒的事物。我们刹那生灭在这颗美妙绝伦的蓝色星球上,它原来没有,未来也没有,现在有吗?行走在相对而弯曲的世界上,诗人看到的一切现实,都不过是种种事件的变幻、生成、发展过程。一切惊心动魄的变化都是价值连城的历险,一切直击心肾的历险都是过程的各种灿烂。过程主义者说,一切皆流,无物常驻!一切存在,又不存在。中国古人说,年年岁岁花相似,岁岁年年人不同。佛家说,万法缘起性空,皆无自性。此中理趣,禅客切勿纠缠,诗家须知心气相通!那永恒之物绝非一物,只是此理,而此理也从未能离开一物。这个由事件及其历险过程构成的世界万物生动、荒凉而积极。

2.关联。诗人睁开过程之眼,看见世界上没有不相关的事物。万物原来彼此存在、互相回忆!过程主义者看见了二元对立的"僵尸",他们说,人类自我是共同体中个人的自我,与他人相互作用而成为个人相互存在的一部分。而宇宙是一张由相互关联的事件编织起来的无缝之网,没有一个事件能够脱离其他事件而独立存在,每一个事件都与其他事件关联并被包含其中。佛家说,万法缘起缘灭,因果关联一如因陀罗网,互相辉映,重重无尽,不可思议。智者大师的《摩诃止观》说,一念三千,三千性相都具足于一念之中。此中理趣,禅客切勿纠缠,诗家须知心气相通! 主体客体、精神物质、概念实体,本来即是一体。一即一切,一切即一。万事万物,本来具足,互相具有,息息相关。佛家说,应化身有千千万,但法身只有一个,大愿地藏王菩萨誓言说"地狱未空,誓不成佛;众生度尽,方证菩提",其实都是苦口婆心行个方便。阴阳未分,天地未判,父母未生,万物本来一体,无边无量,众生皆是从同一个法身流出,千山同一月,千江有水千江月,倘若地狱尚未空尽,谁能成佛? 倘若还有一个众生未能得度,谁证菩提?

3. 价值。诗人睁开过程之眼,看见世界上的一切事物都值得尊敬与关怀。常言说万物有灵,所谓灵者,并非一定是指意识,而是指价值。诗人或许难以唤醒一块石头,但诗人睁开过程之眼,看不到一块没有存在价值的石头,看不到任何死物,如果看到了,诗歌即赋予它以生命、生成、创造、享受等丰富的内涵,让它有意义。过程主义者说,自然界的一切都有它自己的价值,不仅是每个人,也不仅是某个动物,更包括山川、草木和岩石。天台宗湛然大师说"无情有性"。此中理趣,禅客切勿纠缠,诗家须知心气相通! 是的,在过程诗歌写作中,"石头能不能成佛"是一个简单而深刻的问题。

4. 历险。诗人睁开过程之眼,看见万物痛快,它们正在历险中,并因为酣畅淋漓的历险而生动流变,潜力重重。过程主义者说,万物在历险中的创造性就是潜力的实现,宇宙的进化和文明的渐进无论巨细,无一不是处于历险和创作中。世界在诗性的历险过程中气喘吁吁,它是活的,是诗的,是性感的。于是,蓬勃的诗人争做万物的天敌和异性,也视万物为天敌和异性,分不清是占有还是给予。此即是爱,就像弗洛姆的创造之爱,此即是去创作生机的历险。历险不会中断,不会走向虚无。哲学手里的世界多像一颗洋葱,层层剥尽,方知空心,置身虚无,呼天抢地,始信了尼采的话"上帝死了"。过程诗歌写作中的世界也像一颗洋葱,但须知,层层剥皮,气味惊心,纵然剥尽,气味犹存。洋葱味即是历险过程,它不中断也不走向虚无。是的,诗歌中的万物历险过程拯救了哲学的虚无。在过程诗歌写作中,诗人打扫那些没有创作性、没有新颖性、没有历险的保守事物,让它们在诗歌中奄奄一息。诗人正是像天敌或异性那样参与宇宙的事件,参与万物的创作,把过去、现在和未来的一切统摄于心,抒写那创造性的、回应性的爱,抒写那互相依存、互相理解的世界。

5.享受。诗人睁开过程之眼,看见万物正在尽情享受中。存在即享受,享受即文明。过程主义者说,万物成为现实的就是成为享受的,享受是内在的价值。如果过去的生活还像一个道德标本,那么如今作为生活理所当然的享受者,万物已经习惯在途中停留坐看云起,人类已经习惯让生活慢下来。慢,即是当下的体验,当下即过程,未来也不大于当下!万一诗人看见了没有享受的事物,那他一定是看见了纯粹的客体,或者离开了当下。享受,毫无疑问也是历险过程,也是艺术审美的过程,过程诗歌写作即是尊重传统的历险写作,它既解释了宇宙辉煌的历险史,又以历险的姿态推进了人类文明的渐进。享受,是过程诗歌写作中无限丰富的意义母体,它孕育爱,让孕中的世界火热而宁静,让膨胀的物质灿烂又深刻。

生态之心:过程诗学立场论

6.平等,是诗人的深度生态之心。诗中生态盎然,天机四伏,放眼望去,诗人首先看到的是万物多元狂欢,一切都有价值。但在过程诗歌写作中,生态之心不仅简单体现为环保意识,而且体现为心灵上的深度生态观,旨向为万物平等精神与社会和谐理想。诗歌中的平等意识五花八门,源头各异。卢梭说平等,缘于每个人生来就是缔造社会的一分子。巴赫金谈对话,除了形式美学,根本上即是提供了一种平等观。《庄子》说,以道观之,物无贵贱。《华严经》说,无一众生而不具有如来智慧,但以妄想颠倒执着而不证得。《圆觉经》说,一切众生本来成佛。此中理趣,禅客不可纠缠,诗家须知心气相通!深度生态观,是过程诗学平等精神的根本来源,它激励诗人怀抱大地伦理,并亲切呼喊:地球,你好!

7.和谐,是诗人的深度生态之心。过程主义者说,和谐是人类文明的理想,这个理想实现于自然、社会、思维的各个方面。文明作为人类生活的高贵品质,既是个人的又是社会的。实现和谐理想,取决于社会各成员在生态上明智、在社会上公正、在精神上满足。但须知,在过程诗歌写作中,和谐不是等同,而是"和而不同",正如春秋时期即已出现的"和同之辩"所认为的那样,当事物各有个性又能彼此和谐统一时,方能"生物"。和谐即无碍,《华严经》说"一室千灯",光光互遍互摄,一多无碍,又说"理事无碍,事事无碍",一一皆自在,各各无杂乱。此中理趣,禅客不可纠缠,诗家须知心气相通!过程主义者说和谐,与中国古人说"中和"亦心气相通。儒家说"中",不偏不倚,无过无不及。道教说"中",虚静中空,顺应自然。佛教说"中",万法因缘生,不落两边见。《中庸》说,喜怒哀乐之未发谓之中,发而皆中节谓之和。中也者,天下之大本也。和也者,天下之达道也。致中和,天地位焉,万物育焉。《老子》说,多言数穷,不如守中。《庄子》说,且夫乘物以游心,托不得已以养中。道教内丹中派创始人李道纯在《中和集》中解释"玄关一窍"时说,圣人只书一个中字示人。此中字者,非中外之中,亦非四维上下之中,不是在中之中。佛教大乘论师龙树菩萨的《中观论颂》说,众因缘说法,我说即是空,亦为是假名,亦是中道义。此中理趣,禅客不可纠缠,诗家须知心气相通!

8.互动,是诗人的深度生态之心。那没有回应的事物都必将走上崩溃的道路!上帝与佛陀也难逃此劫。没有众生就没有佛,蕅益智旭大师说,学佛无非两件事,一是明心见性,一是慈悲方便。后者即是与众生的互动回应。而上帝的死活一如草木的死活,草木是有机的,上帝也是有机的,有机的上帝从未离开过有机的万物。上帝是谁?作为万物的原理和可能性,上帝本来情理具足,仁民爱物的上帝有情亦有理,但须知,万物情大于理,方是活物。爱情更不例外,男欢女爱若不是创造性的爱和回应性的爱,就必然会崩溃。过程主义者说,世界上没有全能之物,所以要拒绝来自世界的控制力量。同理,过程诗歌写作中的立法者死了,判官死了,诗人像观察孩子那样观察上帝,观察一棵草的青黄,观察一只燕子的N次翻飞,并发现这荒凉又积极的世界充满未知,发现唯有真诚互动才能拯救万物危机。为了上帝不死爱情不死,过程诗歌写作必须适时修正上帝的性别,赋予上帝及万物以被动、回应、热情、可变、忍耐、对话等性格,而让永恒、绝对、依赖、不变等品性沦为诗歌中的贫穷意象和不安元素。

9.同心,是诗人的深度生态之心。过程诗歌写作是与万物同心的写作,是与万物互相理解的写作,它沟通了人与物、生与死、古与今,物我合一,天人合一,反映感受的升华。那些能理解万物、能敏感回应、具有同情心并且超越了同情的诗人,正在与万物同行,与万物同心。世界上任何一物,都同时具有物理意义和心理意义。万物在与人类的对话关系中也是主体,而非客体。同理之心,同心之理,中外古今心气相通。儒家王阳明说"大人者,以天地万物为一体者也"。佛家僧肇说"会万物于己者,其惟圣人乎"。道家庄子说"天地一指也,万物一马也"。与万物同心的诗人站在当下社会繁荣的焦味内外,有能力像万物一样思考,有能力发现杂草和顽石的文明并尊重它们。就像过程主义者说的那样,当一切事物趋向于保持生物共同体的完整、稳定和美丽时,它就是正确的,否则就是错误的。

10.真诚,是诗人的深度生态之心。过程诗学作为建构性的而非纯粹解构性的后现代思潮,无疑对万物心怀真诚。但须知,真诚不是道德符咒或心灵鸡汤,就像六祖慧能大师的《坛经》所说"不思善,不思恶",它不仅是通常所言的诚实善良或信守承诺,也不仅是后现代思潮所谓的"地球虔诚心",更是一种很难把握的慢功细活、自然心法,未到绝后再苏的最后关头,难以体会它的重要性和妙处。真诚是过程诗学的上乘心法,诗人的真诚之心,得而未得,未得而得,用而不用,不用而用,一如道教内丹已成之后的"存诚"功夫,又如禅宗明心见性之后的"保任"功夫,不是有了多么高级的技术或多么勇猛的雄心就能做得到。正如憨山德清禅师说的"荆棘丛中下足易,明月帘下转身难",诗人若能于此心路一转,即可虚空粉碎,境界全开,心不随境,心能转物,真正见到宇宙实在,见到万物活泼泼生动无碍。也正是真诚这种微微妙妙的上乘心法,才把诗歌的艺术性与匠气区别开来。

自由之笔:过程诗学形式论

11.感受。诗人挥洒自由之笔,呈现出瞬间的感受和扩展的个人经验。感受若非瞬间的,即落入禅宗所谓"第二义"的纠缠,难以得见本来面目;个人经验若不扩展,即沦为私生活的喋喋不休,与万物何干?过程主义者说,世界由事件及其过程构成,思维是感受的一种形式。这个事件并非把生活压榨成事件,而是指"点滴的经验"。点滴的、瞬间的、立即的,就像香严智闲禅师说的"我有一机,瞬目视伊"。此中理趣,禅客不可纠缠,诗家须知心气相通!煌煌儒家,自孔子以降开出两条大脉,心路一脉,理路一脉,过程诗学所谓的感受和经验即是心路一脉。在过程诗歌写作中,感受一叶知秋,全部的秋天即在一片叶子上,因为那"瞬目视伊"的瞬间一机,统摄了过去、现在和未来。诗人从"一叶"中获得关于秋天的个人经验,这经验在时间之流中不断变幻扩展,它是异质的、不可量化的。过程诗学所谓的感受,可以理解为情大于理、形式大于内容、审美高于教育、过程高于目的。过程诗歌写作的感受和经验是:心念一瞬间,随手指向天,请顺着我的手指看天,至于你是看见了奇怪的彩虹或是一幕扑杀,随你的便!如果你什么也没看见,要么心智未开,要么已经得道。过程诗歌写作的感受和经验是:一次去目的的远行,一场去结局的游戏,正如《金刚经》所谓"无所住而生其心"或"不住相布施"。诗人若悟得此境,即可见到木偶催泪,杀手动情。

12.新颖。诗人挥洒自由之笔,呈现出不断创作中的新颖的世界。天地间没有比这更容易的事情了,因为变化发展过程中的宇宙本来就是创作性的和新颖的。诗人无须另外去创作出什么新颖之物,那是禅宗所谓的头上安头——多此一举。诗人只需打开心智,发现或亲证新颖,并用天才的语言艺术形式呈现新颖。看,那么多尚未实现的即是可能,那么多已经实现的即是新颖,而在两者中间,有一个伟大的事业,即是创作性不断地推动新事件在时空的流变中扑面而来,生机爆棚活力无限。诗,即是这样的事业。当过程诗歌写作不断地让可能成为新颖,诗就掀开了宇宙的红盖头并窥见了真正的实在,而人类,就和他们的鼬鼠或草莓朋友们一起进入了诗歌,并在那种开放、变化、发展的新新经验中成就自我。

13.直接。诗人挥洒自由之笔,呈现出直接抒写的美学形式。世界是弯的,但世界上一切事物的奥秘都是直的。直接抒写是"但立文字,直指人心"的抒写,因为宇宙万有本来具足,互相具有,一切现成,无须绕路,所以直接抒写是真正具有当下性的抒写,是最见本性的抒写。在过程诗歌写作中,直接抒写更能带来可能性阅读,让进入诗歌的人猛然想起自己的遮蔽之物。那遮蔽之物,即是打开心智所见的本来面目。直接抒写所抵达的本来面目是诗人自己本来就有的,它就在眼前,和合在弯曲的世界万象中,从未曾离开过。正如六祖慧能大师的《无相颂》说"佛法在世间,不离世间觉",直接抒写,须知见相见性,性相一如,法身就在肉身上,无须外求,切勿离相觅性。直接抒写,须知心即是色,色即是心,心色一体,空有不二。直接抒写,须知诗意本来有,日常即陌生。形式主义者什克洛夫斯基也说过,陌生化的东西是读者真正熟悉的东西。此中理趣,禅客不可纠缠,诗家须知心气相通!

14.可能。诗人挥洒自由之笔,呈现出文本的可能性叙述,而非目的性叙事。宇宙与生活的一切皆有可能,一切事件都包含着无数可能性的实现。怀特海说,没有全部的真理,所有的真理都是一半的真理,想把它们当作全部的真理就是在扮演魔鬼。在过程诗歌写作中,可能性叙述不再把读者引向目的地,不再拉着读者进入诗歌叙述并获得某些角色感甚至随之悲喜,因为这不需要高级的诗歌艺术,只需要"现场"即可,现场旨向的事件本身即可实现这些效果。而诗歌作为高级的艺术,所提供的是过程旨向的情节。这种诗歌情节并不是事件本身,而是在可能性叙述中呈现的事件横断面或事件的发展细节。所以,诗歌必须从词语意象走向叙述结构,从现场走向过程。过程诗歌写作,让读者在事件的横断面或发展细节处停留,也就是驻足于过程,让读者猛然想起自己的遮蔽之物,并获得各取所需的诗意。就像什克洛夫斯基说的那样,艺术更新人类的记忆。过程主义者强调程序,而诗人必须明白,这个程序指向诗人不可重复的生命创造,它所带来的语言艺术形式创造不是外在的规定性,而是内在的可能性。

15.自由。诗人挥洒自由之笔,呈现出"大地山河一担挑"的大自在境界和对世界的积极建构。黑格尔说,主体方面所能掌握的最高内容可以简称为自由,所以主体性的核心不是别的,就是自由。要想随心所欲、撒豆成兵写出自由之诗,主体的诗人须有一颗自由自在之心。自由之心来自解构,亦来自建构。为什么空间茫茫没有边际?为什么时间荒荒不见始终?因为宇宙的中心并非任何一物,而是万物共同的心。诗人须知万法唯心,心外无法,无缘大慈,同体大悲。如是自由之心,禅客向上一路,即是《圆觉经》所谓的"以幻修幻";诗家向下一路,已然不是解构而是建构。所以,怀着自由之心的诗人看到,那正在席卷而来的其实我们早已置身其中而不知的过程主义诗潮,不单是解构性的后现代思潮,更是建构性的后现代思潮。与敬爱的福柯、德里达们不同,过程主义诗人怀抱正直的悲伤,怀抱一颗爱恨交加的心,走过荒凉而积极的世界。当过程主义诗人举起摧毁与消解的枪口,他忽然心头一热,射中了万物的欢呼!

2010 年 9 月,草于北京

2016 年 12 月,修订于广州

作者简介

白鸦,1971 年生于安徽芜湖。诗人、文学评论家。淬剑诗歌奖评委会主任。2010 年提出过程诗学。2014 年获行动亚洲公益机构番石榴奖。诗学关键词:叙述、公民、过程、直接、可能。

整体的诗意或有诗无句诗意何在*

李　霞

> **专家点评**
>
> 　　诗歌理论最终还是要回到文本的诗写上。这篇文章认为，读古诗主要是读其中精彩的诗句即金句，读新诗主要是读整体的诗意即意味。整体的诗意使诗歌作品成为骨肉血意融会贯通的整体——一个生命体，一个鲜活的生命体。这也应该是诗的另一种升华，再生的升华，也是现代主义的圆寂。这对众多的写诗者来说，无疑是至理名言。

　　读古诗主要是读其中精彩的诗句即金句，读新诗主要是读整体的诗意即意味。这也是新旧诗的重要区别和不同。

　　古典诗精短而定型，写作基本上是填空，炼句、炼词、炼字，往往就体现在一句或两句的诗眼上，像到暮年的老人，轻易动不了，只能靠偶尔的咳嗽表明自己的存在。

　　现代诗自由任性，像风，像雾，像烟，像梦，像味，只能去感觉它的存在。朦胧诗后的先锋诗歌写作，最有代表性的观念是非非主义等主张的"三反三逃避"：反文化，反崇高，反价值；逃避知识，逃避思想，逃避意义。当然，反文化不是说这些人没文化，反价值也不是说这些人没价值观，而是他们有另一套文化价值体系。他们所反的是体制文化、体制价值观。写诗，一定不要卖弄文化，彰显所谓崇高品质，更不要轻率言说那些商业社会认定人存在高下的元素。

---

　　* 见 http://blog.sina.com.cn/s/blog_61c621880102x2go.html。

写诗,一定不要传授知识,灌输思想,更不要跟人讲解意义。诗歌就是语言,纯粹的语言。评说一首诗,更在意语言的感觉,语言的节奏、蕴味,甚至意趣等来自其本身的东西,才是我们认定诗歌优秀的标准。本真的生活就是诗,什么诗眼,什么格言,什么名句,统统靠边吧。我们要的只是真味、人味、活味、肉味、血味。味只能是动态的,味不可能固定在一句或两句诗行里,它们只能氤氲在整首诗里。

古典诗的表现方法主要是比兴,现代诗的表现方法主要是象征。象征只能是整体的,若沦为局部或一两行,就只能是比喻或联想了。

中国诗歌象征手法的成熟运用较晚,但2000多年前就产生了许多精美的寓言,寓言手法其实就是象征手法,不同的是寓言寓理于事,不直接抒情。西文诗哲但丁早就说"诗为寓言",对中国人来说寓言比象征更亲切,却被我们冷落了。

现代诗思想意识主要源于西方哲学和美学。从唯心主义、自然主义、唯美主义到形式主义、现象学、存在主义、结构主义、解构主义、后现代主义,都受到了诗人们的热烈响应,并融化到自己的写作实践中,形成了远离或淡化哲学、思想、道德、意义,回归或重视形式及语言本身的艺术倾向,诗歌呈现出注重整体氛围的现象,如更加投入过程、局部、细节、具体、肉身、现象、形式,轻视转换、提炼、升华,甚至提倡审丑、崇低等。

德国哲学家黑格尔说:"艺术在死亡,因为艺术消融于哲学之中。当艺术嫁给哲学,艺术就走到尽头。当诗歌靠近哲学边缘就靠近了危险。"

法国象征主义诗人马拉美说:"写诗靠的是词,而不是思想。""诗的目的在于暗示。"

诗人杨黎说:我倡导废话写作,但是我的写作并不沉迷废话,其原因还是因为这个世界上根本就没有废话。我沉迷的,仅仅是对以前的诗歌的偏移。我反对诗言志,不管它是什么志;我反对以比喻为中心的一切修辞,也不管它为什么修辞又是怎样修辞;我反对诗意,特别是反对道德意义上的诗意——我愿意把诗歌还原到孔子之前;当然,我更反对诗歌的空洞,反对诗歌的大,甚至反对它的另一面;我最反对的还是用别人的口气写诗,这才是我骨子里的反对——不论这口气是传统的,还是不传统的——任何一个有意思的诗人,他都是在用自己的口气写诗。曾经有很长时间,大家都在讨论口语,我以为,这才是口语的根本问题。所谓书面语的错误,不也就一清二楚了?

诗人法清说:不要试图赋予事物以意义。你把一个事件、事物写清楚、写准确就可以了。不要强行言说,不要试图给它以某种意义。不要拔高它,也不要贬低它。不要去联想,否则将很失败。当然,每一个词都很主观。所以,让意义死去也许不可能。那就让存在自显吧。

诗人教授李森说:哲学有时之所以会成为诗歌的死神,是因为把理性或原则或规律用成了枷锁或窒息或重复甚至大棒,扼杀了生气、灵气与个性。如果我们把哲学理解为精神应该有自己追求的境界,精神应该有更多的可能性,而不是大师具体僵死的条条框框,哲学就成了诗歌的救星。

美国学者戈尔德说:关心生活和道德的艺术是谎言的衰朽。艺术的形式拯救了生活形式的贫乏。艺术的最高形式是没有任何具体内容的抽象的装饰。形式就是一切。艺术除了表现它自身,不表现任何东西。一切坏的艺术都是返归生活和自然造成的,并且是将生活和自然上升为理想的结果。

法国现代派诗人、《恶之花》的作者波德莱尔说:"以丑为美。""恶就是美。"

诗人徐乡愁说:这个世界伪装的东西真是太多太多了,为了让世界还原成它的本来面目,我们不惜把自己变成动物,变成垃圾。垃圾派的横蛮崛起,立即遭到了方方面面的辱骂,骂我们是畜生,你骂得很对,因为我们本来就没有打算活得像个人。垃圾诗的语言是口语的、粗砺的、自由的、陌生化的,垃圾诗不但拒绝象征和隐喻,也拒绝一切诗歌技巧,必要时,诗人在写诗歌的时候可以现发明,并一次性把它消费完。垃圾诗还拒绝深度、凝练、精致和意境。

诗人皮旦说:垃圾派有三原则。第一原则,崇低、向下,非灵、非肉;第二原则,离合、反常、无体、无用;第三原则,粗糙、放浪、方死、方生。

整体的诗意使诗歌作品成为骨肉血意融会贯通的整体——一个生命体,一个鲜活的生命体。这也应该是诗的另一种升华,再生的升华,也是现代主义的圆寂。

新诗中影响大的,恐怕极少能有超过余光中的《乡愁》的,这首诗就是一首典型的具有整体诗意的诗,因为你无法用其中的一行或两行来代表整首诗,其中也没有一行或两行叫你一看就过目不忘的诗句,但它的确打动了无数中国人的心灵。诗人用了四个意象——邮票、船票、坟墓、海峡,不仅把一个人的一生形象而生动地表现了,还把近百年来中华民族最大的心伤——两岸分割之情,有意无意地触疼了,成了海外游子深情而凄婉的恋歌,也成了所有华人的心歌。题目"乡愁"与整首诗完全成了绝配,是点题,更是升华,无论谁再怎么改恐怕只能是对诗的伤害。

  小时候
  乡愁是一枚小小的邮票
  我在这头
  母亲在那头

  长大后
  乡愁是一张窄窄的船票
  我在这头
  新娘在那头

  后来啊
  乡愁是一方矮矮的坟墓
  我在外头
  母亲在里头

  而现在
  乡愁是一湾浅浅的海峡
  我在这头
  大陆在那头

  巧的是,还有一首表现家国情怀的诗,也深深地打动了我。没有想到,自传式的家谱,自白式的个人简历,12 行说明文,却成了一首令人叫绝的爱国诗,虽然诗里没有一个"祖国""母亲"之类的字词。一个人的血脉,就能证明和说明自己的祖国,血脉里的东西,用任何修辞都成了多余。就像你面对母亲,一声"妈",一切都有了,一切都成了多余。

祖国

唐 欣

一个山东人和一个陕西人
是我的祖父和祖母
而一个西安人和一个重庆人
是我的父亲和母亲

我自己娶了一个天津人和
一个南京人所生的女儿
而我们俩的女儿　生于兰州
在北京读完中学

又去了成都　上大学　至于
以后　她的丈夫将来自
何方　孩子在哪儿出生
现在　我还一点都不知道

  诗人唐欣的名气与余光中无法相比，但同样写出了优秀的诗作。"祖国"在这里也不可替代，而且没有一点点矫情作秀，更加个人化、独特化，自然天成，叫人惊叹。这也充分说明整体的诗意，同样能打动人。

  《祖国》其实是写了"我"家四代七口人的各自不同的出生地，题目为"家人"更具体客观，但这样整首诗就太实，无法给读者留下想象的空间。"祖国"，大了，反而给读者带来了无限想象的余地，而且诗里不断变化的人和地点，又把祖国具体化了、可感化了，诗情诗意，无不打动着读者的心绪，诗的魅力自然也无穷了。《乡愁》里，题目与诗，每节中的诗与诗，都是虚实相生，虚实相映。

  可见，虚实变化，虚实之度，意中有象，象中有意，决定着整体诗意的高低优劣。一味虚一味实，或全是象全是意，整首诗的价值就会产生极大变异。

作者简介

李霞,1961年11月生于河南陕县。现为《河南工人日报》副总编辑,河南省诗歌学会副会长,《大河》诗刊原主编,第三届美丽岛·中国桂冠诗歌奖评委。先后在多种报刊发表诗歌、文学评论、散文、随笔等,在诗生活网站评论家专栏有个人专栏。出版有诗歌及评论集《一天等于24小时》《分行》。2004年开始收集编写并季度发布诗歌大事记《汉诗观止》。2006年9月在网上提出《诗本批评纲要》。2007年始在网上发起"好诗文季度推选——汉诗榜"行动,引起广泛关注。

当代诗的现实感与现实化问题[*]

程一身

| **专家点评**

  大体而言,诗中的现实感可以分成三类:对自身的现实感、对他人的现实感、对物的现实感。诗人如何介入现实,处理好"我""你""他"的关系,是写出好诗的关键。对这一问题,本文进行了深入探讨。

  当代诗人似乎普遍面临着来自现实的压力——不是不现实,而是现实得不够。所谓"现实得不够"未必是作者的自觉,更是外界的判断,这与诗歌的被冷落存在着因果关系。就此而言,读者与作者之间的关系仍然是紧张的,但我并不倾向于让作者一味迎合读者,毕竟写作首要的是独立性。对作者来说,为自己写总比为他人写更有说服力。

  事实上,当代诗对现实的反映不再像过去那样直接集中、流于表象了,而是以分散深入的形式融入字里行间。这种写作技术的进步不免让某些守旧的读者陷入失察的窘境,以至于以为当代诗不现实了。更重要的是,他们对现实持一种狭隘的理解,以至于不能深入捕捉诗中的现实感,这才是导致他们认为当代诗不现实的根本原因。在我看来,现实感是沟通作者和读者的桥梁。如果说创作是诗人从现实中获得现实感并把它转换成词语的过程,那么阅读就是读者通过词语把握诗人的现实感,从而认识诗中现实的过程。严格地说,任何一个读者都不可能在词语中看到现实,但他可以觉察其中的现实感,即诗人

---

[*] 《诗建设》总第二十一期,作家出版社 2016 年 5 月出版。

对特定现实的具体感受、复杂态度及观念迁移,并因此形成赞美、讽刺、批判等不同的风格。

显而易见,现实感与现实的不同之处在于现实是客观的,现实感则是诗人对客观事物的主观感受。也就是说,现实感固然有其主观性,但它是由客观事物引发的。不同的事物自然会引发不同的现实感,就是同一个事物在不同的诗人中间也会引发不同的现实感,甚至同一个事物在不同的时刻也会引发同一个诗人不同的现实感。就此而言,现实感并非单纯的主观之物,而是主观与客观的综合体。如果说现实世界丰富多彩,那就可以说诗人的现实感变化无穷,因为有限的现实可以触发诗人无限的现实感。这正是诗多于物的一个原因。比如柳在不同的时刻触发了李商隐不同的现实感,他就可以写出以柳为题材的不同诗歌。

完全客观的诗并不存在,完全主观的诗尽管存在,但其中只有感,而不是现实感。大体而言,诗中的现实感可以分成三类:对自身的现实感、对他人的现实感、对物的现实感。诗是有"我"的艺术。无论什么事物,只要不和"我"建立有效的关系,就不能进入诗,更不能成为诗。因此大多数诗呈现的是"我"对自身的现实感,而那些局部细致入微、整体宏阔多变的诗可以提升为存在感,甚至囊括身世感等丰富的元素。值得提醒的是,写自身现实感的这类诗一般被称为抒情诗,而不是现实诗,其潜在逻辑是"我"太主观,因而认为此类诗不现实。本文有意扩展或纠正这种传统的认识,把抒情诗看成现实诗的一种,因为抒情诗是书写"我"对自身现实感的诗。对"我"来说,自身的现实就是身体,以及由身体完成的行动。尽管认识自身很难,特别是认识自己的心很难,但每个人对自身及自身的行动都难免有所感有所思。这就构成了"我"对自身的现实感,并成为许多诗的主体部分。

在我看来,写自身现实感的当代诗存在的问题是"我"的膨胀化和抽象化。既然无"我"不成诗,但太"我"也不成诗,至多是狭隘的诗。在这类狭隘的诗中,"我"常常是孤立的,孤立于他人,孤立于尘世,任由"我"在诗的肌体里膨胀,不但不注重表达与他人心灵的叠合,而且有时刻意回避与他人的相通之处,追求一种仅为我有、他人皆无的独特性。而且这种独特性往往是抽象的,大多属于潜意识层面。写自身的现实感,却不能唤起读者的现实感,我认为这本身就是一种失败。就此而言,任何一首写自身现实感的成功之作都潜在地包含着"他/她",包含着"他/她"对自身的现实感。当然,更多的时候,"我"生活在与他人的关系中,与他人的交往可以促成"我"的成长与变化,促成"我"对自身的认识和发现。因此,许多当代诗书写的是"我"与"他/她"的关系,属于关系诗,如亲情诗、爱情诗、友情诗,以及"我"与陌生人的关系诗等。"我"与陌生人的关系诗是个临时性的说法,我觉得它在当代诗中意义重大,因为它不局限在家庭范围内,也不是亲密的人际关系,而是以整个社会为背景,对应着更复杂的人际关系。当代社会交往频繁,既有直接的商品关系、服务关系,也有临时性的共处,乘车、就餐、观剧,如此等等。和亲情诗、爱情诗、友情诗相比,"我"与陌生人的关系诗似乎更能揭示当代的社会状况与时代精神。游手好闲者波德莱尔在街头看到一个穿白衣的陌生女子,便在《致一位过路的女子》中写下了对她的情欲。由于彼此是陌生人,关系随生随灭,不能持久深入,要写好这类诗,全靠诗人对现实的认真观察和深入提炼,并把它熔铸为整体的现实感。本文不具体分析"你",因为"你"其实是亲密的"他/她"。不过,值得注意的是,有些当代诗中的"你"并非另一个人,而是"我"或另一个"我",这时的"你"出自"我"对自身的旁观。在某种程度上,这类写作实质上是诗人对自我的审视。

相对来说,写对他人的现实感分明具有题材的优势,似乎这是更响应现实主义呼声的举动。毫不夸张地说,传统意义上的现实诗就是写他人的诗,似乎只有写他人才称得上是现实诗。从汶川地震以来,国内涌现了许多应时之作,但好诗很少。其中的问题值得深思。如果写他人不是出于内心情感的驱动,而是迎合式的表白,或试图成为集体大合唱中的一员,那就很可疑。值得注意的是,写他人这类诗之所以倍受青睐,往往因为所写对象是社会热点,可以构成写作的重大题材。事实上,大诗人更注重写自身日常的现实生活,对身边的现实进行细腻的呈现和深入的挖掘,并因此成就了他们的伟大。拉金、希尼、沃尔科特无不如此。

单从写作对象来说,写他人易,写好却难。因为他人毕竟是不同于"我"的另一个人,写好"他"比写好"我"更难。这就导致不少写他人的当代诗写出的都是对他人之感,而不是他人的现实感,是一厢情愿地代他人立言。在我看来,写好他人的关键是转化,向"我"转化,和"我"建立联系。其基本要求是亲历、见证和沉浸。亲历的重要性在于它可以保证现实感,使感直接源于现实,最大限度地消弭现实与感之间的空隙。从电视或电脑上看到的相关画面尽管也能使人感慨,甚至震动,但那种现实毕竟是间接的、破碎的、瞬间的。很显然,这类现实诗大多是作者凭想象力完成的,但在现实感的生成方面,想象力只能催生感,却很难生成现实,更不能保证现实的细节、丰满与立体效果。由此可见,对于写他人的诗来说,亲历往往不可或缺。即使不能亲历,至少也应做个见证者,保证自身的在场,以及对现场的整体感知和长期沉浸,只有这样,才能充分把握现实、写好现实,保证感受从现实中生出。沉浸的意义在于,它能为"我"理解他人及他人的现实提供时间上的保证,只有经历一定的时间,才能促成"我"与他人的身体接触与精神融合。就此而言,如果写他人,应把亲历或见证作为基本的写作伦理。只有这样,才可能把他人写好。

由前所述,写好他人贵在转化,把"他"转化为"我"。至于转化的方法,此前的大诗人已树立了范例。从即事名篇"三吏""三别"来看,杜甫成功的秘诀在于和他人建立了有效的联系,或以观察者和对话者的身份介入其中,或设身处地深入对方的内心世界,化身为他人,使"他"成为另一个"我"。正如张枣说的,"一个表达别人/就像在表达自己的人,是诗人"。或相对客观地描述对方,尽管这样,诗中仍会渗透"我"对他的现实感。因此,诗人写出的他人往往是和自己重叠的一面,至少是认同的一面。一切诗歌都是诗人的精神自传,是诗人"为自己绘制的肖像"(布罗茨基语)。一个显著的例子是,从杜甫写的曹霸里不难看出杜甫本人的精神气质。与此相似的是,爱尔兰诗人叶芝的面具理论也是用"他"写"我"。但面具写作的驱动力并非对他人的同情,而是掩饰自我的一种手段,甚至可以说体现出自我分裂的倾向。总体而言,写他人也得有"我",无"我"不成诗,这对写他人现实感的作品同样成立。

写物的现实诗似乎已经成了当代诗的一个次要门类,其实这可能是一种假象。且不说人也是物的一种,人离了他人无法生存,离了物同样无法生存。诗人都是敏感的,敏感于人,也敏感于物。咏物诗的传统固然已经削弱,但物仍然是当代诗人的一种现实,而不是纯粹的象征体。对诗人来说,即使有象征性的物,首先也是一种现实。物给人的不只是精神的启示,更是客观的存在,这是物与人之间两种基本的现实关系。人生在世,就是和人与物建立持续的联系。所以物和人一样,也是一种现实,存在于时间中的现实,有地域特征的现实,千差万别的现实。但在现实生活中,经常和人发生关系的物并不太多:

食物、衣物、器物、景物，如此等等。在特定情况下，气候风物也会成为人的一种现实，处于伤风、听雨、沐日、赏月等不同现实中的诗人自然会有不同的现实感。

物有自明的一面，但也有神秘的一面。事实上，物的未知部分对诗人更有吸引力。在某种程度上，世界的复杂奇妙在于人与物时常相处却对物不明就里。这会给诗人带来一种亲密的陌生感。这种亲密的陌生感更体现在人与人之间，可以说他人身体的神秘简直不可穷尽。更奇妙的是，人对自身也有神秘感，对自身的生老病死往往混沌莫辨，难以掌控。神秘感显然也是一种现实感，它是由未知物或物的未知部分引发的感受。王国维在《人间词话》里把诗分成"有我之境"和"无我之境"，所谓"境"其实就是物的汇合。所谓"无我之境"并非诗中无"我"，而是"我"隐匿于众物之中，充当物的旁观者。王维的《辋川》组诗可为代表。诗中众多的自然物对诗人来说都是不无神秘性的现实，它们被诗人呈现出来，但其生灭流变却不易解释。也就是说，王维诗中的自然物表面上清晰可见，实质上却神秘莫测，而这正是他对自然物的现实感。

随着人类文明的发展，越来越多的人居住在城市，人造物也越来越多，在很多人的生活里，已几乎看不到自然物的影子。我无意说人造物不好，它们的确给当代人带来了许多便利和快乐，也越来越多地出现在当代诗中，并改变了诗的传统，以自然物为主体的美丽意境已不复存在，越来越多的人造物穿梭于当代诗中，人造物也就更多地促成了当代诗人的现实感。在我看来，人造物进入当代诗增强了诗的真实性，却抑制了诗的审美效果。从根本上说，这是因为人造物是发明之物，可以拆解组合，有机关却无秘密，更主要的是，它可以无限复制。人造物的这些特点给当代诗带来了不利影响，它倾向于使当代诗也变得没有秘密，可以随便发明，无限复制。

事实上，当代诗中的现实感并非可以区分得如此清楚。在许多当代诗中，"我"、"他/她"、物都是并存的，之间会形成诸多复杂的关系。最基本的是"我"与"他/她"的关系、"我"与物的关系、"他/她"与物的关系（处于"我"的隐身式旁观中），以及"我"与"他/她"与"物"的关系。

作者简介

程一身,原名肖学周,河南人。著有诗集《北大十四行》、中国传统文化研究三部曲《中国人的身体观念》《权力的旋流》《理解父亲》、理论著作《朱光潜诗歌美学引论》《为新诗赋形——闻一多诗歌语言研究》,编著《外国精美诗歌读本》,译著《白鹭》《坐在你身边看云》等。《北大十四行》获北京大学第一届"我们"文学奖。

当代语言诗创作及反思
——以周亚平语言诗创作为中心*

王学东

> **专家点评**
>
> 语言是当下诗人驰骋诗坛的绝对利器。本文不是简单地对一个诗人创作进行评析,而是以诗人作品为标本,剖析中国语言诗的发展脉络和当前存在的困境,对诗歌创作很有借鉴意义。

在中国当代诗歌史上,语言诗写作是一个特别的但是被我们文学史所忽视的诗歌现象。一方面,语言诗是 20 世纪 80 年代诸种诗歌形态中持续时间较长、参与诗人较多的一种。以语言为本体揳入诗歌,更新了中国当代诗歌语言,成为中国当代诗歌一次有价值的探索。另一方面,语言诗也是中国当代诗歌的一种重要走向。直到今天,语言仍是当下诗人驰骋诗坛的绝对利器,这使得当代新诗不断在语言的翻新中挺进。因此,在当下的诗歌语境中,对于语言诗写作的追问,具有相当重要的意义。

周亚平是中国当代语言诗写作中的一位代表性诗人,他的创作经历与诗歌作品,为我们展示出一种相当特殊的"经验方式",全面凸显了中国语言诗写作的特征。而从周亚平出发对于语言诗的探索,既是对中国当代诗歌突围方式的思考,也是对中国当代思想进路的一点考察。

---

* 原载《南京理工大学学报(社会科学版)》2016 年第 4 期。

一、中国当代语言诗的兴起

德国著名汉学家顾彬在《预言家的终结》一文中,将朦胧诗和第三代诗作为20世纪中国诗歌发展阶段的两个标志。[1]在此基础上我认为,在当代诗歌的历史进程中,在这两个阶段之后,还有一个重要的,也是被长期忽视的当代诗歌的写作倾向,即语言诗写作。

朦胧诗或新诗潮是中国当代诗歌第一次真正的转折。朦胧诗论争中的"三个崛起"清晰地呈现了此种转折的方向和意义:大胆吸收西方现代诗歌的表现手法,将个体的价值确立为新的美学原则。由此,朦胧诗改变了当代诗人认知世界、感觉世界的方式,也使当代诗人重新认识了诗歌语言、诗歌技艺。朦胧诗人们成了下一代诗人所追随的目标,"我们的激情自觉地跟随'今天'的节奏……"[2],而且成为当下诗人心目中的"青年宗师"[3]。

然而朦胧诗诗人还未从对"朦胧"的质疑中站稳脚跟,他们又成了以"非非""他们"为代表的"第三代"超越的对象。这一批诗人从反叛朦胧诗的"终极价值"和"历史深度"追求出发,提出"反崇高""反价值"的诗学主题,进而展开对整个文化甚至人类所有价值体系的否定和批判。就在这一反叛精神之下,他们为当代诗歌推进打开了一道新门,即在当代诗歌中灌注"日常生活"与"日常语言",让诗歌从理性、激情、人类、正义、信仰及各种价值的高空回到个体、大地、肉体、庸常、凡俗与破碎。让当代诗歌向个体日常生活甚至是向庸常的生活进驻,这是他们对当代诗歌发展的重大贡献,也由此改变了中国当代诗歌的面目,成为中国当代诗歌的第二次转折。

与此同时,第三代诗歌又是在向着"语言本体"推进。非非主义的"诗从语言开始",他们诗群的"诗到语言为止",以及海上诗群的"语言发出的呼吸比生命发出的更亲切、更安详"……这些重要的"语言本体"命题,使"第三代"也被称为是"以语言为中心"的一次诗歌运动,或者就是一次"语言运动"。以非非主义为代表,"我们要捣毁语义的板结性,在非运算地使用语言时,废除它们的确定性;在非文化地使用语言时,最大限度地解放语言。这就是我们打包票一定要实验到底的语言还原"。这一具体的"语言还原"原则就是:对语言施以"非两值定向化""非抽象化""非确定化"三度程序的"非非处理"。[4]第三代诗不但有具体的语言纲领,而且也产生了一些有影响的语言诗诗人及写作,如周伦佑、杨黎、何小竹、韩东……以至于在追求文化表达的"整体主义"作品中,"语言本身就是诗的全部生命"[5]。由此,第三代诗呈现了他们诗歌理论与作品中对于"语言本体"的诗学追求。

但是,对于语言诗写作,第三代诗人却还只是一种逼近,并未走向"语言本体"。韩东的"语言本体"最后落实到"生命本体":"诗人的语感既不是语言意义上的语言,也不是语言中的语感……诗人的语感一定和生命有关,而且全部的存在根据就是生命。"[6]所以,不管是韩东的《你见过大海》《有关大雁塔》,还是于坚的《作品××号》,并不是回到语言,而是回到有生命的日常生活。"他们"的语言本体,实际上是一种"日常生活还原主义"。即使是追求语言"三度还原"的"非非"主将周伦佑,试图用语言超越语言、用语言反叛语言,以求最终呈现出非语义的纯语言世界,不过他们彻底摆脱、反抗这个符号化、语义化的世界,只是为了实现他们心目中的"前文化还原",也并非是"语言世界"。而且"即使是在'非非'早期,对周伦佑而言,对抗现实的制度化理性秩序就是他诗歌活动与写作的确定宗旨"[7]。

尽管这些命题只是逼近了语言诗创作中的"语言本体"探索,但这却是朦胧诗之后中国当代诗歌演进中的一个推进点,成为中国当代诗歌创作中的一个重要现象。语言诗写作的倾向,是20世纪90年代以来中国当代诗人写作的一个方向。这在周伦佑、韩东、杨黎、何小竹等第三代诗人的诗歌写作中上演;这也在伊沙、戈麦等诗人的诗歌创作中闪现,"我从第三代诗人那里学到的高度的语言意识(韩东名言:诗到语言为止)终于涨破了……"[8];甚至在朦胧诗人北岛后期的诗歌写作中亦有这种倾向。这些诗人在当代诗歌中重新关注文字、审视文字,可以看作以语言为本体的语言诗写作的思考。1996年画家石虎提出"字思维",被认为是将字的问题第一次提升到诗学高度:"汉字的世界,包容万象,它是一个大于认知的世界,是人类直觉思维图式成果无比博大的法典,其玄深的智慧、灵动的能机、卓绝的理念,具有开启人类永远的意义。汉字不仅是中国文化的基石,亦为汉诗诗意本源。"[9]他的"字思维"的提出,进一步彰显了"文字"本身在中国当代诗学推进中的独特意义。尽管他的"字思维"理论落脚点是汉字"字象"的思维,最后成为对世界万物构成根本的抽象的"亚文字图式"的探讨而并非"文字本体"论。但是我们看到,在中国当代诗歌中,以汉字为新诗本体的思考,为当代诗歌的成长提供了一个新的突围点,激发了较多诗人参与语言诗的兴趣。

虽然大多数诗人在写作的时候有"语言本体"倾向的注入,但在他们的诗歌写作中仍旧注重诗歌中诗性、诗意的开拓,以至于本能地抵制甚至鄙视"语言诗"这一命名。不过,不断有诗人介入的语言诗写作,成为这一时代诗歌发展中的一种重要倾向的语言诗写作方向,就亟待我们进行一次深入的反思。

二、周亚平与当代语言诗的特征

周亚平对语言诗不懈的坚守和他丰富的诗歌文本,使他成为当代语言诗探索的重要代表。周亚平笔名壹周,意即一个姓周的人,也曾用过故事马、米小等笔名。早在20世纪80年代末,他就与车前子一起发起"南京大学形式主义诗歌小组",提出了"形式主义"的诗歌理想。1990年铅印《原样:中国语言诗派》时,他们就直接将他们的诗歌命名为语言诗,成为中国当代语言诗的重要探索者。此时同人有车前子、周亚平、黄梵、一村、闲梦、马铃薯兄弟、红柳等人,他们是中国当代语言诗写作的重要探索者。其中,红柳即车前子之妹,因诗歌与周亚平结为秦晋而传为佳话。周亚平的诗具有典型的语言诗特征,南京市作家协会于1990年召开了一次研讨会,并编辑出版了《周亚平作品与作品讨论》的铅印研究专辑,开始了对周亚平及其创作的关注。1991年出版的铅印诗歌民刊《原样》[10],只收录了车前子与周亚平的诗歌,再次表明了周亚平的语言诗特色。值得一提的是,这一群体20世纪90年代就与国际接轨,获得了其他诗歌团体难以拥有的国际交流机会。1994年美国学者杰夫·特威切尔(Jeff Twitchell)以《原样:中国语言诗派》为蓝本,将其翻译为英文出版。书后附有英国著名诗人、剑桥大学教授佩林(J.H.Pryne)的后记(afterword),对这一个团体的成员及作品做了一次较为全面的介绍。[11]这一国际交流,不仅在于他们的创作与英美语言诗派有着某种相似之处,而且在于他们语言诗创作的实绩。

2009年,周亚平以笔名壹周推出了三本诗集:《如果麦子死了》《俗丽》和

《戏剧场》。这是他语言诗创作的一次集中亮相，也是中国语言诗的重要文本。按作者的说法，《如果麦子死了》是"简单的诗"时期，创作时间在1985年到1988年之间。《俗丽》是"复杂的诗"时期，创作时间是1988年至1990年。正是这两个时期，他与车前子一起创建了语言诗派，全力投入语言诗的探索。2008年至2009年是他诗歌的一个恢复期，即他诗歌创作的"复归简单的诗"时期，作品收入《戏剧场》。在1994年到2007年期间，他放弃诗歌创作而从事多项职业，由于这长达13年的离开，他被小海称为"诗歌潜伏者"[12]。尽管周亚平经过长时间"潜伏"，而且一回到诗歌创作就在诗歌中加入了意义，但他的创作仍旧保持着语言诗的风格特征，仍然固守语言诗的诗歌理想，这使他在整个语言诗探索者中的位置显得相当独特。

在我看来，周亚平的"简单的诗"是简短的语言诗，他所谓的"复杂的诗"是多章节的语言诗。即使是《戏剧场》里的"复归简单的诗"，加入了"意义"，但仍以语言诗创作为主，仍然未脱掉语言诗的底色。也就是说，所谓的"简单的诗""复杂的诗""复归简单的诗"，都是语言诗，只不过是语言诗的变种命名而已。因此，周亚平丰富的诗歌作品是典型的语言诗，鲜明地体现了中国当代语言诗写作的主要特征。

1."回到文字"

周亚平认为诗歌的一切力量来源于文字，并且只在于文字。"回到文字"，是他语言诗的第一个特征。

"回到文字"，正是为了区分"回到语言""诗到语言为止"的第三代诗的口号。"语言"与"文字"这两个词看似相同，而实质上却是完全不一样的概念。"语言"这一个词已经被泛化，在第三代诗的"回到语言"中，即使是"能指"的游戏，也污染着"意义"，染指着各种判断。所以语言诗必须将"语言"去掉，改用"文字"。周亚平说，"只有从文字（记录语言的符号）开始，对人类精神与现象特别是个人精神现象的探索才具有可能性。较之语言，文字更少有被污染和判断"[13]。所以语言诗的起点是"回到文字"，而不是"回到语言"。"回到文字"即将"文字"看作诗的本体。也就是说在诗歌中，文字并不产生经验，文字自身就是经验；文字也不发出意义，文字自身就是意义。所以，在语言诗写作中,文字即世界、思想、意义和价值,就是本体,文字本身就构成了一个完整的世界。

文字即本体,是因为文字自身就有光与影的组合,其本身就具有审美的意义,而根本不需要附加外在的"意义"。"就像写诗之时,一个字会带来另一个字,汉语诗歌是诉诸视觉的诗歌,汉字结构本身就蕴藏着巨大的审美信息。我经常看见一个字的光与影的变化,但我不知道我能否传达出。这是我的挣扎,我想也是周亚平的挣扎!"[14]这样,在周亚平的语言诗中,"文字"自身有光与影的组合,"文字"自身有呼吸,"文字"自身就包含了无穷的信息。所以,除了展示文字自身光影、呼吸、信息、生命和世界,诗歌别无其他目的。"我们不屑再去给世界重新命名了,我们面对的是一个语言自身的造型现实(不是语言背后的)。……我们要让更多的人注意到汉字的光辉,澄清点物成字的谬误。"[15]周亚平的大量诗歌,以彰显文字"光与影"的魅力、再现文字的光辉为己任。在《灿烂的前提》中,"将手中的一把麦粒/用力吹起/其中飞翔的一颗/它会带领我们走向前","麦粒",完全不是与我们生存有关的,刺痛我们胃的沉重的生命之源;"麦粒"就仅仅是文字,而且是可以吹、能飞翔、能带领我们向前的活的文字,是有生命的文字。该诗就是展示"麦粒"这一文字的完整世界。同样,他的《情歌》"妹妹的牙齿/妹妹的郎//情歌的牙齿/情歌的郎//情歌的牙齿/白晃晃(唉)/情歌的牙齿/(唉)金黄黄/情歌的牙齿/甜甜的口/情歌的牙齿/吃着干干的草呀/(干干的草、草草呀)/稳当当",也只有文字自身的力量在呈现,所谓的"情歌""妹妹""情郎""牙齿"都不再承载任何意义,只有这些文字自身的声、色、静、动在彰显,在跳动。在第三本诗集"复归简单的诗"《戏剧场》中,周亚平也不是旨于"意义",而是复归到"文字"。而且,这里他对文字的迷恋更发挥到了极致,他似乎要在一首诗歌中穷尽一个字、一个词的魅力以及其所有组合的可能。如《勇敢的心》《卡拉 OK》《面包新语》《狗筐》《致萨拉·凯恩》等中,诗歌就是为了实践文字本身的多重组合,穷尽文字自身的色彩与光辉。

于是,对于文字的敏感与兴趣,就成为语言诗人写作的"职业"心态。[16]1文字事件和文字本身,则构成了语言诗人心目中的"绝对诗歌"。"回到文字"既是语言诗人写作的起点,也是他们的终点。

2.文字形象或深刻的事物

"回到文字",是周亚平的诗学基点。在这个基点上,他展开了语言诗写作的诗学两翼。即在"回到文字"后,展现文字自身的呈现方式:一是内在的"文字形象"或者深刻的事物;二是外在的"文字行动"或者文字表演。

"事物"这一概念,是周亚平语言诗的一个重要命题,也是语言诗"回到文字"、抵达"文字形象"内在的具体展开。他的"文字形象""文字图像"的建筑图景,是让"事物自己呈现"出来,恢复"事物"真实面貌,"诗人所需作出的全部努力就在于妥善地从事物外部描绘出描写对象的外形"[16]5,这里所说的"事物",不是一个有着价值依附、意义指向的东西,甚至不是人对事物的印象。"事物"是事物本身,特别是指一个事物自身所具备的基本元素、关系及其组建方式的呈现。"一些事物给我们留下了美丽的、极其美丽的乃至无与伦比的印象,但它的具体姿态和基本成分却被我们忽略。"[16]4语言诗中,"事物"是在不同的时间、空间、视角等关系中存在,是在各种关系中的事物,我称之为"关系事物"。

在周亚平诗歌中的"关系事物",就不再是我们常见的事物、有美丑等属性的事物,而是事物自身构成的部件、元素、分支、区块、颜色、形状、质量、位置、时间等的关系,以及这一事物与另一事物之间的关系,即事物的"两重关系"。如《如果麦子死了》中,"如果麦子死了/地里的颜色会变得鲜红/如果麦子死了/要等到明年的麦子出来/才会改变地上的颜色"正是在探讨着事物的一种关系。与《灿烂的前提》里的"麦子"一样,"麦子"不是真实的麦子,而是一种关系中的麦子,即在空间关系中的"地里的麦子",在时间关系中的"明年的麦子",在颜色关系中的"鲜红的麦子"。"麦子"只是"关系麦子",而不是作为吃的"意义麦子",正是语言诗所要表达的"麦子形象"。还有《米粒大小》:"读书的女孩/面前搁着玩具/女孩想:/"奇怪的文章啊!"/玩具说:/"更奇怪!/是些谁种下的米粒呢?"标题"米粒大小",根本与内容无关,只是作为一种事物与事物之间的关系而出现的。书、女孩、玩具、米粒,本来没有深刻的关系,但他们处于一个"环境"中,就有着深刻的关系。诗的使命就是呈现出他们其中的一种"关系"而已。由此,这对于习惯"常规麦子""具体麦子""意义麦子"

的我们来说,"关系麦子"具有强烈的陌生感,由此其"关系事物"自身必然是"抽象事物"。因为"关系事物"不再是一个具体的物体,而只剩下抽象的关系。

这种"关系事物"却是周亚平所期待的"深刻的事物"。尽管他声明"在深刻的事物间,思想可能最肤浅"[17]177,但他仍旧只愿在语言诗写作中建造一个"深刻的事物"的世界。

3."对文字的行动"或文字的行动

在"回到文字"中,周亚平一边静静追随文字,以获得他心目中的"深刻的事物",展示文字的内在世界,同时,他又展开了文字行动,以展示文字的外在呈现方式。

文字行动,表现为周亚平对文字的行动,或者说他对文字的操作。由于他对文字的敏锐与兴趣,所以传统诗歌手法、现代派手法中对于语言所实施的种种行动都在他诗歌中一一上演。这使得他的诗歌创作不仅仅停留于文字的内在世界,展现"事物的两重关系",更是对文字展开了挖空心思的各种"行动手段"。"从汽车的尾部/挨次拆下汽车的零件/拆到第几步/汽车不能开走"(《语法》),他认为对于文字的行动,就是像拆汽车部件一样对文字的拆解。因此,在他的诗歌中,充满了对文字拼凑、省略、堆砌、罗列、变形、断裂、错置、对接、破坏等种种"文字行动",形成了相当复杂、多维、纠缠的动态的立体式的文字世界。这在诗集《俗丽》中得到了淋漓尽致的表现,他的作品《玉米师傅》《俗丽》《吉姬小姐与香》《故事马·红木柴》《大机器》《在公众》等作品,是他对文字行动的精彩展现。在诗歌中,诗人以打乱时空序列、随意地使用标点、自由随性地跨行、对常规语法的破坏重组、对已有词汇词组的改造以及个人化的言说等,将各种有关系的事物以及多种关系的各种事物毫无保留地一一推出来。此时,诗人的文字行动,成了"文字"自身光影的多层书写和多角度展示。

同时文字又是主体,也主动地表演。在语言诗中,文字摆脱了人为的规则。文字不但是一个敞开的世界,而且具有生长的能力,可以不断地自我延展和自我扩张。特别是"文字"在能指层面,即音、形、义中所涉及的相同、相近、相似或相反的字词上推进与展开。这就在他诗歌中出现了同音字词、近音字词、同形字词、近形字词、同义字词及近义字词的排列组合,成为"文字的主动行动"。比如《玉米师傅》的一节:"……茶杯。她。//她。/她。会银。/会饮。/两腮涂上青草。//她。/她。在彩格中/走马。马蹄又踩着/自家的'群'。/裙。/群居。/小马蹄。/大天下。/郎顾表弟弟。//玉米。她的手。/鼓手。/吃吃笑。笑歪了手指,/掉门齿。//嘣。嘣。嘣。卡嘣。//……"从"会银"到"会饮"是音上的接近;从"彩格"到"走马",又从"马"到"马蹄",再从"马蹄"到"踩着/自家的'群'",从"裙"又转到"群居",成为文字意义、外形的拓展。"在这里,写作作为一种智性的操作,更精确指示了比激情、心境、背景更真切的文本。作品不再是一个打开的,可以盛满的、有终极的盒子,而是一条可以不断推演的跑道。"[18]语言诗甚至在某些时候,听从语言自身的力量与指示,聆听语言自身行动的轨迹,成为文字的自我表演。

周亚平的文字行动,总体上还具有"散点式"特色。也就是在诗歌中并没有一个唯一的、统一的主体,而是各种相对独立的主体一起出现,同时加入事物关系的构建中,如你、我、他、不同的人以及各种事、物都是主体。如《故事马·红木柴》,其叙述的主人公相当复杂,"骑向我提供了一个故事",但同时诗人马上又告诉你,他(我)、骑(他)、我(骑、他)、周亚平、他(她)是同一个主体,同一个人。但是,在实际叙述中,骑、我、他、她、周亚平,又不是一个主体,各自有独立的世界和视角,这就让他的诗歌对于世界的认知呈现出多重复杂的样态。同样,《文字·甲和乙》也是一种多层的散点结构,所呈现的世界也极为复杂。"它们无中心、松散,仅仅是一部分缺乏实际内容的图形和装饰,甚至还带有少许视觉笑料(并非幽默)。"[17]170此时,由于文字的外在行动,文字的内在世界或者说事物关系到了最充分的实现。在语言诗中,所呈现出的不仅是一个点、一条轨道、一张脸、一种色彩、一个时间点和一个空间点的关系问题,而是无数个点、无数条轨道、无数张脸、无数种色彩、无数个时间点和空间点所构成的复数"关系世界"。

4."形式"的世界

周亚平的语言诗写作,最终是要"回到文字",回到能指,而不是回到有"内容"的世界。他所要追寻的"关系事物",以及由此而展开的"对文字的行动"与"文字的行动",其实是一体的,或者说是多维一体的,这就是免去了"内容"的"形式"。他的语言诗诗学追求,甚至可以用"诗=文字=能指=文字形象=关系事物=深刻的事物=对文字的行动=文字的行动=形式"这样一个式子来表示。这就是说,他语言诗中所有的行为和手段,甚至是自身的"内容",都不过是"形式"的一种表现而已。所以,语言诗写作中的"文字本体"论,其实质也就是"形式本体"论。

周亚平当然知道将形式和内容分割开来是相当危险的。但是在他看来,当下艺术对"形式"认识,或者说对"艺术形式"本身的探索,是一片空地,"在中国,通常对我们的指责是:把思想与艺术割裂。……严辞(词)拒绝健康向上的生命的形式"[19]。而且,"形式"这片空地还是一块需要人去开采的肥沃土地。因为艺术的形式是生命的一种形式,是一种"健康向上"的艺术形式,更是健康生命的本质。"形式"具有生命,对形式的兴趣,就是对生命的兴趣。所以,艺术的力量不是具有政治的力量、历史的力量、文化的力量等"内容"的力量,而就是"形式的力量"。

这样一个完全没有内容的"形式世界",相对于我们通常指向的"内容"来说,就是将艺术的所有指令,都压缩到这一个自足的"形式世界"中。"形式就是诗歌的本质"[20],也就是说,"形式律令"是他们至高的艺术法则。所以,周亚平诗歌以及诗歌理论中"回到文字"、关注文字形象、描绘深刻的事物的关系、对文字实施的行动等的种种表述,无一不落脚在"形式"上。

这一没有内容的"形式世界",也就是一个个的"自足的世界"。这些"形式"都有着一套自我运行的体系与机制,不需要外界的任何内容就可以运行,就能获得自我需要的意义。如果要离开这套"形式"体系与机制来看这一形式世界,那么"形式世界"的一切就显得完全不可理解。但正是由于"形式世界"是一个自足的世界,可以不借助于"内容"就制造出各种意义,这使得"形式世界"不但保持了高度的自我主体性,而且具有丰盈的充实感。不管有没有外在世界的介入,不管有没有常人所需要的"内容",这里面的任何一个"形式世界"都可以获得自己的价值和意义,成为一个具有无限活力的形式世界。所以,在语言诗写作中所呈现的"自足的形式世界"里,即使没有"内容",形式也完全自足地存在,并同时具有无穷创新的可能,可以制造出无限新奇的文字世界。

三、中国当代语言诗的意义及困境

周亚平的语言诗,以其扎实的创作及鲜明的艺术追求,使他成为中国当代语言诗写作中的一个代表性人物。他的努力,在中国当代诗歌的发展路途中具有特殊的意义。同时周亚平与中国当代语言诗写作在推进过程中,也陷入了困境。

1.中国当代语言诗的意义

首先,语言诗写作将诗歌中的"形式"上升到本质的高度,可以说使中国现当代文学具有了真正的"形式主义"文学,重新审视了长期以来被忽视的"形式"问题。

在中国现代文学的发展史上,出现过重视文学形式的文学流派,但是由于各种原因,它们都从"形式"追求中退出。新文学之初,创造社"为艺术而艺术"的口号,穆木天的"纯诗"理论,新月派对于诗歌格式、韵律等的探讨等都在一定程度上触及了"形式本体"问题。但是这些"形式主义"追求的流派,"形式至上""为形式而形式"等只不过是一个旗号而已。从近代的启蒙、救亡、革命到抗日等时代宏大主题的促逼之下,"形式主义"追求几乎没有真正得以展开。当代诗歌的语言转向,扭转了长期以来对于形式认识的误区,解放了形式,在消解内容的过程中,释放了形式,使形式自身的特性得以最大限度的彰显。

在长期以来忽视"形式本质"探索的中国诗坛来说,语言诗的实践具有了相当重要的意义。在周亚平的语言诗中,他就特别表现了对于形式、汉字本身的尊重。特别是文字,几乎成了他膜拜的"神"。他语言诗中的种种文字行动,丰富了汉字的表达,为我们重建语言提供了强劲的助推力。当代语言诗派的努力,是语言的自觉,是对语言的唤醒。中国当代诗歌的纵深推进,现代汉语的表达极限是一个极重要的维度,语言诗人正是在这一重要维度上的辛勤开拓者。

其次，由于语言诗"形式"取代了"内容"，于是他的语言诗中呈现出了独特的"经验方式"。

我们原有文学的经验方式是"内容经验"。语言诗的出现，是对我们原有"经验方式"的一次重大打击。这里只有"形式经验"，也就是在没有内容的基础上重新体验世界、重新感受世界的经验。此时，摘除了内容的世界有了特别意义。一些现实的、具有的事物都成为抽象的事物，而一切抽象的事物又回到事物的多种关系中。生命、人、感情、视觉、形状等元素在不同的关系中重新交叉、复合，呈现出一个全新的事物，形成了一个个无比震惊的"经验感受"。实际上，"形式经验"就是对已有的、常规的、现实的"内容"的否定与抛弃，然后对"内容"予以重组。这种重组打开了我们对宇宙间万事万物本性领悟的多条通道，让我们不断地获得对于世界的震惊。

就在周亚平语言诗"形式经验"中的多重"震惊感"中，我们扩展了我们的主体，拓展了我们心灵的空间，延展了我们思维的领地。由此增强了世界事物本身的趣味，让我们的生命获得了更多的经验感受。

最后，周亚平语言诗在"形式"的追求过程中，形成了新的审美经验。

要实践语言诗的指向，语言诗写作就不能再使用"内容诗歌"所常用的表达方式。"而我倾向：在诗歌中放逐抒情。（徐迟比我们更早有此种要求，却又极可能被他自己否定了。）"[17]176 对于抒情的放逐，以及对于叙事的放逐，根源在于抒情与叙事是为表现"内容"，他不能呈现"另一些事物"的"又一种形式"。由此，"它的具体姿态和基本成分却被我们忽略。所以说它首先具有的只是文学性，却不是准确意义上的文学"。[16]4 所以，他的诗歌美学观念是"文学"，而不是"文学性"。在"形式世界"中，面对着人、世界、自然、社会、自我的形式的时候，以前的审美范式即"内容-文学性"已经无效了，取而代之的是"形式-文学"美学观。与"内容"有关的是和谐、美、力、崇高，甚至是审丑，这些都是"文学性"的追求，都无关世界本质。而"形式-文学"式的审美理想，就是深入到审美、崇高、审丑等"文学性"背后所忽视乃至蔑视的一个更为本质的世界，这就是事物最原始的存在状态。即只有事物的"具体姿态"与"基本成分"等形式才是"文学"，才是审美的对象和经验。这无疑是对我们当代诗歌审美经验的冲击，当然也是对我们诗歌审美经验的丰富。

当然，周亚平等的语言诗写作投入于没有"文学性"的世界，只对空洞的

"形式"的"文学世界"感兴趣,实际上是对现实"内容世界"的抽身远离,也是对"内容世界"的反叛、否定,更是一种透入骨髓的生命无意义感的文学表达。同时,在这个充满了各种"人为内容"的世界中,心灵和生命都被各种"人为内容"填满,毫无疑问,周亚平语言诗中的"空洞的形式世界"也是抵制"人为内容"的"堂吉诃德"。

2.中国当代语言诗的困境

行走在语言诗这一条路上的中国语言诗写作,也呈现出了在探索当代诗歌、观察世界路径上的思想错位。这种错位,甚至在一定程度上暴露了中国当代思想在推进过程中的路径扭曲及负面效应。

第一,语言诗将"形式"与"内容"一刀切开,只留下"形式"。或者说在诗歌的大地上,他们根本就不相信"内容",几乎没有给"内容"留下任何空间。所造成的结果就是"内容一切都不行"。他们怀疑一切内容、批判一切内容、否定一切内容和摧毁一切内容,进而在"内容"的一切都毁灭之后,"形式一切都行","形式"成了绝对主角。于是,语言诗以"形式"来造"内容"的反,在"形式"中构建出一套与"内容"不同的多元价值。但是,果真是如语言诗所说"内容一切都不行""形式一切都行"吗?其实我们知道,即使是后期转向语言本体的海德格尔,根本没有抛弃过"内容":"神圣赠送词语,并且自身进入词语之中。词语乃是神圣的居有事件(Ereignisdes Heiligen)。"[21]同样,美国语言诗派也并不是仅仅以"形式"为中轴的:"语言诗人企图通过讨论创作与政治的关系,分析整个资本主义的社会秩序,采用全新的创作形式和解读方法来参与资本主义社会秩序的转变,以此突出文学活动的政治意义。"[22]所以,形式必须寄生于内容之中,没有内容,形式也难以真实有效。

周亚平的《戏剧场》作为"复归简单的诗",就是在语言诗中增加了一定的内容,如《我爱北京天安门》就具有了少量的意义。这或许不仅仅是对生活的妥协,也是对"形式一切都行"的反思。这本来就是一个充满"内容"的世界,只有对"内容"做深入的透析,真正的艺术力量才能隆重登场。

第二,在语言诗中,"形式"不但驱逐了"内容",而且也把"人"这一基座一起摧毁。内容,必定是"人的内容"。驱逐内容,也是对"人"的驱逐。在语言诗中,诗人内在的感受力只来自对于"形式"的感受和体验。如果说在语言诗中有"人",那也只能是"形式的人",绝对不是现实经验中的人,也不是一个有血有肉的人。"形式经验"不是源于人在生活、世界、生命、情绪的真实感受,甚至也不是源于诗人自我。诗人自我不是作为诗歌实践的主体而存在,而仅仅是作为一个语言操作者而已。所以,在语言诗中,诗人主体乃至于人都被一起遗弃。

诗歌要照亮的是"人"而不是"形式"。诗是人的经验与体验,所有的诗都指向对人的追问。一个伟大的诗人,同时也是一个对人进行严肃思考的思想者。对人的体验是诗歌创作的原动力,如果没有对现实人的经验进行有效的挖掘,就不能呈现出真实的世界。没有对于人的肯定,诗歌中所有一切的变革都不能成为真正的变革。同样,没有人的价值的确立,中国当代诗歌的价值就不能最终确立。

第三,语言诗由于将"人"这一基座摧毁,只能采取"文字行动",其结果就是,由于没有"人"这一根基,语言诗难以构建出相对稳定的"诗歌体系"。文字确实是一魔方,本身具有抵达事物、抵达未知形式世界的特有魅力。虽然语言诗激起了当代诗歌语言闪亮的光辉,但实际上纯粹的文字是深藏的陷阱,是一冰冷的牢笼。起初,这一绚烂的文字能成为语言自我更新的沃土,滋养新的语言的诞生。但是在没有内容、没有人的支撑下,此时的文字已成为变异的文字,甚至成为文字疾病、文字瘟疫,其破坏性完全大于建构性。我们看到,当下不领会语言诗真谛,缺乏理解、盲目复制的一些诗人,正是由于生命力枯竭,没有深刻的现实关注,不再触及灵魂,而源源不断地炮制各种文字,使当代诗歌淹没在文字的淤泥之中不能自拔。艰深的周亚平们则驾驭着《戏剧场》,又一次巡演前行。

中国新诗要寻找到一套与当下生存相适合的"新诗体系",建构出一套属于自我的诗学传统,当然不仅仅是"形式"能完成的。意象、结构、表达、修辞等体系的建构,必须有丰富的自我主体体验加入,必须面对中国当下社会,必须进驻当下人的具体生存这些纷繁复杂的内容。如果仅凭文字自身的花样翻新、不断出奇,语言诗很难抛出当代诗歌语言一条相对稳定的基本原则或者说体系。只有与真实生存中的人不断摩擦,而且渗透着丰富"内容"的文字,才是成熟的、有质感的、有力量的文字。

总而言之,拥有自足"形式世界"的语言诗必须面对沉重的肉身、现实经验中的个体、共在的他人、席卷人的社会以及令人敬畏的神灵等"内容"。这也是语言诗写作获得良性推进、有效建构的根本途径。

但是,不可否认的是,周亚平的诗学随笔与诗歌创作有重要意义。他的探索展示出了中国当代语言诗写作的重要特征,在当代诗歌史上具有特殊的意义。重要的是,他对中国当代诗歌发展中的若干命题做出了可贵的探索。特别是周亚平对"形式"的重新审视,对汉语表达能力的提升,以及对中国当代诗歌审美经验的丰富,不仅让中国当代诗歌的自我更新赢获了一片新的场地,而且也呈现了当代诗歌对于当代生命多维度感受、多层次体验开拓的可能。并且,他对诗歌精神的追问与坚守,在当代诗歌不断地走向综合、期待集大成者的时候,做出了较多的贡献。

由此,中国当代诗歌要进一步突围、创新与整合,就没有任何理由忽视周亚平及中国当代语言诗所做出的种种探索和努力。

参考文献

[1] 顾彬.预言家的终结[J].今天,1993(3).

[2] 柏桦.左边:毛泽东时代的抒情诗人[M].香港:牛津大学出版社,2001:37.

[3] 欧阳江河.有感于《今天》创刊15周年[M]//站在虚构这边.北京:生活·读书·新知三联书店,2001:288.

[4] 周伦佑,蓝马.非非主义宣言(1986)[M]//徐敬亚,孟浪,曹长青,等,编.中国现代主义诗群大观:1986—1988.上海:同济大学出版社,1988:34.

[5] 程光炜.中国当代诗歌史[M].北京:中国人民大学出版社,2003:293.

[6] 于坚,韩东.现代诗歌二人谈[J].云南文艺通讯,1986(9).

[7] 洪子诚,刘登翰.中国当代新诗史:修订版[M].北京:北京大学出版社,2005:215.

[8] 伊沙.扒了皮你就能认清我[M]//伊沙,张闳,徐江,等.十诗人批判书.长春:时代文艺出版社,2001:275.

[9] 石虎.字象篇[J].诗探索.1996(3):42-45.

[10] 车前子,周亚平.原样:现代诗交流资料[M].南京大学形式主义诗歌小组,1991(1).

[11]TWITCHELL J.Original:Chinese Language-Poetry Group[M].Brighton:Parataxis Editions,1994.

[12]小海.诗歌潜伏者壹周[N].苏州日报,2009-11-06.

[13]壹周(周亚平).原样:1988年春季宣言[M]//俗丽.南京:江苏文艺出版社,2009:165-166.

[14]车前子.说与写[M]//南京市作家协会,编.周亚平作品与作品讨论.南京,1990:50.

[15]黄凡.诗歌新岸:语言[J].原样:中国语言诗派.南京、苏州,1990:37.

[16]壹周(周亚平).发言:1990[M]//如果麦子死了.南京:江苏文艺出版社,2009.

[17]壹周(周亚平).影子:带走的札记[M]//俗丽.南京:江苏文艺出版社,2009.

[18]黄凡.存在——词的新生[M]//南京市作家协会,编.周亚平作品与作品讨论.南京,1990:60.

[19]壹周(周亚平).在中国致J.H.蒲龄恩先生[M]//俗丽.南京:江苏文艺出版社,2009:2-3.

[20]车前子:贫困的诗歌[J].原样:中国语言诗派.南京、苏州,1990:10.

[21]海德格尔.海德格尔选集:上[M].孙周兴,选编.上海:上海三联书店,1996:356.

[22]张子清.美国语言派诗选·译序[M]//伯恩斯坦,雷泽尔,谢里.美国语言派诗选.张子清,黄运特,译.成都:四川文艺出版社,1993:2.

作者简介

王学东,男,1979年出生,四川乐山人。文学博士,西华大学人文学院副教授。以"思"与"诗"为志业。主要研究中国现代新诗、中国现代文化。著有诗歌研究专著《"第三代诗"论稿》。在《中国社会科学报》《南方文坛》《当代文坛》《湘潭大学学报》《宁夏社会科学》《星星》等刊物上发表有关中国现代诗学的学术论文20余篇。"非非主义"诗歌成员,曾在《星星》《非非》《诗潮》《世界诗人》《四川文艺》等报刊发表诗歌作品近百篇。

谈谈现代汉语诗歌的几个基本问题
——答杨黎"百年新诗"问*

谭克修

专家点评

　　中国新诗诞生百年,恰逢《深圳特区报》"诗歌人间"活动十年大庆。《深圳特区报》陆续推出了系列诗人访谈,倾听这些新时代诗坛风云际会中成长起来的一代诗人的心声。因此,我们编选这篇文章,是该献给百年新诗呢,还是该献给为中国新诗做出突出贡献的《深圳特区报》?是因为谭克修呢,还是因为杨黎?其实都是,更是因为新时代诗坛风云际会中成长起来的一代诗人。向百年新诗致敬,向一代代诗人和他们的探索致敬。

一、中国当代诗最大的成功是什么?

杨黎:中国当代诗歌就是指新文化运动以来中国的白话诗、新诗和现代诗。从胡适发表《新文学刍议》和他的一组白话诗至今,马上就是一百年了。为了纪念这个日子,也为了总结与研讨,我想对我所看重的诗人做一个关于中国当代诗歌的微访谈。下面是我问你的第一个问题:你认为中国当代诗最大的成功是什么?没成功的话,那最大的问题又是什么?

谭克修:谈当代诗的成功之处,要先梳理一下当代诗发展的大致线索。朦胧诗人通过对西方现代主义诗歌理论与表现手法的学习,给汉语诗歌带来了

---

* 原载《橡皮·中国先锋文学》第 5 期,2016 年 10 月出版。

新的美学风格，艺术表现功力大增。北岛们对人的尊严、个体生命意义的集体拷问，多数作品仍可归于"政治抒情诗"这一路数，但对当时几乎麻木的民众而言，产生了振聋发聩的作用。他们在诗学价值取向上，仍然坚守"诗言志"这一过于强大的汉诗传统。稍后出场的第三代诗群，部分先锋诗人如你和韩东、西川、柏桦等，受到西方语言哲学影响，对汉语诗歌此前强大的"诗言志"传统进行了调校。尤其你们非非主义和后来的"废话诗"，走得极端，把汉语诗歌的敞口从延续了数千年的内容事实，彻底向语言事实聚焦。甚至完全抽空了诗歌的意义和深度，把诗歌视为自足的语言结构、能指被无限放大的话语编织物。诗基本放弃了"言志"，语言取代现实，成为你们诗歌唯一的宗旨。有人认为这是无效的试验，甚至不客气地说是"语言游戏"。我觉得，在诗中把语言的位置提到某种绝对高度，对汉语诗歌的"言志"传统而言，用反向的极端手段加以修正，也是办法。如果"诗言志"最终被认定为汉语诗歌必须医治的"顽症"，"废话诗"倒是一剂"猛药"。那就可以认为，你们的努力，是完成汉语诗歌现代性改造，走往更成熟方向的重要环节之一。

　　新世纪以来，另外一些诗人，如部分地方主义诗人，对你们过于极端的"废话写作"，或曰语言诗，进行了又一次调校。他们重新思考诗歌与语言、与世界的关系。他们将诗歌写作视为一次语言行动，又不满足于让诗停留在视语言为绝对之物的层面。当然，也不再朝"诗言志"传统那过于显性的意义为目的地出发。他们写作，一方面带有语言的殉道者色彩，让语言这凶猛的寄居蟹，将他们占有、掏空，最终成为被语言废弃的壳。语言也因为他们的存在，完成了几十年的生命。一定要追问他们的目的地，那就是时间，他们经历的独一无二的、从未曾为他们停留的时间。而他们通过语言，让诗与每个肉身发生化学反应，与每个人的此时此地发生化学反应，最终为他们的存在提供某种证据或幻象。要说中国当代诗最大的成功，应该是在少数诗人那里，已经较好地处理了诗、语言与存在的关系。

　　但对汉语诗歌而言，把当代诗外在形式的散文化取得的合法地位视为其最大成功之处，也是说得通的。废名谈到新诗与旧诗的区别：新诗是诗的内容，用散文的形式写；旧诗是散文的内容，用诗的形式写。这个判断对一些质疑当代诗歌散文化倾向的人，有扫盲作用。但当代诗的散文化特征，也导致一些诗歌语言与散文语言产生了混淆。如何判断当代诗不是散文的分行，而是相对于散文的差异化文体,正成为新的课题。从句法上看,朦胧诗以后,诗歌句法和散文句法之间的区别越来越小,现在,很多诗句已难以找出其明显差别。那么,某首诗为何会从一句话的某个词突然纵身一跃而分成下一行诗?由于不同诗人内心情感节奏、语言气息、对上下文语境感受的压力不同,最终会形成不同的断行习惯,导致人们很难对断行的科学性进行标准化讨论或技术推广。但这不会使得南郭先生的散文分行文字混进诗歌队伍里制造很大噪声。判断是否为诗歌语言,不能从句法上找到区别,可以从诗歌语言逻辑的不合常理上找。如果语言逻辑也趋同散文,还有两把尺子。一把尺子是,诗歌一开口,语义上会偏移或疏离其在散文里的日常语义,产生某种变形效果。这种变形手法,主要通过一些只在诗歌里出现的修辞手法实现。经过一代代诗人潜移默化的影响,诗歌语言的变形手法已经有了一套自身的摩斯密码。当然,在另一些诗人那里,可能会觉得这种变形手法不够自然。他们会尽量减少或隐藏掉太显性的修辞。尤其口语诗人,他们主要把语感和语言推进的速度作为将诗歌语言区别于散文语言的另一把尺子。这是另外一套摩斯密码。如果这些密码都失效了,那些分行文字估计就是散文假扮的诗歌。这样鱼目混珠的分行文字,也不在少数。所以,在目前情形下,谈论诗歌的散文化问题,应该有更辩证的眼光,过分强调也可能造成误会。

就算当代诗取得了所谓的成功,但存在的问题依然很多。写作内部的问题多且复杂,无法泛泛而谈,在此只谈一个现象:人们正在被很差的诗教育。目前有些诗人名号下的诗歌,我客气一点,不说是差诗,它们也只能达到庸诗水准。他们的出名多属于以讹传讹造成的误会。大量的诗人只有响亮的名号,没有好作品。不要怪大众记得的只是徐志摩、戴望舒们的《再别康桥》《雨巷》,外加顾城、海子的几个句子。教授和博士们的论文,也只热衷于那些已经成为课本知识的名字。他们对好出某些所谓名作很多倍的当代诗置若罔闻。他们既不具备阅读当代诗的能力,也不信任后来诗人的智商和写作能力。因此,对还无法成为书本知识的优秀诗人而言,写作主要是针对少数几个诗歌同道和未来读者的。

二、中国当代诗歌究竟为汉语提供了什么新机制和新内容？

杨黎：谢谢你的回答。对于第一个问题，几乎所有受访诗人都给了中国当代诗歌肯定。而这种肯定,都和语言紧密联系。那么我想请教你,中国当代诗歌究竟为汉语提供了什么新机制和新内容？顺便再问一句,现代汉语和古白话又有什么本质的差异？

谭克修：把两个问题混在一起回答吧。要说古白话和现代汉语有什么本质上的差别,也只存在于一些当代诗歌文本中。当代诗在处理语言与世界的关系上,不满足于把语言视为达意的工具和手段,"文以载道"的载体,要将三千年以来汉语诗歌传统里语言于诗的从属关系,往地位对等关系上提升。古白话在宋人话本、金元戏曲、明清小说里,都只是为叙述者这个主人服务,或为叙述的内容服务。其作用是用来"写什么",在文本里充当的是丫鬟、仆人类角色。现代汉语在诗歌里,由于"写什么"已经淹没在"怎么写"之中,文本自身就是一种自足的叙述结构。中国传统那个不能被语言所及的属于超验的"道"的物质世界,在现代汉语诗歌里,也可能就是语言建构的世界,符号的世界本身。所以,成熟的诗歌文本,语言不再安心于只为叙述者及客观世界服务,它可以独自生长,在不同读者那里克隆出无数的世界,甚至是叙述者未曾见过的未来世界。这是中国当代诗歌为现代汉语提供的新机制。

但绝大多数汉学家不这么认为。他们只推崇我们的古典文学,尤其是古诗词,认为古典文学才具有东方风情,也更符合汉字属于象形、表意文字的特点。他们对现代汉语文学尤其是汉语诗歌,有一种蔑视的眼光——可能源于他们眼里的中国现代性并不具有合法性。他们认为现代性由欧美人来完成就行了。中国古诗词当然是伟大的,但它们只能诞生于其诞生的年代,那宁静祥和、诗情画意的田园风光与社会矛盾相对简单的冷兵器时代。在今天的全球一体化浪潮下,高度发达的互联网络中,世界已然是平的,我不认为欧美诗人遭遇的现实比我们的更糟糕,他们比我们更焦虑,只有他们需要超现实手法处理荒诞、陌生化经验。在更复杂的现实世界里,我们获得的更复杂的经验,需要我们采取多样的语言策略和表现手法,协调语言与诗歌之间的关系,使之对称于更复杂的现实和人性。说到这里,我认为当代诗还有一个倾向。如果说现代哲学不再喜欢纠缠于不清不楚的问题,那么现代诗歌的方向将正好相反,至少在我眼里的好作品,将呈现出这种品格:语言风格上更为明晰,意图呈现的却是某种更复杂、含混、幽微的诗性体验。当代诗较之以往,需要处理更多不可言说的言说,需要诗人调动汉语的各种感觉神经,才能抵近某个只有诗歌才能到达的地方。鸡汤文字里常说"诗与远方",其实我认为只有在当代诗歌里,才有真正的远方。这个只在诗歌里存在的远方,就是当代诗为汉语提供的新内容。

当代诗为汉语提供的另一个新内容,依附在文本的声音上。汉字是当今世界还在使用的稀有表意文字。人们读取表音文字时,要把看到的图像转化为声音,再转化为含义;读取汉字时,直接就把图像转化为含义。这种差别使汉语诗人写作时,采取的语言姿态也会不一样。比较来说,汉语诗歌更适合于阅读。有诗人就宣言自己的作品只适合阅读,不适合朗诵。而另一些诗人的作品,阅读下来并不能给人深刻印象,朗读起来却让人为之震动。后者主要出自现代口语诗,一种与汉语诗歌起源时期的《诗经》口语、新文学运动时期的白话口语迥异的现代口语诗。之前的口语诗,成败在于其音律,更在于其意思或意境。当现代汉语诗歌在处理诗、语言与世界的关系上与欧美诗歌进行重新对照之后,对声音丰富性和表现力上逊色于表音文字的现代汉语口语诗而言,语感会成为量度一首诗优劣程度的关键因素。诗人对语言感悟力的强弱,牵涉到心理、情感等各方面的经验,可划归神秘事物的范畴。那微妙语感的传递,与其他诗性经验的传递相比,对拥有不同声音的读者之接收系统而言,信号更不稳定。而读者对语感的接收能力,完全依靠自己的感悟力,甚至无法由别人教育、转述。而从时间长河来看,口语的变化速度是最快的,不在同一个时代的人,对口语文本保存信息的解读也会更困难。若不是《诗经》被世世代代奉为经典,口耳相传,现代人看当年的口语诗,无异于天书,别说那微妙的语感了。古人在语言使用策略上,已经考虑到这个问题,约定了两种能使汉语保持长期相对稳定的书面语言——文言文(以先秦时期口语为基础形成的书面语)和古白话(唐宋以后以北方口头语夹杂一些文言文形成的书面语),以各施其用,也利于传播与传承。汉字现在有了统一拼音,读音很难再有什么变化,这对朗读声音在文本中的长期保存是好消息。但汉字的标准读音并不是诗歌多么重要的声音。诗歌的声音取决于语音和语义同步构成的混合回响效果。很难说，着力于声音现场传递的口语写作与看重较其他语种更适于阅读的书面语写作相比，在诗歌声音表现上有什么高下之分。打狗棒法和《九阳真经》，都可以修炼出武学的上乘功夫，关键得看个人修行。让诗分出高下的，是其诗性体验的深度和独特性，以及其将诗性经验语言化的能力。基于书面语被诟病更靠近知识而远离生命，而口语被诟病行文过于随意、不节制，且其过度依赖的语感信息在读者接收系统里表现极不稳定，也就可以理解另外一些诗人采取的语言姿态更为谨慎，他们会在书面语和日常口语之间进行微妙平衡，整体上追求汉语语言的传统质感，又保有个人口气，在声音及声调上，避免过于激动，形成一种冷峻的、带有"泛口语"气质的现代汉语诗歌语言。"泛口语"在形成路径上无意间借鉴了古白话用过的路数，在形态上接近但丁提倡的带有某种理想成分的"俗语"。

三、没有准确的命名，应该是中国现当代自由白话新诗最大的隐患

杨黎：很好，谢谢你的回复。在做这个微访谈时，我们在白话诗、新诗、现代诗、现代汉诗和当代诗歌等好几个词语中费了许多脑筋，总觉得没有最为准确的叫法。说新诗吧，那它针对什么旧呢？而且已经要一百年了，也不能一直这样叫下去。说现代诗歌吧，难道它不包括当代吗？说现代诗，其实好多诗并不现代，难道就要拒这类诗歌于历史之外？所以，我们真的很迷茫。所谓名正言顺，为中国百年来新的诗歌找到自己的名字，的确算一个迫切的问题。而且我们还发现，没有准确的命名，应该是中国现当代自由白话新诗最大的隐患。对此，我们再次期待你的高见，以找到最准确的说法。

谭克修：命名的混乱体现的是人们对新诗合法性的焦虑。它确实强化了所有人对我们所写东西的质疑。"白话诗"这个词已经完成了历史使命，特指新文化运动时期，为打破旧诗格律，不拘字句长短、用白话写的诗。而且，在比例不低的公众眼里，白话是粤语的俗称，还沿用白话诗这个词，造成的误会就大了。"自由诗"的创始者不是我们，一般认为是惠特曼，但它也是"五四"前后白话诗的一个别名。现在，只有一些非诗人还会用到它，因为相对古诗而言，现

代诗在外部形态上不再那么整饬,分行分节完全看不出什么门道、规律。为免让人望文生义产生误解,我觉得应该彻底废掉这个叫法。它造成的误解主要有两方面:一是让人以为自由诗不再讲究形式感,随意写就是,误会之深导致80后文化符号人物韩寒也不怕丢脸,敢用敲回车键来讽刺看上去太自由的诗歌分行。二是对现代诗的形式产生误解,以为形式就是其像古诗词那样讲究字数的整饬、平仄的固化,或如闻一多提出新诗的建筑美——"节的匀称,句的均齐"之类。一般人已经很难明白,现在若要谈论诗的形式,就算把头埋进其结构系统,形式还可能站在一边说风凉话:我已是一首诗的全部。新诗发展到现在,我们已经很难笼统谈论它的形式,因为每一首诗都有只属于它自己的形式。

　　对"新诗"的叫法,有同行已表示不屑,觉得它早已过时,并对新诗和现代诗进行了严格区分。这真是一项费力不讨好的工作。单从时间长度来看,新诗一百年历史与古诗三千年历史相比,太短了,还能算得上崭新阶段。我想,如果人类没有被自己或人工智能毁灭的话,这名字再叫上个三千年,可能还管用。在千年后的人们眼里,我们和"五四"新诗运动的那一拨人,就是同一拨人。若他们把百年时间都视为新诗初创阶段,这期间没有任何重要诗人留下,也正常。我们现在比命名更混乱的,是各种诗歌观念,各执一词,唯我独尊,谁也说服不了谁。看上去像纷乱的春秋战国局面,属于新诗的强势大秦似乎还没出现。当然,我希望诗歌的大秦级别的人物已经在路上了,最好就在我们中间。所以,我们还来不及担心"新诗"这个词这么快就变旧了。新诗和古诗的分野,所有人能一眼看出:它针对的是那种已经沦落成填字游戏的旧的格律诗。新诗废弃格律,完全用另外一套体系生成,才有了这一百年来的不断衍变、进化,有了今天人们津津乐道的现代诗或当代诗的成就。

　　关于"现代"与"当代"这两个词,我同意奥·帕斯的意见:现代从本性来说是变化着的,当代则具有我们几乎还没给它命名就已消失的品格。当代诗,指的就是我们最近某个时间段写的诗。它只能在具体的上下文帮助下,起到新闻学上的解释作用。"现代诗"的"现代",也是一个让人头痛的词,无论从现代主义还是现代性来谈论它,都很烧脑子。不少人还喜欢把这两个概念混为一谈。现代主义不是一个流派,甚至难以把某流派视为现代主义的直接源头,它是20世纪西方所有艺术的创作与理论的灵魂。我们要谈论它也只能捕风捉影。在文学方面，只能看见在现代主义旗帜下的各种让人惊讶的理论或主义，都穿着印有反叛符号的文化衫。或者我可以形容它，现代主义像一个非理性的醉驾者，对过去所有文学思想酿成了一次致命车祸。这个醉驾者，20世纪初从西方闯入中国，在李金发、戴望舒等诗人身上附体，又在80年代的北岛、多多、杨炼等朦胧诗人身上大放异彩。但在再往后的诗人眼里，那些夸张的创作手法被视为多少有些矫情。有一阵子，人们认为现代主义作为一种思潮，在20世纪末已经结束，我们已经进入了后现代。如果现代诗指的是带有现代主义创作手法的诗，那么我们或许还得再多一个叫法：后现代诗。

  多数人会将现代诗的现代，指向其现代性。但现代性也不是一个理想的理论术语。它是一种持续发展的、不可逆的时间观念。可以比喻它为一条射线，从时间直线上的启蒙时代那个点射过来。在这条射线上，伴随着一个区别于中世纪、古代的新的世界体系的生成，工业化、商品化、城市化、全球化、信息化、高科技、普世价值等关键词，推着我们按自己设计的又不知所终的、永远处于未完成状态的时间前进。现代性的涵盖面，要比现代主义宽出 N 个量级，涉及社会、经济、文化各个方面。我曾在《地方主义诗群的崛起：一场静悄悄的革命》一文里，向身处现代性焦虑的诗人发问——当世界是平的，诗人何为？诗歌里的现代意识，很大程度与对这个问题的回答有关。也就是现代诗人如何面对他的时代，一个时间断裂、空间变形的时代？我见过诗人处理与时代关系的三种模式：一种是和时代一样亢奋，只想给时代当铁杆粉丝，随时准备被时代带走，踏上不知所终的旅程，一直在拼命追赶时代这列高速飞奔的火车，被满世界的时事题材吸引。我不太明白的是，传媒高度发达时代的时事题材、无时无刻不在发生的世界各地的海量公共性经验，和你的写作究竟有多大关系？一种是主动在自己与时代之间设置防火墙，比如少用手机、不上网等，用一种掩耳盗铃的方式，与外面的世界保持距离。写作上采取与时代相向而行的决然方式：要么呈现出与世隔绝的古典田园诗意，要么对无边现实表达出强烈愤怒。另一种是一边惬意地享受着现代都市生活，一边情真意切地在乡土诗里练黯然销魂掌，用乡土风情来包装那老掉牙的诗歌意识，以每天在电脑前码出几行伪乡土诗而沾沾自喜。

  谈诗歌的现代性，可以撇开"现代"这个词身上纠缠的各种复杂的解释、混乱的论争，以及那些所谓的现代主义手法。最重要的问题是，我们如何与这个时代相处？这个问题可以更具体地转化为，如何与我们置身其中的城市相处？如果你是一个有现代意识的诗人，当你打开窗户，对面是另一个窗户，不可能"窗含西岭千秋雪"，你的房子也不是一线江景房、海景房，门外不可能泊万里船，只有一个垃圾桶或一个心不在焉的邻居，该如何抒情？19世纪末正式登场的现代主义，无论随后以"未来主义""表现主义""超现实主义""存在主义"等何种面孔露面，其共同点是，都把"城市"作为其自然发源地。现代主义文学也是关于城市的文学。我们的城市化加速阶段也是最近三十年的事情，对多数从各地农村迁徙到城市的新移民来说，陌生感仍在，孤独感或更强。我们难免会灵魂出窍，感觉生活在一个既不是城市也不是农村的荒诞现实世界，似乎成了既是农民也是城里人的两栖人，或两者都不是的"流浪者"。但一个基本事实是，现代城市的发展，已经是所有现代文明的孵化地，也在按我们的规划设计意图，向我们想象中的宜居之所演化。几乎每个人都以在城市买房安家为人生最大的诉求，房子越大越好，所在的城市越大越好。城市不再是当初人们眼里带有某种灾难性质的生存之所，我们对它采取过于强烈的愤怒、反抗或者逃避的姿态，难免失于简单粗暴吧。虽然无论时间推进多远，人类精神上的困境永远不会消失，但有着现代精神的人，应该已学会处变不惊，有能力在作品里保有某种成熟、从容的态度。即便把城市想得再坏一点，它和你的生活一样，你若终究反抗不了它，不妨冷静下来，说不准能体会到其中的些许快感。或者说，多少有一种尴尬的快感吧。但能写出这种微妙的尴尬快感的诗人，就我所见，少之又少。应该说，在这种尴尬处境里，我们听到太多发嗲的呻吟，或以命相搏的强烈反抗，这要么是带有太强的表演性，要么是太幼稚。如果我们没有能力不断给现代性增添新的内容，别说在西方人眼里，我们现代诗的合法性将持续是一个问题，我们对自己也无法交代。若我们一个个依然如此自负，高谈现代诗的成就，毫不含糊就用"现代诗"来命名我们写的那些东西，多少有点自作多情吧。

　　说这么多，我也拿不出另外一个服众的名字，或者更准确的名字。在新诗、现代诗、当代诗几个叫法中，新诗叫法让人们产生的误解，应该能降到最低。一位写古诗的朋友和我争论过，他说他写的也是现代诗，现代性的古诗。我居然没有充分理由反驳他。而且，他的说法在理论上也是能成立的。如果我说他写的不是新诗，是古诗，问题就会比较简单。借新诗百年之际，其实我们可以重新认识到"新诗"这个大帽子的合理和方便。至于大帽子下谁写的东西有没有现代性,是不是真正意义上的现代诗,那是诗歌内部的问题。而当代诗叫法,其实是另外一个大帽子,这大帽子下,也能装当代古诗。如果是那样,我们谈论当代诗的时候,还得谈谈当代古诗,那就太复杂了。但它在具体的语言环境中自带的意思,也不好被替代,所以还是有它存在的理由。

四、有哪些诗人、哪些作品、哪些事件和哪些关于诗的言说,你认为是有价值的?

杨黎:好的,你的说法有道理,但你也知道这样一个事实:这种诗,我们已经写了近一百年了。一百年好像不长,但肯定也不短。就你的阅历和学识,在这近一百年里,有哪些诗人、哪些作品、哪些事件和哪些关于诗的言说,你认为是有价值的,有发展的,至少是你记得住的?我们必须面对这样的问题,因为我们毕竟是一个关于诗歌百年历史的访谈。

谭克修:十多年前,我曾在一篇文章里列出过一些名字,现在正悄悄把某些名字擦去。总结新诗百年的诗人和作品,学院派的主要精力继续在解读新诗开始阶段的那一拨诗人和几个当红的朦胧诗人。我的观点大相径庭:新诗一直在往成熟的方向进化,新诗百年里表现出成熟品质的诗人,要从第三代诗人开始往后找。若一定要说之前的诗人,我宁愿选名气没那么响亮的痖弦、昌耀、多多等人,其他大牌如徐志摩、戴望舒、卞之琳、穆旦、艾青、食指、北岛、顾城、杨炼等诗人,作品的价值需要在历史的维度上才能确认,单凭文本的说服力已难服众。而在辨认作品时附带历史维度,部分原因是我们基于善意给出的尊重。其实在你们第三代诗人里,短短三十年时间筛选下来,有价值的诗歌作品和言说,剩下的也不太多了。当然,你的废话理论和废话写作是剩下来了的。这一百年来,现代汉语诗歌写作的整体性高峰,无疑出现在你们第三代诗人和稍后出场的诗人。之前的个别诗人如昌耀,只是他那个年代的一座孤峰。第三代诗人出现过成群好诗人,不点名了。我们这一代也是,部分优秀者已出现或即将出现在地方主义诗群里。这代人的诗歌言论,如沈浩波的"下半身写作"、李少君的"草根写作"、伊沙的"口语诗论"、陈先发的"本土性"、余怒的

"混沌诗学"、臧棣的"诗道鳟燕"系列等,各有回响。我身边的朋友草树和路云,在文本解读上屡有洞见。请允许我自恋地提到"地方主义诗学",鼓励自己在这个无限碎片化的时代,提出一种新的诗学理论的勇气。还有程一身、向卫国等批评家对地方主义诗学进行的研究。

教授和博士们读到这里,多半会认为我是历史虚无主义者,说的是轻狂之言。编百年新诗,无须看目录,就知道他们选入的一定是那些人云亦云的名字。估计连你这样可以在第三代诗群里位置靠前的诗人,也未必在他们视野之内,或他们眼里的重要诗人之列。我还未看到你获过任何重要的诗歌奖项,已经很说明问题了。这本属于诗歌政治范畴,和我们的话题关系不大。我常告诫自己,当著名的庸诗人,穿着皇帝的新装过市,不断获取世俗的荣誉时,当编选者利用他们即将过期的权力,编造他们眼缝里的百年新诗史时,我必须继续安然地写他们喜欢不了的诗。但是,看他们对自己的偏见和浅见如此着迷,看他们选的那些庸诗代替一些好诗误导民众,看那么多庸诗被翻译成外语传播,实际是在给汉语诗歌泼脏水时,还是会感到闹心,会让我对手头的好诗略有歉意。

五、诗歌到底有没有标准,或者说有没有唯一的永恒的标准?

杨黎:谢谢你回复,让我们的访谈很有价值。在前面四个问题之后,我们觉得有一个非常大的问题必须摆到桌面上来,这个问题,就是诗歌的标准问题。诗歌到底有没有标准,或者说有没有唯一的永恒的标准?笼统而言,"古代诗歌"似乎是有标准的;而自新文化运动以来,白话入诗,诗歌事实上陷入一种先验的迷惑中:它至今也没有完全确立自身,或者说,它需要像中国古代诗歌一样,确立一个标准吗?说白了吧,上追千年下启万世,到底什么是"诗"?期待你指教,并先谢。

谭克修:说是微访谈,你发来的问题,却一个比一个吓人,根本没办法轻松应付。尤其这个问题,不太像"废话教主"提的。你应该是在挖坑吧,希望有人跳进去。关于诗歌的标准问题,这些年一直有人在讨论。一些试图为诗歌设立标准的讨论文字,连关于诗是怎么一回事都很难交代清楚。你问到底什么是诗,我也想问你呢。既然地球上还没有谁能给诗一个明确的定义,我也不是外星人,我只能分辨出一些诗与非诗的东西。如果我们连诗是什么都说不明白,标准又从何谈起?古诗有标准吗?那固化的格律也不是标准,只是古人用来捕获诗的技术手段。那技术用来捕获那安静时代的诗,应该还算趁手。但西方诗人不用我们的技术同样能捕获到诗。关于诗是什么,若分别让宋朝诗人辛弃疾和中世纪诗人但丁来回答,他们虽处于大致相近的年代,所给答案的差异程度估计会让人大跌眼镜。不用怀疑的是,他们给出的,都是关于诗的内行答案。

我们能否转而谈论现代诗歌的技术问题,像古诗一样,在技术层面建立你说的标准?但现代的本性是批判和变化,它天生反感你建立任何僵化的标准。而诗是什么?我只能说出它不是什么。或者用兜圈子的办法,说它是关于生命、语言和现实的神话,是某种不确定的东西。在现代社会,确定性的事物交给实证科学,科学解决不了的问题交给哲学,哲学解决不了的问题,才交给诗歌。诗歌解决的是这个时代的疑难杂症,一些被世俗社会遗弃的麻烦事儿。现代诗歌写作的真谛,就是把那种不确定性、难以言说的微妙事物呈现出来。或者说它呈现的就是那种不确定的微妙感本身。要给不确定性的东西弄出一个标准,这任务,让汤姆·克鲁斯在电影里也完不成。别说制定标准,就是谈论现代诗歌技术的秘密也是困难的,它已完全浸没在写作的过程之中。而要检验技术的有效性,却只存在于最终结果——文本之中。要说现代诗和古诗最大的区别,是前者在形式上的不可重复性。每一首现代好诗要求的形式必须是独特的。按柯尔律治的"有机形式"说,诗的形式是由内在冲动塑形的。由于每个人每一次写作时内在冲动的不确定性,其塑形的技术程序只能是一次性消耗品,而且,这技术还随着外部环境的变化而变化,没有尽头,每个现代诗人操持的技术大相径庭。现代诗技术从来不是一种稳定的物质形态,成功的技术都融化在作品中,没有谁能剥离出来。你在外围谈论诗歌的任何具体技术,必然是笼统、抽象、无效的。所以我知难而退,几乎从不谈具体的诗歌技术问题。需要提醒的是,好的诗歌虽然要强调技术,你若过于沉浸在技术里,也只能成为匠人,成不了真正的好诗人。从技术上升到更宏阔的理论,才能有一种格局的转向。

如果继续追问,诗歌既有好坏之分,若没有标准,又如何辨别?所以我们看到不断有人对好诗的标准发言。好诗有标准吗？若有，也一直卡在识货者的喉咙里，无人能说出来。说出来的，已成僵诗标准。由于没有标准可言，认识到好诗的好就不是一件容易的事情。这也造成在不同风格的诗歌之间，有很高的美学壁垒，导致这些年关于诗歌的论争从没消停过。谁都认为自己手握的是缪斯女神单独给的唯一一把钥匙，自己才有资格私会女神。他不知道女神配了若干把钥匙，通过朋友圈群发给了一大波诗人。但这不至于造成好诗的不可知论，好诗的尺子还是有的，它只藏在一些最好的诗人兜里。得到最好诗人的认可——不是编辑或选家的认可，你的好才算是有效的。最好的诗人也无法把尺子掏出来公用，因为每一首好诗成为其好的方法，是一次性的，方法被人用过即废。若一定要说出一条好诗的标准，差异性才是唯一的标准。好诗人的价值，要通过与旁人的巨大差异性才能体现出来。但就算他解决了差异性，也可能与好无缘。好诗必须建立在良好的诗歌素养基础上，诗人修为不至，很难通过所谓的灵感，碰巧写出好诗来。好诗并不常见。

　　所以，即便我们的诗歌，如你问题里所说，至今还没有完全确立自身，也不可能通过建立所谓的技术标准来解决问题。诗人内部有两种认识：一是当代汉语诗歌里最好的部分，与国际视野里的同行作品比较，并不丢脸。若有差距，也远小于汉语小说与国外小说的差距。还有人认为汉语诗歌已经走在了世界诗歌最前面。二是中国现当代文学里，诗歌的成就要远高于小说，更有资格获得诺贝尔文学奖。这两个问题，都属于无法证实也无法证伪的问题，只是诗人自己的主观判断。但至少，我们没必要还对我们的诗歌妄自菲薄。在新诗百年之际，我们要思考的是，现代诗要完全确立自身，有两个基本问题无法绕开：其一，它是现代性的。这个我前面已有谈及。其二，它是用汉语发声的。用汉语发声首先体现在语言质感上。张枣的写作为我们提供了示范，汉语气质极为纯正。或是他精通英、法、德、俄、拉丁语等多种语言，在对比中，能更清晰地闻到母语的气息。张枣无意中打了那些奔驰在西化高速公路上的诗人的脸。与这种从语言质地上向古汉语致敬的路子相比，我推崇另一条路：像昌耀那样，用生命与脚下的土地建立血脉联系。从土地上的苦难生存直觉中滴出来的诗，发出的必然是纯正汉语的声音。我视昌耀为"地方主义诗学"的先行者，因为他的路子对后来者更有启示意义。在地方性写作中，强调先建立精确的时间与空间坐标系，把自己像钉子一样钉在某个坐标上，获取打通主观经验与客观世界之任督二脉的能力，帮助他体验到各种共时性事件带来的和谐力量，便于他与信息爆炸的时代保持一定距离，沉下心来，用内在的磅礴功力重新缝合这支离破碎的世界。这样的诗人，才能写出带着体温的诗、有生命痛感的诗，以揭示自己和这片土地存在的真相。如果我们最好的汉语诗歌还没有被写出来，或者写出来了，还没被人认识，那这条路上产生好诗歌的机会将更大。这样的现代汉语诗歌，更有价值成为世界诗歌版图上必须标注的地方性知识。

六、你为什么还写诗？写诗，对你究竟有什么好处？

杨黎：谢谢你。关于中国百年诗歌的访谈，问题还有很多，但已大致有数。这里，我们想用一个古老的问题作为我们访谈的结束：你为什么写诗？或者说在今天，世界已经发生了那么大的改变，而你为什么还写诗？写诗，对你究竟有什么好处？

谭克修：因为快乐。在今天，诗人都属于苦中作乐、"没事找抽"型的品种。虽然我们依然无法给什么是诗一个标准答案，但在多年写作实践中，已经明白，现代诗的发生装置，不再连在古老的"灵感"按钮上。对一些稍微专业一点的读者而言，他们需要现代诗供给的快感，是一种感性和智性交织的复杂感受。柏拉图"灵感说"里那种靠神灵附体而自己浑然无觉的诗人、在酒醉模式下"斗酒诗百篇"的诗仙和"醉里从为客，诗成觉有神"的诗圣，也很难出色地完成现代诗写作任务。现代诗歌写作，古人的灵光一闪模式和"醉驾"模式，不再像那照相机的快门那么管用，能把诗一下子就摁住不动了。写诗已经变成一种更加艰苦的劳作行为。但通过艰苦劳作，捕获到一首满意的诗之后，那种无与伦比的快感，只有诗人才明白是多么美妙的事情。如果那种快感能被别的快感替换，我早就做别的去了。如今已经没人强迫我做不快乐的事情。

何况，诗歌带来的快乐，需要用一些世俗的快乐做交换。交换条件不只是为写诗消耗的精力，还有诗歌自身携带的消极力量。这种力量通常会加速磨损诗人的肉身和直面现实世界的雄心。按世俗社会的成功哲学标准，它属于典型的"负能量"。让昌耀生活困苦、张枣英年早逝、海子走向绝路的，都是这种"负能量"在发力。当然,那些还能用诗来附庸风雅或作为世俗"幸福"生活敲门砖的诗歌爱好者除外。我过去 20 多年的写诗经历,有明显的阶段性特点,主要原因是当我某阶段在现实世界志得意满时,就难以找到写诗的冲动。写诗和在 KTV 唱歌的主要区别是,前者通常将快乐建立在自己的痛苦之上,后者将快乐建立在别人的痛苦之上。在诗歌道路上,他坚持的每一条路,通常都是死路,被别人走死的路。时间在有限空间里安排的大诗人越来越多,为免被他们硕大的影子遮蔽,后来者只能在越来越窄的夹缝里求生存。他得有异于旁人的力量,推开那些身影,让自己的路逐渐宽阔,才能存活下来。在今天,自己已人到中年,还对诗歌这么不死心,常诗如泉涌,除了享受它的快感,另一个原因,可能是体内还住着一个想成为大诗人的魔鬼吧。

七、写诗对你的性想象和性行为有没有影响?

杨黎:哇,访谈完了,最后还有一个比较简单的问题,也很好玩。你可以不回答,但不能不回复。一定。这个问题是关于写诗与性的关系的问题。也就是说,写诗对你的性想象和性行为有没有影响?期待你的回复。

谭克修:弗洛伊德告诉我们,性是一种本能,这种本能是人类一切活动的最终基因。而诗,属于离人类本能最远的事物。我曾写过一首《读诗的下午》,将两者粘连起来。有人说它很色情,但某次诗会上,荣光启说读来很感动,或是因为他信基督,内心更安静吧。我还写过一首《做爱做到一半》,有人说内容比题目更吓人。我自己读着是有感动的,当然也有笑。我们写这类诗,常给人误解,以为诗人就是身体里只装着性和诗的动物。我觉得也没什么,好歹比身体里只装着性在路上晃荡的动物多了一样东西。性和诗,都属于生命的冲动,它们在同一个身体里的相互激发和碰撞是肯定的。至于对我的具体影响,还是含蓄一点,以诗为证吧。从新作《桃花》里选几行:

我逆着大雨把你送上云端
你说像坐在拖拉机上
不断用放肆的言词

盖住突突突的发动机声音
你让我歇歇,但我不能停
那只青蛙,想从桃树下的
乱草中,跳上床来
将背上的苔藓种在我身上

作者简介

谭克修,1971年出生于湖南隆回。以组诗《海南六日游》《某县城规划》《还乡日记》等为代表的诗作,获得《星星》诗刊和《诗歌月刊》两家主办的"2003·中国年度诗歌奖",参加过诗刊社第19届青春诗会。诗作被选入《被遗忘的诗歌经典》等数十部文集。2006年,获得由当代汉语诗歌研究中心、《羊城晚报》、《诗歌月刊》、天涯社区联合评选的"中国当代十大新锐诗人"称号。著有诗集《三重奏》。

无体之体与文质再复
——新诗百年之我见*

李建春

> **专家点评**
>
> 这是由作者自荐的一篇作品。文章通过分析百年新诗的发展,指出新诗是无体之体,或者说,新诗的体在有无之间。这既表现在形式上,也表现在内涵上。如何使中国新诗具备中国之质?这需要诗歌界深思。

这新诗的一百年,前五十年是背景知识,后五十年(从早期朦胧诗算起)是我密切关注的对象,我参与的时段也占了其中的四分之一。然而我发现,我依然没有把握谈论它。尽管已有乐观的观点认为,当前已进入了新诗最成熟、最繁荣的时期。这也许是确实的,但这么说的每一个人,勾勒的图景都很不一样。从1990年习诗至今的26年中,我亲身经历了对现代文学评价的一个全面翻盘,比如郭沫若形象下降、冯至、卞之琳、穆旦等地位上升,以及一些现代优秀诗人如吴兴华、阿垅、徐玉诺等进入读者的视野。当然,还会有调整,会有其他重要现象重获认知,这是无疑的。

在这个确定的新诗一百年诞辰的反思中,我感到,作为文学范畴,新诗之所以可用"诞生""新"这样的字眼来描述,乃因为她创制于一种决心:从零开始,从现在开始。按照胡适的认识,文言的用途局限,诗意已陈腐,中国古典诗词已不能适应新文化要求。(但并非不能应对,比如聂绀弩的古体诗,比他同时代和稍晚的现代诗似乎能够更本然、复杂有效地回应一种处境,让传统别开生

---

* 原载"诗人读诗"微信公众号,2016年9月14日。

面。)抛开"主流"的自诩和一望而知的分行等特征,新诗之"新"在哪里?是"新文化"或"现代性"吗?按照今天的认识,新文化运动对于中国传统实为一种劫难的肇端,而现代性又被意识到或许就是"西方性"——如果只是西方性,那是应该消化、克服的。我们尝试着透过这一百年激荡的历史,注视汉语的"自新"而不是"被新"。(西学从东渐到主宰,"自新"是因为只要还有用汉语的人,就有续脉的可能。)这是当代作家成熟与否的分界。中学为体,西学为用。新诗的中国之体在哪里?新诗最伟大的地方在于:她不可避免地、无可挽回地以无为体。新诗是无体之体,或者说,新诗的体在有无之间。这既表现在形式上,也表现在内涵上。那个从零开始、从现在开始的"尝试",就已经是以无为体。新诗人尝试着站在诗性的源头上,重新开辟一片天地。"无,名天地之始"(《道德经》),这是一个决然的、开悟式的决定。此外,现代汉语的流动性、多源性,也不可能凝定格律意义的体。所有可能的诗体,移植的、化古的,都只能在精神上,而较少在形式上。比如哀歌体,在语调上;十四行诗,唯一可确定的是行数;绝句、俳句,是在机警和悟性上;闲适诗(接近英语的轻体诗),在心理状态上;有人将赋的精神运用于叙述诗。从闻一多到林庚的格律尝试都已无人继续,从一个侧面也表明,新诗的体性是无而不是有。这在道上是一个非常高级的特征。

新诗既然不满足于文言传统的思维和古典诗词的诗意,那么她的初心是在诗性上,即诗质上。其实当代诗人始终还在胡适写《尝试集》时的自由和困境中:什么都要试,没有程式可言(我们读布罗茨基赞美俄语、英语的韵律传统时心态复杂),可以把貌似诗不是诗的想法清出去,却难以把不像诗而实是诗的材料辨认明——从此诗仅靠她自己的质而不是文来确定。文质再复。胡适的尝试是以白话之质救古典之文。事实表明,这一百年新诗的发展,却是以译诗之文变白话——现代汉语之质。反隐喻、口语诗、下半身、垃圾派、草根性(按大致出场次序)等写作主张的合理性,都是试图重新救文以质。但今天的问题是西文疲惫,必须救以中国之质。

那么何以断定西文已疲惫?中国之质又是怎样辨认和寻求呢?("文"指宗教、制度、法律、礼俗等。)说"西文疲惫",抛开西方思想自身的末世论危机意识和若干政治学的论断,带着西方在制度文化上创造力疲软、世风日下、穷于应对危机等印象,再审视其文学艺术的"解中心""反崇高",越来越失去阅读魅力和借鉴价值的实在感觉,其积也日久。但"西文疲惫"主要还是站在汉语自新的期待上接受的疲惫。至少要经历一个消化的循环,否则就是文化殖民、自我殖民,这个现象已相当严重。就连那些最能体现民间审美趣味的影视等大众流行文化,几十年间,文化符号替换的程度也是触目惊心。这是文化的"自我殖民"下渗的结果。

  20世纪80年代及之前的翻译家,有些本身是40年代的作家,改革开放之前,环境不允许他们创作,到了可以创作的时候却已错过了最佳年龄,因此他们把全部才情倾注于西方文学的翻译,译文可与原文媲美。但是他们对现代主义的翻译失于零碎。这种零碎,反倒激起了中国诗人对西方现代诗的想象。实际上西方现代最好的诗人也是他们选译过的那些诗人。当代译者中最好的,是像王家新这样的,在学习选译过程中,更多地凭着对现代大师的想象进行创作的诗人。(因有留白,才有想象余地,这种想象,实际上是创造。陈丹青也谈到绘画印刷品对他出国之前创造力的刺激,出国之后,与大师面对面,反而没有创造了。)王家新、树才等诗人的翻译主要是对前辈选译的补足。西方诗歌在20世纪60年代之后,也渐渐进入平凡的时代。当前的大部分译诗,从原作本身到译文质量,都不可能激起像过去那种近于膜拜的兴趣。但"滥译"真正的坏处是以其数量上的绝对,败坏了汉语,成为当代精神贫乏的因素。当你在风格、语言上已有某种觉悟,回过头来再注视现实的时候,你甚至在本土中也找不回自己。是一种贫乏造成了接受的疲惫,如果精神充裕自足,自然有接受消化的能力。如今的问题已不再是简单地回到生活、回到现实,如果你想有效地写作——深入研究、批判现实,必须同时具备一种文化自觉,重新赋予现实以本然的、应有的底蕴(或者意识到缺乏之所在)。这就是中国之质。中国之质不是现成的,它要求写作者带着对本土历史和生活动情的了解与切肤之痛,用心回到中国的历史文化中,以寻求答案或赋予维度——如果不能找到答案,至少也可以将此问题充量、扩大,而不仅仅是一个不知何往的自由、欲望个体的表达。中国之质就是中国文化在当代的肌理中。即使她真的"亡了",汉语作家也有责任让她活在自己的心中、笔端——但她正是这样实现"剥极而复"。诗,归根到底,对现实或别人的作用是有限的,但她是一种表达,是一种征兆或迹象,是火头尖端的指向。"我善养吾浩然之气"(《孟子》),汉语诗人当做早春的燕子,带着刚健的一阳来复。在此意义上,新诗仍然是新的,而不是"物壮则老"(《道德经》)。

作者简介

李建春,诗人、艺术评论家。1970年出生于湖北大冶。1992年本科毕业于武汉大学汉语言文学系。文学硕士。现任教于湖北美术学院。多次策划重要艺术展览。曾获刘丽安诗歌奖(1997年)、首届宇龙诗歌奖(2006年)、第六届湖北文学奖、长江文艺优秀诗歌奖(2014年)等。

性情诗学导论*

张嘉谚

> **专家点评**
>
> 本文从性情诗学的来源、特点、基本结构、基本特征等方面入手，层层剖析，逻辑严密，着力于完善本土性性情诗学理论构建，是一篇学术性很强的理论文章。

一、何谓"性情诗学"？

"性情诗学"由 16 个汉字构建而成，故称"16 字诗学"，简称"字诗学"。取其中的"情"与"性"两字，导引和总揽整个诗学理论系统，故又称"情性诗学"。1."性情"作为诗本体，自然承接了中国古代文论与古典诗学"诗本性情"的精神传脉；2.性情之说，如今依然十分贴合国人的认知：诗道性情，诗贵性情，诗重性情——试想，诗之所在，无非"性情"；3.诗人、艺术家以其重性情而区别于重功利、权势、利害关系等其他社会角色；4.性情"可玩"，性情"好玩"，"玩性情"成了诗人与艺术家的口头禅，实际上却是诗艺创作的始源动力；5."性情中人"的称许遍及世俗社会各阶层，"至情至性"则获得人们的广泛叹赏。

"16 字诗学"也好，"性情诗学"也罢，说者言辞简明，听者明白易懂。

＊ 发于"野态诗群"微信群，2016 年 9 月 26 日。

二、16 字由何而来？有何特点？

情、象、意、法、言；气、道、性；感、思、识、悟、观；通、合、幻。这 16 个汉字构成性情诗学理论系统。它们在论者心中渐次出现，历经 30 多年，并经以下程序（具体化为诗评与诗论）检测：

1.字字主客一体，与诗（艺术）全息相应。
2.自体混沌，却能无误地向言说对象准确点击。
3.饱满的包容品性：一多互摄的涵容量、统摄力。
4.彼此互动互渗、相互兼容，同体连肢，活络生肌。
5.活泼的应对感，呼朋引伴的亲和性，常说常新的生命力。
6.能够从文言汉语形状自如地做"现代性转换"为现代汉语姿态。
7.能够充满自信敢于灵动地泳游于现代汉诗日新月异的新潮与浊浪中。

三、性情诗学理论的基本结构

性情诗学理论由 16 字象构成，包括四个部类：
1.三元素：气、道、性——为总体统摄。
2.五要素：情、象、意、法、言——此为"要素本体"。
3.五品质：感、思、识、悟、观——此为"感观主体"所具。
4.三状态：通、合、幻——为思维路径。
其理论构成，可以用如下式子简要概括——
总体统摄（要素本体+感观主体）→思维路径
16 字的各含义及理论形态之演绎，可见后续著述与论者其他评论文章与理论文章。

四、怎么把握性情诗学？

论者从"情、象、意"三字开始,逐渐形成此诗学理论并运用于实践。一般人没必要一下子把握全部 16 个字。实际上,性情诗学理论可分三级把握。

一级把握

6 个字象——性(情—象—意—法—言)

这 6 个字是最基础、最根本、最重要的本体字象。性情诗学理论的所有范畴、原理与方法等,皆由这 6 个字生发感应。一般人写诗、品诗,了解这 6 个字象与诗的初步结合,即诗性、诗情、诗象、诗意、诗法、诗的语言(诗家语)已相当全面。此 6 字,足够运用于一般的诗评与诗论。其中,"性"字也可换为"道"字,为:道(情—象—意—法—言)。

二级把握

11 个字,它引进主体五品质:感、思、识、悟、观。构成性情诗学较完整的理论系统:

性(或"道")(总体统摄);
情、象、意、法、言(要素本体);
感、思、识、悟、观(感观主体)。
以一个式子表示:总体统摄(要素本体+感观主观)
二级把握,可提醒诗创作的自觉,提示阅读与批评从诗性特质的角度看诗的文本与诗的创造。

三级把握

16 字编织的诗学体系,如前基本结构所呈现。其中特别引进"通、合、幻"

三字,是为响应未来时代"整合哲学"的召唤:"通",将诗学理论的思维方式引向旁通、串通、博通,再进一步通达高层级的思维形态——一通百通与融会贯通。"合",是为应对种种碎裂或多元的分化趋势,特别是应对后现代的碎片化格局。"幻",是为突破一般诗学理论的封闭性,以更高层次的心性超越引动诗性,打破自我阀限,不断优化个我人生境域,带动全体生命朝向绝对自由的终极关怀。

五、性情诗学的基本特征

1. 以本带末,以体带用。以诗本体6字象为基础,即可生长出各种功能性、衍生性字、词、句、篇、著来。

2. 以简驭繁,以少摄多。以区区16个字象为统领,即可引导或组织众多词语,解读万千诗歌,阐释各种诗学现象;16个单体汉字,可统摄诗之内外、心之内外,关涉宇宙生命万语千言的阐释话语。

3. 以实带虚,无中生有。实为16字象,虚为各种诗写或诗学;16字象历历在目,可以"实"带虚、"无中生有"地呼唤各种诗写或应对各种诗学现象。好比埃菲尔铁塔,以其实在的钢材构架,自如地呼应大宇宙随时出现的八面风雨、四方云霞。

4. 全态全息,联网互融。16字联结成网,犹如16盏灯共处一室,灯灯互照,光光相融:字字与诗全息,个个如人全态。虽层次不一,却又我中有你,你中亦有我,浑融难分地交织为多层级"全子"式的有机生命体。

5. 灵动感应,随缘起用。"性情诗学"的16个字象,可随机感应众多诗作与诗论。7个音符产生千歌万曲,16字象亦能感化演绎出无尽的诗说景观。16字象联网成体,可容纳任何诗歌学说理论。随时随处皆可随缘阐释各种诗歌作品,随时随处皆可以特定的汉字浸入各学科领域,汲取常变常新的学识养料,吸纳各种理论,与时俱进地激活、发展、丰富并优化性情诗学自身。

六、"性"，为何在性情诗学中意义特大？

"性"，既表示万物之基本——自性之性质、秉性、特性，又指向万象的终极——明性、灵性，万法之极致——觉性、空性。

"性"与"诗"合，即"诗性"。

诗性，即诗的性质、诗的秉性或诗的特性，决定了诗的所有方面。诗性在诗中无处不在，无时不有；对于诗歌来说，诗性就是一切。但诗性却不能单独提取。通常，诗性化合于诗的各个肢节，融合于诗之整体。如果诗是海洋江河湖泊潭池溪泉，诗性就是"水"；如果诗是水的波浪或水的各种样态，诗性就是水的"湿性"；如果诗是各种各样的金器、银器、玉器玩意儿，诗性就是金、银、玉之性质本身。

但"诗性"只是"性"的较高形态，而非终极形态。也许"诗性"最容易通向生命终极境域的灵性与觉性。诗性，是通往灵性、觉性的高级桥梁。

"性"，化入一切又统摄一切！这是任何别的字象都不可具有的。"性"，就其种类与层次，涵括了世间与出世间、文化与非文化、物质与精神的一切色泽光谱！其极端的两极，一为基础元素——性质、秉性、特性，此万事万物万象万法必具；一为终极境域——灵性、觉性，那是生命追求的最高之境——大圆满！那是妙明智慧无穷无尽的源泉——大觉悟！那是究竟的宇宙真理、彻底的生命实相——大光明！故在性情诗学理论构建中，"性"意义重大，为特别标帜！

七、何为性情诗学的创作论？

性情诗学的创作论，是感观五品质与性情三元素、五要素互触、互碰、互渗、互融。它意味着创作主体对诗性本体的感应道交、抚触或冲击，两者之间热烈的拥抱、交流与融合，感发为心惊肉跳般的创作情景。诗与艺术由此萌发，成态，成型，成为果实。古往今来的作家与艺术家，不时有对创作过程的描述而大都语焉不详；性情诗学提出本体要素论、主体品质论及两者的感应交合论,使对文学艺术创造过程的细腻体会与细化描述有了可能。

八、何为性情诗学的文本构成论?

性情诗学面对诗与艺术文本,会做不同层次的区分看待。任何一个文本的外相构成,很容易区分为字、词、句、段落或章节、全篇、组诗或诗组创作系列,从创作阶段到总体创造,等等。性情诗学采取微观、中观与宏观的视角着眼把握,同时视实际缘起与语境需要,引进相应的"字诗学"概念术语,做出对应的取舍与选择。由于文本内蕴从表层到深层,维层结构从单维到多维、初级到高级,相当复杂,性情诗学尤其重视微观解读,特别为这种细读法引进了4个概念:与字、词对应的"情象"与"情辞",与句子对应的"意象"与"意辞"。

九、性情诗学如何做批评阐释?

总的原则是,以16字为根,为眼,为结,视各种阐释批评对象之具体缘由,见子打子,采用各种灵活方法,不拘一格,引进各家学说与各方资源。

16字既独立又关联,仿佛16条道路或16个洞口,可通显态与隐态的大千世界;又如16块路标,引向各个景区;又似16片岛屿,浮现于诗与诗学的汪洋大海,暗地里却联结山体、山脉、海沟与大陆板块的各种诗学现象与艺术景观。

性情诗学能够缤纷喷发地展开姿态万千的批评与阐释,是它拥有显、隐两态字词的丰富库藏。

显态:16个单体汉字。虽然它们不是句子,却能与各种字、词、句结合,形成网状话语系统。

隐态:性情诗学能够亲和式地拥有取之不尽的备用字词,做梯级层次扩展。

备用字词有四处来源:

1.性情要素本体后备字象群:志、境、神、形;赋、比、兴;风、雅、颂;趣、味、韵……

2.感观主体后备字象群：参、证、修、灵、才、学、艺、美、秀、游……

3.其他各类汉字群。成千上万的中国古代文论词语，浩如烟海的其他学科的专业词语，都可以随时应缘、应机、应招而来，为性情诗学的作品评论与理论阐述所用。

4.诸家现代诗学术语：张力、变构、反讽、悖论、复调、还原、荒诞、幽默与黑色幽默、陌生化、亲切化、叙事、戏剧性……依然为性情诗学理论批评照用不误。

以上四大部类词语，便是性情诗学理论批评与阐释解读任意取用的话语资源。

性情诗学以本体八要素的大肚包容与主体五品质的圆融活跃，足以全态性吸收、消化一切异质因子与各家现代诗学的新鲜成果，以应对各种诗歌批评，并旁通文学批评与艺术评论。

十、性情诗学选用汉字，为何要做"现代性转换"？

有人决绝地认为，单体汉字不适于现代汉诗。其实"字诗想"完全可以进入现代诗写作，用于现代诗学构建亦无不可。然须对所选择的汉字做一番"现代性转换"。

在性情诗学中，"现代性转换"包含两种考虑：

1.在将古代文言词语转换为现代白话口语时，是将以单音节字为主的古汉语思维方式，转为以双音节词、多音节词与词组为基本形态的现代汉语思维方式。如根据不同的语境，将"识"转换为辨识、察识、胆识、卓识、通识、明识、远见卓识、洞察幽微等。

2.这种现代性的转换，须自然而"不隔"，能够在现代生活的语境中方便人们直接使用，又能够与其他汉字或别的汉语词汇无碍地结合。

性情诗学如何对汉字做"现代性转换"？论者多年的诗评与诗论写作，实践出一种简单却相当有效的基础方法——"前后缀组词造句法"。

十一、何为"前后缀组词造句法"?

具体步骤：

1.缀字成词。加前后缀字而成词。即面对具体诗文,解读时可对应诗本体要素情、象、意,加前缀或后缀的组词法。比如"情"字,加单音节前缀：热情、激情、温情、狂情、悲情……加多音节前缀：热烈之情、忧郁之情、豪迈之情、控诉之情、如泣如诉的悲摧伤感之情等。加单音节后缀：情绪、情结、情愫、情怀、情感、情调、情韵……加多音节后缀：情何以堪、情感狂放、情潮高涨、情不自禁……其余字象皆可类推。此法能将古代汉语的单音节词转变为现代汉语的双音节词或多音节词。

2.绕根成句。即围绕某字为根,组合各种语句。如以"情"为根：情到深时语意浓、多情自古伤离别。以"象"为根：盛唐气象、意象密集、象态可供玩味之类。

一般说来,加单音节字是组词,加多音节字与词便是造句。

组词造句,从语言入手激活诗体,便是从方法进入本体,只是看字—组词—造句,这种"现代性转换"方法,是方便而且直接的。

注意,"前后缀组词造句法"仅仅是读诗与评诗的基础方法。

十二、为何说"前后缀组词造句法"暗合"易学"三义?

1.简易。一般读者即可据自身知识水平做不同程度的把握。性情诗学先从组词造句入手,就连初中生也容易入门,很快掌握基本方法,进入诗歌阅读。

2.不易。性情诗学以汉字的稳定性为理论基石;16字架构的理论亦严整、强韧而有序。

3.变易。构建性情诗学的汉字,抖掉了传统解释的重重束缚;与诗结合起来,性能更灵动,可随机吸纳各种学识,又能随缘不断因字生义,"日日新,又日新"。

十三、性情诗学为何以"字诗想"为基本的思维方式？

所谓"字诗想"，是汉字结合诗性使人产生的感知、意念、联想与想象。

见字触发，是"字诗想"的基本思维方式。此法不死执字象，而是多角度地展开字形、字画、字音、字义等多方联想。单独一个汉字，便可做音、形、义、象、数、理等多方诠释，有丰富的言外之意，能够供人们不断探究其起源、内涵、生成与衍发，反复玩味字体的笔画组合，甚至产生汉文化特有的测字学。汉字同音字极多，加上谐音的联想组合，极易生成或褒或贬的言辞与故事，光凭一个"诗"字，古往今来言说不尽，何况是精选的16个汉字与"诗"融合！

中国汉字需要敬畏与呵护、保养与珍惜。"不是汉字负于诗人，是诗人负于汉字。"比起表音文字，象形汉字对想象力的激发举世无双，最为契合诗之特性，这为"字诗想"提供了无尽的源泉。性情诗学不过"重新发现"了汉字与诗性的奇妙对应，试图多维度地从不同层次做不同方向的理论推想而已。

十四、构建性情诗学有些什么理论资源？

1.承接中国古代文论传承。力图将中国古代诗学与现代诗学的区隔，首先通过字—词—句的"现代性转换"打通以接脉传。

古代文论词语含义混沌有助于整体把握，但其概念与范畴往往模糊不清，或有失理论的严谨。性情诗学引进要素观照角度与层次分析方法，力求持守传统文论有机整体观的同时，较为清晰地体现相应于现代诗学理论的严谨性。

中国古代文论的碎片式论说话语，表明古人谈诗说艺时，尊重"立言"的原则，有感而发，随意即兴而言之有物；要言不烦，深思熟虑以识为要。这表现了古代文论言说注重实切的品格。性情诗学对此既尊重也研习继承。

由此感恩、效法的前贤：刘勰、严沧浪、司空图、叶燮、王国维……

2.释道儒一体化，统合人格特质及观念理路。性情诗学自觉地以中华文化儒释道合体，有如下一些哲学理念与思维形态：

"天行健,君子以自强不息"的儒家进取人生观;佛教"不离佛法,不弃世法"的自度度人、自利利他的大乘教义;道家"独与天地精神相往来"的人生超越理想。

原始儒家之德配天地,生生不息、创化不止的易道发展观;道家之"无中生有""道生一,一生二,二生三,三生万物"的发生论与拓展说;佛家"诸法从缘起",世出世间一切元素、要质,自然、社会、历史、未来,万象万法一切"相",皆随缘显现其丰富多彩的"真空妙有"观。

"色空一如""缘起性空";"一切有为法,如梦幻泡影,如露亦如电,应作如是观";万象万法缘起而生,缘失而灭;万有无常之幻变说;万象万法终归"一味"之终极观。

以"一切贤圣,皆以无为法,而有差别"观照,务求创造的随心所欲。

"法尚应舍,何况非法"的无执忘我之爽脱事业观。

3.适时采集域外文论与诗学、哲学、宗教学果实,吸纳优质营养。用现象学的方法处理性情诗学理论构建与某些特殊字象;呼应全球方兴未艾的长青哲学——"整合学"视野;随缘采撷域外文学艺术与诗学、美学(感性学)之花果。

十五、性情诗学理论有何特性?

1.系统性、通合性。性情诗学使诗歌、文学、艺术的基质与要素,以精选的汉字形态得以明确。它以16字架构的要素本体论、主体品质说、层级阐释细读法、正知正见辨识观,气、道、性统摄与灵性超越观及通、合、幻思维方式等,有一套自圆其说的理论方法及相应的概念术语,它以统合法界人生的整体观,注重激活传统文论话语的现代性,在通联其他诗学理论的同时,构建了自成一格的个体诗学体系。

2.地域性、现代性。构建性情诗学理论的汉字,经过从中国古代文论话语向现代诗学话语的"现代性转换",能够随着社会发展与时俱进地适应世人的诗性心理与艺术诉求。性情诗学以安稳的要素基质构架,立足于中华地域,姿态松活地朝向寰球世界,对话过往、现代、后现代,乃至未来。

3.普适性、实效性。以性情诗学话语系统阐述理论见解、诗学话题,评论各种诗歌作品,论述种种诗学现象,无不来自当代诗歌与评论的实践现场(可参见论者数十年的诗歌评论与诗学理论）。不离地气地将易于为大众接受的普适性与理论生成的实效性结合起来,思以致用,习以致用。

4. 圆融性、开放性。性情诗学以其本体要素与主体品质的强大生发力,"字诗想"思维态的"十方逢源",有望实施阐释万千诗学景观与各种艺术话题的圆融性。其开放性表现在：①自需。16字构型有骨无肉,可自立却不能自足,须不断以外部资料丰富自身。②灵动。性情诗学没有硬性规定的操作规范,难碍他者进行任性的取舍选择,不会妨碍他人的自由解读。③广阔。16字张开的时空视野无限,诸本体要素与感观品质对话自然宇宙、社会人生有无限的潜能,其吸纳万事万物、万象万法信息的潜力不可思议。

5. 跨界转化性。所谓跨界转化,意为诗学理论从艺术人生、审美人生转向优性人生、觉悟人生。将世间的游戏法转化为超越现世的修证觉悟,完成从诗人艺术家到心智自由人再到灵性自在人的超越。这就使性情诗学从艺术学层面转向人生的根本,引向对大宇宙真理实相的探求与人生的终极关怀,把艺术人生引向觉悟人生,把人生艺术引向人生觉悟。

6. 未完留白性。性情诗学的16字象,犹如16个空筐。它为实际运作敞开了空间,给具体解读留足了空白,为理论演绎提供了极大的可能性。然而论者对16字象所进行的诠释,并非最终完成。如对道、性、悟、观等字,没有真实的"证境"是说不"中"的。论者实际的修持离真实证悟之境,不啻十万八千里！性情诗学仅仅标示了通途的起点,打开了诗性世界的窗口,它为诗性创造与诗学阐释敞亮了新的前景,为诗的批评与理论提供了各自创造的天地。

十六、性情诗学有何抱负？

1. 构建以"通"为特征的诗学理论。"通",首先是指性情诗学所选字象内外皆通。

向内,是指其贯通诗的创作、文本、欣赏（评论）、传释效应（社会影响）四大子系统。

向外,既旁通文学艺术其他品类,亦可通向文艺之外的其他学科：

其一,是指越出诗歌体裁之外,与其他艺术门类相通。性情诗学的理论不单指认诗性文体,同时也贯通文学各个门类(小说、散文、戏剧等),并继续联通各艺术门类(绘画、建筑、雕塑、书法、舞蹈、园林、装饰等)。

其二,是指超越文学艺术之外,通向更为广阔的领域:宇宙、自然;社会文化、群体族别与个体人生。

"通"不是"包"。性情诗学无从包揽式地取代其他文艺理论与诗学,更不会大包大揽诗之外的各学科理论。

作为诗学理论,性情诗学圈定了自身的边界:诗与诗学论评。始终持守诗学立场以言说——

(1)应缘阐释当下各种诗歌与诗学现象;

(2)应机阐释中外过往的诗歌与诗学现象;

(3)与各种现代艺术与现代诗学理论对话;

(4)面向世界与各国诗学理论平等交流。

2.构建"为人生"的"优化"诗学。诗人与诗学家应是精神领域核心价值的创造者与传播者。古往今来,圣贤先哲、文化思想精英都曾为人类的优性、优质和优化而努力,奉献了值得后人珍视、珍爱和珍惜的珍贵成果。

人类文化的优性方向,应通过"润化、感化、教化"等不同方式、途径与层面,努力解答这样的问题:诗学如何才能优化人生,发现优性人才,掘发优质人性?

性情诗学明白宣称:

(1)为人的生活增添优质养分;

(2)为人的生存提示优性方向;

(3)为人的生命绽放优化光彩。

3.朝向生命终极关怀的"长青诗学"。

(1)它试图把人生艺术引向人生觉悟;

(2)它试图把艺术人生引向觉悟人生;

(3)它试图把生命缠缚引向生命解脱。

性情诗学蕴含了从艺术人生转向生命觉悟的启示之道:朝向个我生命的终极关怀,实现终极追求的大自由,是人类不断超越的永恒的驱动力!

2016年5月初稿

2016年7月二稿

2016年9月三稿

作者简介

　　张嘉谚(老象),生于1948年,前沿学人,文艺批评家,始终关注中国当代"隐态写作",致力于掘发评论中国诗歌"活化石"。2004年初涉网,发现"低诗歌"与"低诗潮"现象,给予命名并进行系列跟踪评论与理论阐述;提示"垃圾写作"须净化语言,创造优性话语;倡导"诗性正治",呼唤"个体先锋"。出版有《中国低诗歌》等诗学研究专著。

诗歌的"调和时代":诗人何为
——对当代汉语诗歌境况的一种观察和思考*

董 辑

> **专家点评**
>
> 　　标准丧失和价值失范造成的一个直接后果就是,诗歌界很热闹,但是好诗和好诗人不多;诗歌界很热闹,活动很多,奖项众多,年选之类的出版物众多,但是诗歌创作并无丰收之果和丰盛之象。
> 　　网络诗歌已经不可逆转地进入自媒体时代,进而出现了自娱自乐、自得其乐、自以为是、自鸣得意、自命清高等自媒体时代的"自现实"。
> 　　本文对当前的诗歌现象与本质进行了剖析,发人深思。

　　如果以1917年胡适在《新青年》上发表新诗算起,2017年,新诗将迎来她的百年华诞。一百年来,新诗人辈出,新诗也已经取得了对旧诗的胜利,新诗的法定地位已经不容置疑,大量的新诗人被经典化。近40年来,汉语诗歌更是走向世界,有多个诗人在国际上产生深远的影响并被看成中国文学的代表及世界文学的重要组成部分。虽然新诗至今还遭受各种质疑,这些质疑,既有来自学界重要人物的,也有来自文学内部的,还有来自一般文学从业者的,更有来自大众和普通读者的,但不管这些质疑的声音是大是小,新诗都岿然树立,而且以自己的节奏在自己的规律中滚滚前行。对诗界中人来说,新诗的成就有目共睹,新诗正在发展和成就之中,更有人认为,新诗已经进入了自己最好的时代。

---

* 原载《扬子江评论》2016年第5期。

在新诗成就不容置疑的普遍前提之下,一些问题也随之出现,成了诗人们和诗歌工作者们不能回避和回避不了的难题。比如:新诗既然已经取得成就了,为什么离大众越来越远?为什么读者越来越少?为什么社会影响力越来越低?诗歌界为什么如此混乱?诗歌的标准是什么?什么是好诗?什么又是坏诗?什么是好诗人?什么又是坏诗人?汉语诗歌是正在繁荣中,还是正在萎缩中?是在发展呢,还是受限?在新文学的四大体裁中,新诗位居何处?为什么诗歌被出版和大众阅读抛弃?等等。

一、中国新诗遇到了什么问题?

这些问题其实都是一些外行的问题,如果从新诗的本质和内部来看,这些问题都不是什么不可解决的问题。

比如:新诗为什么离大众越来越远?为什么读者越来越少?为什么社会影响力越来越低?

这是因为新诗本身就不是为大众准备的,而现代诗的本质更是决定现代诗只能是小众的读物和爱好,现代诗不可能完全深入到广泛的阅读消费中。中国的新诗在20世纪80年代以后,越发知识化、技术化、精英化和专业化,因此,远离大众是势所必然之事。远离大众,而且越来越专业化,读者势必就会少,读者少,社会影响力自然就会低。如果考虑到新诗的专业性,考虑到新诗的现代诗属性,考虑到新诗的受众群体,新诗离大众远,读者少,社会影响力低,不但都是可以理解之事,而且是就该如此之事。

诗歌界为什么如此混乱?诗歌的标准是什么?什么是好诗?什么又是坏诗?什么是好诗人?什么又是坏诗人?

诗歌界的混乱,有多种原因,这里面既有中国文化的深层原因,又有中国社会的普遍原因,更是中国目前现实混乱的某种镜像,类似的混乱其实充斥于中国社会的方方面面,何止在诗歌界中。当然,这种混乱与诗歌难以树立必要的标准有关,更和诗歌权力中心、价值中心溃散有关。说到诗歌的标准,其实这也许是一个伪问题。诗歌不是数学,没有放之四海而皆准的标准,甚至阶段性的标准都没有。诗歌的标准就在诗歌之中和诗歌的发展中,它是一个约数和一个方向,而不是一个常数或者说准数,强求诗歌拿出标准,甚至是可以放之四海而皆准的标准,只能说是不了解现代诗。这其实是有关于现代诗的一种暴力和简化。现代诗有很多标准,也有一些基本的标准,但是这些标准,都是很难数量化和确定化的。至于什么是好诗什么是坏诗,其实诗歌界每个人心中都有一杆秤,诗歌学术也有自己基本的认定,大众和一般文学研究者和工作者不懂诗歌,进而弄不清什么是好诗什么是坏诗、什么是好诗人什么是坏诗人,也是一种符合逻辑的结果。

那么,汉语诗歌是正在繁荣中,还是正在萎缩中?是在发展呢,还是受限?在新文学的四大体裁中,新诗位居何处?为什么诗歌被出版和大众阅读抛弃?

我个人认为,汉语诗歌正在繁荣中,因为诗歌本身的发展已经到了该繁荣的阶段,而且,新媒体和信息时代的开始也有助于诗歌的繁荣。诗歌没有萎缩,只是退到了文学的深处和内部而已。新诗一直在发展中,当然,令新诗受限的因素一直都存在,但不会从根本上影响到新诗的持续性发展。

如果说古典文学的精华和基础是诗歌的话,那么现代文学的核心和重点就是小说和散文。新文学四大体裁中,小说和散文无疑是新文学的主体,相应地,也是新文学中影响最大和受众面最广的部分。但是,新文学中,新诗堪称文学的风向标和报春鸟,新诗拥有新文学最敏感的神经,新诗是新文学最活跃和冲动的部分,同时,新诗也是新文学最为文学本体化的部分,新诗的文学性、艺术性、技术性、知识性及革命色彩,远远高于和多于现代文学中的小说、散文等体裁。新诗是新文学的文学底线,坚守着新文学最为文学的价值高地,小说、散文、戏剧中都难免要存有一部分通俗性、大众性、时代和社会性的成分,新诗则可以反其道而为之,反通俗性、反大众性、反时代和社会性,只为了文学本身而存在。因此,在中国新文学也就是中国现代文学的四大体裁中,新诗具有不可替代的地位和价值,任何人都无权因为读者、社会影响或者什么读不懂等原因而嗤笑新诗和轻视新诗。新诗是中国现代文学的文学核心与文学可感体。至于新诗为什么会被出版和大众阅读抛弃,我想,首先文学已经在出版世界中持续缩水了,文学中的小众文学——诗歌,又怎么能被纳入被市场和经济诉求牵着鼻子走的出版呢?出版是逐利的,诗歌是无利可图的,出版抛弃诗歌,理所应当,没什么可奇怪的。说白了,在大众的阅读世界中,出现的只能是大众所能理解和喜爱的东西,新诗或曰现代诗天然具有一定程度的小众性和反通俗性,新诗是反消费性阅读的,因此,大众不喜欢新诗没有什么值得奇怪的。

一旦从诗歌的角度看,一旦正视诗歌本身的特点和规律,很多关于中国新诗也就是现代汉语诗歌的问题都不再成其为问题,我们会发现,其中的很多问题甚至难题,都是因为不了解新诗的本质和缺乏时代性的宽阔视野而出现的,一旦学术地看待新诗,一旦历史地看待社会和现实,那么,就不会再纠结于这些问题了。

但是,对汉语诗人、诗歌读者和所有汉语诗歌的从业者来说,一些问题必须正视和考虑:当代汉语诗歌的当下处境是什么样的? 在当下社会中,汉语诗歌处于一种什么样的状态和态势呢?

我个人认为,当下的汉语诗歌及汉语诗歌界,已经进入了一种可以以"调和时代"来形容和概括的诗歌生态中,此诗歌生态,正在影响和主导着当下的汉语诗歌及其写作。

二、何谓诗歌的调和时代?

1949 年之后,直到 1978 年之前,中国新诗(为行文方便,以下也称之为汉语诗歌、现代汉诗、诗歌)的诗歌生态,都可以以"国家时代"或曰"体制时代"来概括。何谓国家时代或体制时代? 就是说,这一阶段的新诗及其诗人们,基本上生存在唯一的国家体制中,除此别无生态,相对应地,这一阶段的新诗写作向度和可能性也是高度受限于国家意识形态和国家审美向度的。

1978 年以后,中国新诗开始了"双轨时代",除了国家体制,诗人们开始拥有和营建诗歌的地下体制,中国诗界开始出现第一诗界和第二诗界,体制内诗歌和体制外诗歌(地下诗歌、民间诗歌)双轨前行,相应地,国家审美和国家标准受到了强力的冲击,以朦胧诗人(其核心是今天派诗人)和第三代诗人为代表的诗人们尽可能多地为中国新诗增添了先锋、实验和革命的向度、成绩和色彩,中国新诗的诗学含量剧增,开始和国际诗歌同步。21 世纪初,随着国家文学体制、中国社会及中国经济的发展变化,尤其是网络的出现和有效,中国诗歌进入了一个为时很短的混乱时代,一时间,网络诗歌风生水起,第二诗界面目开始模糊,商业和金钱因素开始侵入诗歌的生态之中。大约从2007年至今,尤其在近五年中,中国诗歌进入了"调和时代"。

何谓调和时代?

此时,国家的诗歌体制和标准还在有效中,甚至会有局部的加强,但是总体上已经不再能完全掌控和主导中国诗歌了,而且,其权力也不再是铁板一块,体制系统可以程度不一地和经济势力及民间系统合作,一种你中有我、我中有你的复杂的合作关系开始出现。

高校系统开始以学术的方式或曰面目进入诗歌,进而形成了国家体制之外的诗歌权力系统,这一系统,目前还在进步和加强中,而这一系统也不完全局限于学术领域中,其和国家体制、资本体制及民间系统也都有程度不一的关联。

随着经济的好转、网络技术的普及和印刷工业的技术性进步,民间诗歌和诗人的空间得到了拓展,其诗歌生态更为活泛和多样,甚至可以以资本的方式尽可能地和有可能地利用一下国家出版资源。在这个生态中,诗歌一方面极度活跃,一方面也极度芜杂;一方面有最大化的多样性,一方面也呈现着高度的无序性。繁荣和贫瘠、有效和无效相辅相成,甚至呈双生状,繁荣的同时就是贫瘠,有效的同时就是无效。

中国诗歌以及诗人们突然不再那么泾渭分明了,体制内和体制外,先锋和普通,官方和民间,学院和草根,前卫和保守,庙堂和江湖……不再你是你、我是我了,开始你中有我、我中有你,很多界限已经失效和模糊。

"调和"成了出入于上述诸系统或曰层面中的主体性用力和因素。

在调和的主宰下,权力系统和金钱系统可以合谋和互相借势借力,官方和民间也可以有条件地合作和互相给予,而学术系统也不能够抵御权力、金钱和民间的进入,诗歌界中的大量活动都是面目暧昧的,其目的也许只有一个——活动,以及活动所能达成的热闹与响动。

调和时代,成功不再有界限分明的门槛,历史也不再掌握在少数人手中,很多混子和拥有权势或金钱者进而得以进入诗界和获得所谓的成功。

调和时代,很多出版、刊物、学术和团体,都不再纯洁和绝对有效,都不再是标准和提供标准。

三、调和时代的具体表征及其对汉语诗歌和诗人的影响

汉语诗歌的"调和时代",有什么具体的表征吗?调和时代会出现哪些现象?又会对汉语诗歌和诗人造成哪些影响和带来什么改变?

我个人认为,调和时代的最大表征就是:泾渭分明的写作和诗人消失了,有所坚持的写作和诗人越来越少,先锋诗歌开始式微,汉语诗歌的革命色彩和劲头都在下降,前卫缺失。民间和体制可能不那么决绝了,操作和一定程度的让步成了普遍现象和普遍事实。

调和时代,每个诗人似乎都患上了成功强迫症,因为成功似乎是可以调和来的,是可以操作来的,因为在调和时代,标准是模糊的。在成功强迫症的驱使下,一些诗人不择手段地使用人情、操作、调和、让步、活动、付出、投降……以换取可以摸得着享受得着的"成功"。

成功强迫症带来的是普遍的在场倾向。为了在场,可以不择手段,可以牺牲标准,只要在场就行;为了在场,什么都行,因为在调和时代,标准丧失后,在场成了唯一的标准。

调和时代,最大的问题就是标准丧失和价值失范,这里的标准和笔者上文所提到的标准不一样,上文的标准,是指学术标准,而这里的标准,是指基本标准和阶段性标准。诗歌难以设定具体化的学术标准,但是诗歌必须有基本标准和诸多的阶段性标准,没有基本标准和阶段性标准,那么新诗真就成了一锅粥了。调和时代,新诗的标准一下子多了起来、模糊了起来,有权势者,有金钱者,能活动者,常在场者,似乎就拥有了和达到了某种标准,可以行走于诗界,可以以诗人著称,甚至可以成为诗界的重要人物。标准丧失和价值失范造成的一个直接后果就是,诗歌界很热闹,但是好诗和好诗人不多;诗歌界很热闹,活动很多,奖项众多,年选之类的出版物众多,但是诗歌创作并无丰收之果和丰盛之象。比如,近十几年来,汉语诗歌最为核心的诗人及其创作还是朦胧诗和第三代时期登上诗坛的那些 20 世纪 50 年代和 60 年代初出生的诗人们,60 年代后期和 70 年代出生的只有少量诗人和他们的创作接近经典,而 80 后、90 后的写作不但谈不上丰富,而且距离老一代的创作成就尚有一段距离。20 世

纪八九十年代,大学曾是先锋诗歌/现代诗歌的一个很重要的策源地,2000年以后,大学已经不再产出重要诗人与诗歌,当年风起云涌的大学生诗歌时代宣告结束。

随着标准丧失和价值失范,在诗歌界,腐败开始大量滋生和出现,充斥着大量的司空见惯的腐败,交易和运作成为某种诗界常态。而民间,同样一派混乱、芜杂,因争名逐利和站位在场而出现的纷争与分歧随时可见。

调和时代,出版基本和一般诗人无缘,能够得到商业性出版的都是金字塔塔尖上的诗人或者朋友圈里的诗人,诗歌出版,只做高大上,其间充斥着严重的重复出版和资源浪费。一般普通诗人只能通过自费或者虚假出版的方式,阿Q式地满足一下自己的出版欲和与历史发生关系的可能。

调和时代,民刊众多,甚至在随时出现,而原有的民刊精神和质地及必要性却已经阙如。调和时代,民刊作为民刊的必要性已经在民刊的大海中消失了,其间,更有大量的伪民刊、伪官刊和各种套挂类合作出版类的不伦不类的诗歌出版物和刊物。表面上看,诗歌民刊多、各种类型的诗歌刊物和出版物层出不穷,好像是在体现当下汉语诗歌的活力和活跃,其实是劣币驱逐良币,反而消解了民刊存在的必要性和基本属性。

调和时代,诗人作为个体几乎已经不再是一种社会身份了,甚至连虚拟身份都不是了。创作诗歌无法成为一种职业,诗歌几乎和谋生无关,而且,几乎不再有职业诗人。一个诗人,很难靠写诗改变自己的命运,像余秀华这样的草根开花现象,基本上属于孤例。

调和时代,诗人不但处于散放状态,更处于一种尴尬甚至孤立和危险的境遇。诗人,除了一部分体制内诗人和所谓的成功诗人,几乎普遍承受和遭受着来自大众、社会、文化和商业的敌视、无视、误解和讥讽。当代的汉语诗人和汉语诗歌还没有被完全妖魔化,但是局部的妖魔化是存在的。

调和时代,有限的一点点的有品质和情怀的独立出版虽在坚持中,但是杯水车薪,它们所放射出的光芒,无法照亮这个混沌的调和时代。

调和时代,网络很活跃也很有效,但是,因为技术的原因,也因为现实的原因,更因为诗人们追逐新事物的鼠目寸光,网络的活力已经分流和受限了,网络诗歌最好的阶段是21世纪初那几年的公共论坛加网站加网刊时代,博客出现后,网络诗歌的阶段已经进入尾声,等到微博出现后,网络诗歌的时代已经结束。现在微信大行其道，但是，浅阅读、消费阅读和朋友圈阅读终归很难触及诗歌的深层结构，而自媒体就是分中心，更无法聚焦诗歌应有的光荣和深度。

  我个人认为，在汉语诗歌的调和时代，当下诗坛存在有如下现象和事实，这些现象和事实，就是调和时代最重要的表征。一是诗歌界的权力中心逐渐消失，报刊社、出版社、作协、学会、学院、评奖等，都没有了绝对的权威，当下诗坛呈现出某种程度的去权威化和无权威化。资本介入后，在我们的诗歌界中，媚钱、媚权现象随处可见。二是当下诗坛，价值失范但又各执己见和坚持己利。其中，官方、学院、民间都各执己见，其实也是各执己利。我们的诗坛，圈子化严重，学院系统在持续地圈子化和僵化中。同样，资本介入后，各种各样的丧失和失衡出现在我们的诗界和诗歌学术中，操作历史，操作诗坛，操作诗人和评论，这些情形已经成为诗坛常态。当下诗坛中，民间诗界一方面很活跃，但一方面也很混乱，其中的泥沙俱下、无序，甚至是很难改变的。三是诗人们心态失衡，踏实写诗的诗人在减少，诗界混子多，活动多，大家争着在场，有时候就像苍蝇见了血一样，不择手段，极端地重视眼前利益。四是资本肆虐，造成一派乱象，权力、金钱、混子搅动诗坛。五是网络强力介入诗歌，但是网络的开口太大了，网络诗歌的激情时代和厚积薄发的时代已经过去了，现在的网络已经不能自律了，已经熵化了，中心丧失了，网络诗歌已经不可逆转地进入自媒体时代，进而出现了自娱自乐、自得其乐、自以为是、自鸣得意、自命清高等自媒体时代的"自现实"。自媒体时代，诗歌的有效传播和有效性该如何体现呢？诗人和诗歌的价值又该如何体现和兑现呢？

  调和时代，诗界活动众多，奖项也众多，这些活动和评奖出自各个系统，五花八门，让人眼花缭乱，但是，有效性能有多大？调和时代，诗界的众多活动和评奖乃至于事件、活动等，其影响更多是在诗歌界内部，甚至诗歌界内部对之都很抵触，表面的活跃之下，是实质的巨大缺失和匮乏，这不能不说是调和时代的一个不幸。近十几年来，有几本新出的民刊让人眼前一亮，提供了新的诗歌向度与内容？诗界出现了几个有价值的诗歌流派或者群体？有几个新诗人的诗作让人眼前一亮并经典化？又有多少学术、理论堪称是学术和理论呢？所谓底层、草根、打工诗歌、新红颜、地域写作、地方主义、新归来诗人，其中有多少具有真正意义上的学术和理论价值？即便是70后、下半身、垃圾派、废话诗歌、第三条道路、中间代、网络诗歌等还算有一定诗学含量或曰倾向性的诗歌流派、写法、群体、团体，和20世纪八九十年代的汉语诗歌相比，孰强孰弱，一目了然。

调和时代，汉语诗歌很热闹，汉语诗界很活跃，汉语诗人很多，诗歌也很多，"著名"的帽子满天飞，但是，汉语诗歌和汉语诗人却缺席于出版，却失宠于读者，却丧失了基本的社会价值和社会身份，却已经被极大地边缘化了，却芜杂混乱失范无序无中心，这又是为什么呢？

调和时代，诗人何为？可能结束此调和时代吗？调和时代之后，汉语诗歌将进入何种状态或曰时代？

四、调和时代，诗人何为？

在汉语诗歌的调和时代，大量的诗人面目模糊，大量的诗歌向度模糊，而且，因为诗坛没有中心了，很多地域性的诗歌活动和诗歌场所开始大量出现，县一级的协会和学会都在粉墨登场中。地域诗歌写作很活跃，进而出现了一种地域性的成功幻觉，很多诗人因为在当地过上了诗生活，置身于某种自为的诗歌场域中，因此觉得自己的写作是有效的了，甚至进而产生了某种程度的自得、对抗和自负情绪。在调和时代，这也是一种诗歌现象和诗歌病象，是需要反对和警惕的。反对地域性的成功幻觉，不是说地方性的诗人没有存在的价值，小诗人就不能存在和过诗生活，就一点诗歌价值也没有，而是说这种地域性的成功幻觉对诗歌写作和诗坛来说是有害的、无益的。事实上是，一个时代，一个地区，真正有效的诗歌写作是很少的，真正能立住的诗人和诗歌可能会更少。

操作习惯和依赖，以及深层的价值混乱、意乱情迷、成功强迫症和在场需求，成了调和时代绝大多数诗人用来行走于江湖的假面，但是，有几个诗人愿意摘下此面具，直面无情的镜子和真实的自己？

也许，对一个汉语诗人来说，认清处境不难，但认清处境后怎么做，却是件难事。那么，在汉语诗歌的调和时代，汉语诗人何为？

逃避吗？逃到一个所谓的纯诗的纯诗学的世界中去？

帮闲吗？同流合污吗？见怪不怪吗？为艺术而艺术吗？

或者干脆在场就行，写着就行，能抓到什么是什么，成功就是抓在手里的这根稻草？

我个人认为，诗人首先要无愧于自己的时代，同时无愧于自己的内心，真实和诚实是一个诗人的人格基础、创作基础和灵魂基础。一个诗人，必须要敢于直面时代，见证时代，然后在这个基础之上，写出介入的诗歌。这样的诗人和诗歌，才有可能跳脱这个调和的时代，让自己和自己的诗歌脱颖而出和有效。

因此，在见证和记录的基础上，写出精锐和精湛的介入之诗，是我的一厢情愿。

也许，介入之诗的基础是自我之诗，只有真实本质地感受自我和从自我出发，才有可能把小我变成大我，进入时代，覆盖时代，记录和见证时代，在这个基础上，介入。同时，尽可能地先锋一下，前卫一下，革命一下，不合作一下，坚持一下，反调和一下，拒绝一下，高拔一下，象牙塔一下，更有利于写出诗歌化的介入之诗。而先锋、前卫、革命、不合作、坚持、反调和、拒绝、高拔、象牙塔……可能都是一种介入的手段和手法。

在调和时代，坚持自己的标准和向度，很难，但不坚持，可能就不会成就什么，可能就会被调和了，像一小瓶油被倒入一条大江之中。

当下，也有很多人认为，对诗人及其写作来说，这是一个最好的时代，因为社会相对富足、和平，信息知识的获得相对容易，与国际接轨也容易，诗人的生活总的来说是平静的，而新诗的创作基础和学术理论基础都已经足够丰富丰厚，所以对诗人来说，有条件将古今中外加以融合，在历史的高度上，以国际视野写出经典和巨作来。

我想，对诗人来说，只要你见证和介入了你的时代，那么这个时代就是属于你的创作和你的诗歌的时代，就有可能让你写出好的诗歌。在目前这个调和时代，我想，只有独立一些，站在介入这边，以综合式写作的方式，写自己的声音，写自己的心灵，写自己的看法。也许，这种写作会在内部击溃调和时代，真诗歌和真诗人就会出现与矗立。

作者简介

董辑,男,1969年生,现居长春。非非主义诗人,主要写作诗歌、评论、随笔等,有诗歌和评论、随笔、散文等发表于国内多家报刊,被收入多种诗集、选集等。

21世纪诗歌的想象视野*

卢 桢

> **专家点评**
>
> 21世纪以来的诗歌与百年新诗一脉相承,近20年来它的发展现状如何?文章从"公共视野""城乡视野"及"旅行视野"三个角度打开了我们的视野。

评论界普遍存在这样一种说法,认为21世纪以来的诗歌并未与20世纪90年代拉开显著的美学距离。它更大意义上是20世纪末诗学的内在延伸,并在及物性、叙事性、跨文体等不同向度上顽强掘进,在生长中孕育着生机。这种言说,的确切中了新世纪诗歌的某些共性特质。从写作生态观之,今天的诗歌现场呈现出日益开放的格局,一些曾经带有二元对立倾向的美学观念如"民间"与"知识分子"、"城市"与"乡土"、"中心"与"边缘"的分野虽仍然存立,但"对抗"意味已被更为频繁的"对话"行为冲淡,诗人的观照视野更为宽广,驰骋想象的土壤越加肥沃。如杨庆祥所说的"由对抗式写作向对话式写作的转变"[1],正在新世纪诗坛持续生长。"对话"意味着诗人调整了介入现实文化语境的姿态,对此,我们至少可以抽取"公共视野""城乡视野"及"旅行视野"三个角度,窥测其面貌。

---

* 原载《诗刊》2016年4月号上半月刊。

一

2015年年末,雾霾再次降临京城,在PM2.5数值爆表的12月8日,臧棣在微博写下《雾霾时代入门》:

入夜后街灯如发光的螺母,
将古都的神经固定在
世界的尽头。就好像时间的洞穴
被盗墓贼挖开了,它准时如同
每隔几天就要重洗一次牌。
落叶的歌吟中,那曾经迅速分辨出
西北偏北还是西北偏西的
心灵的钟楼,此时戴着
厚厚的口罩,慢慢沉入
比海底还广大的海淀。
拐角处,古老的寒冷掀翻了
不止一个比坟墓还寂静——
只留下呛人的阴冷,在圆明园附近
激进弥漫的煤烟味如同
新上市的防腐剂,裹紧
我们是我们唯一的替身。

因雾霾而成诗,臧棣的这首不是第一首,当然也不会是最后一首。百年前,伦敦的雾霾便已激发起文艺人士的创作灵感,无论是《荒凉山庄》还是《雾都孤儿》,都将雾霾作为城市的文学转喻。甚至连游历西欧的黄遵宪都写下过"雾重城如漆,寒深火不红"的诗句,记载伦敦城"气气皆墨"之景。于是,今人往往会在这个层面上将北京与伦敦相提并置,对两个城市展开讨论。在臧棣的文本中,雾霾仿若迷幻剂,令身居其中的人产生时空错位感。古都凝滞,钟楼失语，人被自然灾难取消了与现实的交流能力，也无法印证自己与现实的联系。"我们是我们唯一的替身"仿佛带有箴言的意味，喻指人类共同的命运——我们已经无路可逃，也无处遁形。臧棣对雾霾时代的反思，富有鲜明的现场感与问题意识，并触及带有公共性的环保话题。事实上，自"雾霾"一词闯入我们的生活以来，围绕它的抒写就没有中断过。作为天气意象的"雾霾"持续在诗歌中发酵，形成启示录式的、富有多重意味的整体性诗学意境，彰显着写作者力求穿透纸背、对接时代的实践精神。这类文本在新世纪特别是近年的诗坛涌现，印证了诸多评论者对新世纪诗学"及物"状态的判断，以及对写作者主动介入现实生活之公共意识的肯定。

在臧棣写作这首诗的前后，关于"雾霾"话题的写作已颇有规模，杨克的《灰霾》、徐江的《柯南道尔：在大雾的那一边》，都涉及同样的生态问题。"太多的人用手机／发送阴郁的街景／它们像来自地狱／或斯蒂芬·金小说／改编的电影剧照"。异国与本土的文化符号错置杂陈，交融在徐江的文本中，体现着雾霾对抒情者意识施加的影响，它导致文本主体时空感的错位，而异质文化符号借助"错位"之机互相拼贴组接，使碎片化的思维印象因而连缀生成整体的诗意。这体现出新世纪诗歌的一个热点，即诗人的观念尽管存有差异，但介入现实抒写生活的兴趣却在不断增强，其诗意表达也更富有当下性和时效性。"兴趣"意味着想象空间和情感向度的转移，并非完全指涉技巧层面的美学衍变。他们中的很多人拒绝单纯形而上意义的写作，也警惕那种充满幻觉意味的精神自恋，如欧阳江河曾说要"追求一种诗歌的痛感和真实性"，拒绝情感的表演与软绵绵的私密经验暴露。曾几何时，远离具体的生活语境，专心修缮自己的心灵孤岛，从而与高逸孤绝的思想境界相通，一直是诸多诗人苦心孤诣的企慕情境。但是，完全脱离具体生活的哲思即使能够触及人类某些共性的经验，也因其意象过于诡谲、语言偏向晦涩而难以进入阅读者的视野，从而影响其生命力的延续。因此，新世纪以来的写作者大都能从存在实际出发，有效勾连诗歌文本与生活现实，显扬"及物"观念。对理论界来说，诗人如何在"及物"的统摄下进行抒情抑或是以跨文体方式达到"个人化写作"之境界，就成为解读写作者经验状态的一种日常策略。

从"及物"的内涵上看，它并非新世纪诗歌的专有名词，任何诗人的写作都受馈于他生活的时代，可以说所有诗歌都是来源于抒情主体与"物"亦即社会现实各类题材遭遇之后生发出的感思。诗歌的"及物"性能够成为显词,乃因近年来诗人在"如何及物"即如何对现实生活进行转述的层面上有所掘进,特别是在诗歌本体的技术打磨等艺术环节上建树颇多。新世纪中国"大"事件的集中涌现,为诗人锻炼并发挥这种能力提供了话语场,汶川地震、北京奥运、动车事故,乃至北方的持续雾霾……由一个个事件组合出的声响振聋发聩,启迪部分诗人不断提升自我的快速反应能力,将写作者的观照视野直接引渡至问题现场。他们在艺术的自主性、独立性与艺术反映现实、干预现实之间寻找着平衡,在日常生活的"此岸"和诗歌的"意义生产"之间建立经验联系,使其人文精神与公共精神实现统一,新世纪诗歌言说现实的能力也由此得到了增强。

2009年年末,荷兰汉学家柯雷到北京访学时特意搜集了汶川地震诗歌的多部合集选本,并惊讶于同一话题在短时间内竟能聚变出如此之大的规模。在一次对话中,柯雷似乎意识到他搜集的大量文字难以摆脱空泛、廉价的抒情,尚缺乏思想层面的历史穿透力,甚至有些是在消费苦难,走入反智化的泥沼。但他也指出这种写作向度本身所凝含的新意,西方当代诗学专有"社会评论"一脉,以此为参照物,中国当前诗学中对"宏大问题"由实情到诗情的及物关怀,倒能成为一种文学此岸与彼岸的精神互文。其中,朵渔的一首《今夜,写诗是轻浮的》更是借助网络媒介的传播力量火速流传,以其理性的悲悯和持久的心灵震颤之力,向新世纪诗坛传达出独立的声音和智性的思考。

对公共视野敞开诗心,意味着诗人能够意识到他人生命乃是自我生命的一种延伸,而时代的病症令人无处逃遁,因此,"诗歌的私人性表达还必须建立在其深厚的公共性基础上"[2]。他们对现实问题的关注,对重大事件的快速反应,虽然并非属于常态,却在一定程度上复苏了文学应有的写作伦理,有效纠偏了诗歌现场某些"伦理下移"现象,也在消解"私人性"与"公共性"之对抗中,将自我的"疼痛"与"呼吸"植入了当代历史,书写下生命的庄严感与力量感。

二

城市与乡村,构成新世纪诗歌一组重要的想象资源,前者甚至被视作新诗现代性的构成基础之一，参与到新世纪诗歌的意象空间建构和审美生成中。曾几何时，几乎所有诗人的写作都要受惠于他所在的城市。一方面，诗歌以文本的方式对城市文化形态进行着语言摄影和价值剪辑；另一方面，城市文化形态通过城市话语、城市精神影响、塑造着诗人的语言观念，催生其新的文本价值内核的形成。很多诗人意识到，诗歌并不是以文字简单地留下城市的斑驳投影，它可以离开那些直接描述或意译的、唤起具体历史背景的题材，而走向彻底个人化的写作，包括实验性的个人语法、主题、修辞，广义的视觉和听觉形式，特别是都市人细微的情感体验。进入新世纪，一些诗人自觉运用"底层写作"的抒情伦理，以平实的语言为都市小人物造像，在文化迁徙中倾吐生存的沉重与艰辛；还有一些诗人注重捕捉感性印象，在世俗精神中强化生活的偶然和无限的可能性，与城市物质文化展开直接对话，并捕捉凡俗生活中的瞬间心理经验，对现代人的孤独、虚无等体验实现创造性悟读。对诗人而言，城市既是一个物质现实，又是一种心灵状态。阅读城市，就是解读"城市化"了的自我，也是从内部了解城市的过程。诸如杨克、邰筐等写作者，都擅于以更为灵活和复杂的理论眼光重构城市与人之间的关系，通过都市意象完成对自身体验的内化，从而揭示那些都市主流速度体验之外的、无法被知识化和客观化的细枝末节，建立起自属的心灵节奏。

　　论及城市写作，杨克应该是新时期以来较早关注此领域并可以被纳入"城市文学史"的诗人。谈到20世纪末诗学价值立场的转轨，从欧阳江河的《傍晚穿过广场》到杨克的《天河城广场》仿佛已经成为诗歌史变迁的文本标志，宣告着关于广场的宏大叙事全面结束之后，一种以追求即时愉悦性、以商业化为推动力的城市精神的降临。2015年，《杨克的诗》出版，诗人穿行在中国城市的现实场景，诗性拟现城市人的心灵时空。作为一个迷恋城市的诗人，杨克对繁杂的都市迷宫保持了解读《尤利西斯》似的耐心与热情，如《集体蜂窝跑出个人主义的汽车》倡导在时代主流速度中重新定位个体的"速度"，唤醒对生活细节的认知；《马路对面的女孩》则如庞德《在地铁车站》一般，定格陌生人之间生命刹那的相通，现代生活的微妙经验在诗人心灵中神秘化地完成。杨克的诗凝聚了新世纪诗人对城市想象的主流模态，他们不再对城市文化做简单二元对立式的价值判断，而将其视为文化母体和诗意生发点，最大限度地调动着城市意象符号的象征魅力。他们注重从人群经验和物质风暴中疏离出自我的精神存在,在物质与灵魂之间寻找平衡支点,并试图突破现代社会日益趋同的速度感和时间观念,尽可能深入地抵达城市个体的独立经验空间,将"个人化写作"落到实处。

与城市抒写相对应,新世纪诗坛围绕"乡土/田园"的想象也颇具规模。有一种说法认为,从城市文化开始舒展其扩张力的那一刻起,真正意义上的"乡土/田园"诗便不存在了,乡村和农业被"商品化""资本化"而纳入城市体系(詹姆逊语)。诸多有着"由乡入城"经验的作家,都会或多或少地体验到被城市或是以城市为代表的异乡文化所"排斥"的感觉。作为"异乡人"的写作主体,他们脱离了自然,又自感不被城市接纳,进而产生文化异己感。或视城市为"他者",吐露精神不适与文化隔膜,衍发出道德层面上对城市之"恶"的批判,以"走在城市和乡村的线上"(谢湘南诗作名)标榜其文化处境;或是在诗歌中重塑"故乡",将其作为反拨城市经验、实现精神皈依的家园。如江非钟情的"平墩湖"、雷平阳的"昭通"、安琪寄情的"父母国"等诗作中,乡村或带有地理标记的故乡意象,都充当了诗人反拨城市经验的隐喻工具,潜藏着游子背井离乡后的迷茫与孤独。他们中的大多数人身居城市,却怀恋文化记忆中的原乡,并将现实中的地理乡土背景化、意象化,使之被诗化为带有明显象征意味的精神喻体,指向人性的纯粹、审美的和谐、心灵的洁净与生命的健硕。套用席勒对"素朴的诗"与"感伤的诗"的论述,工业文明导致的异化破坏了诗人与自然的和谐状态。他们只能怀着感伤经验寻找自己失去的素朴本性,乡土便形成一个"潜在的诗性结构",它驱使抒情者走向对灵魂存在的探询。所以,被都市所整合了的"乡村",是抒情者从内隐诗性角度和精神层面,在城市中建立起的一种情感支撑。这个"乡村"是非物质的,它的存在方式和审美特性完全依赖于诗人对城市超速发展的各种不适,或者说就是一个治疗城市病的"处方"集合。

理查德·利罕认为,自然主义笔下的城市呈向心状态:生活被一个都市力量中心所控制。而现代主义笔下的城市呈离心状态:中心引导我们向外,面向空间和时间中的象征对应物。[3]今天很多诗人抒写乡村,所表现出的正是对城市文化的"离心"状态。实体意义上的"自然"过渡到价值意义上的"自然",并充当起诗人内心中空间与时间的象征对应物,承载着写作者自身的诗歌观念。以李少君的《自然集》为例,如同在诗歌的"草根性"原则中所表述的,诗人的写作观同他的诗观一致，强调本土经验烛照下的主体性写作，抒发来自灵魂内部的澄澈感受。取法自然，诗人找到契合自身的写作形式，他有意规避那种盲目追新求异的象征和隐喻，不对意象做过远的取譬，而从开阔的自然物象中发掘优缓静谧之美。鸟鸣泉响的自然风景、独立超然的生存理想，都借助恬然疏淡的文字和原型化的意象，生长在诗行间，经验表达直接而质朴。潜心幽谷，寄情山水，本是中国文人古已有之的精神理想。心向自然而出世，身却随遇而安不避入世，身居喧嚣芜杂的城市文化之中，却能借由山水之清晖抵达心灵之平静，以"文学自然"的方式调试内心的心灵速度，使之在高速运转的城市中实践"减速"的诗学。由此，城市与乡村并未形成诗人思维模式上的对立，他们可以游刃有余地周旋在物质文化的琐碎细节中，以自然之心诗意地栖居在都市，并不断向自然乡土之"潜在的诗性结构"吸取源泉和营养。源发自古典美学的诗性生态意识，构成新世纪诗歌先锋品格的又一重要标志。

三

论述"公共视野"与"城乡视野"之外，我还想提到一个"旅行视野"的概念。"旅行"本是一个行为词，在今天多与休闲消费文化相关，它与"视野"形成搭配或许存有语病，但我依然固执地锻造这样一个词组，是想描述在新世纪诗歌创作中另一个集中凸显的想象视野，即诗人往往通过旅行体验打破固有连续的时间和空间感，在方位意识的不断建立与破解中激发新的诗学想象力。特别是域外旅行体验触发他们在审视和想象"异国"这个他者的同时，也建立起与本土文化语境"互视"的视野，从而获得对民族文化心理和自我身份的审视与反思。比较文学形象学认为，在跨文化写作中，他者形象往往投射出言说者的自我形象。多多在即将进入新世纪写下的《阿姆斯特丹的河流》，就堪称这类文本的代表。异国的河流映满故乡的风物与诗人对母语的游思，抒情者对自我身份进行着持续的辨认，潜身荷兰的风景，他看到的却是地道的中国景象。可见，异域行旅抒写为诗人设置出一个课题，即如何表现他们看到的"风景"，并将既往文化记忆与新锐视觉经验熔铸于诗。

新世纪诗人中，蔡天新应该是最为执着地抒写旅行的作家。跨度20年完成的诗集《美好的午餐》记录了他游历世界百余国家的见闻与感受,"直把异乡作故乡"成为他对自己写作的定位。如《从前》所写:"从前那些我游历过的城市/在机翼下方依次闪现/就像一串故友的名字/被一位陌生人逐一提及"。对旅行之地的告别似乎应与伤感经验相关,但诗人的能力在于,他经过哪里,哪里就被他强大的精神力吸收并内化为情感资源。诗人的旅行"想象"不再单纯与传统意义上的想象能力相关,而演绎为思维运作的一种模式,它需要对产生在行旅时空中的景观文化和形象文化进行重新编码与合成。亦即,诗性的旅行缔造出诗意的精神世界,旅行诗学折射了作家原有的文化记忆,同时帮助作家校正记忆、产生新的想象。看到巴黎的门,蔡天新想到的是逝去的母亲,外在的静态风景转化为内在的对故土亲人的怀恋,而诗歌中的时间错时杂陈,经验也实现了混融,表现出和单纯"睹物思人"类作品不一样的艺术效果。

旅行本身所具有的对未来经验之追求,切合了诗人浪漫而富于幻想的精神特质,它能激发出诗人的主体创造力,将他们引入世界文化的宏观格局。特别是现代科技保证其无须竹杖芒鞋,便能穿行在大洲之间,获得跨文化的时空体验,并将这种体验内化为精神之力,打造出集中的文化景观。伊沙说在赴美之前,便预感到所坐位置的改变会带来眼光的变化,他的《阿拉斯加》《中欧行》和组诗《越南行》等都表现出文化的多重冲突和人类意识的嬗变多姿。再如王家新的《罗卡角》、安琪的《听姜涛劝西娃买越南拖鞋》、沈浩波的《东京的乌鸦》、冯晏的《圣彼得堡》等诗,都在跨文化跨地域的抒写中,或定格新锐的视觉体验,或抒写游子的文化忧思,抑或借异域奇景抵达自我的"文化乡愁"。无论源自何种驱使,从诗人选择抒写旅行体验那一刻起,一种基于群体文化想象的个体实践便开始生成。正如沈奇所说的:进入现代社会的生存语境,作为世界的漫游者和内心漂泊的流浪者这一诗人本质显然是越加突出了。[4]

英国作家阿兰·德波顿在其《旅行的艺术》里尤其称赞波德莱尔,认为他最完美地将旅行与艺术结合于一身,因为波氏认为旅行可以将他带到任何地方,使他远离陌生的人群和沟通不畅的苦恼。他视自我为沃土,对巴黎的街道、酒吧、交通工具进行着巨细靡遗的观察及无比繁复的描写,将平淡无奇的日常经验点石成金,构筑起高雅的孤独。雷蒙斯·威廉斯曾说,旅行,或者那种漫无目的的漂泊的过程,其价值在于它们能让我们体验情感上的巨大转变。如果找一本契合这种"旅行视野"和"情感变迁"的诗集,恐怕陈太胜的《在陌生人中旅行》是合适的。诗人将诗歌视为旅行在纸上的伸展,它是这样一种探险:无论你走到什么地方,看见什么风景,遇到什么人,你所面对的其实总是你自己,一个自我的镜像。[5]写作者在蒙马特山丘遭遇侯麦电影中的角色,在大英博物馆体悟到中国佛像的慈悲,在布鲁塞尔面对涂鸦时展开骋情想象,并向所有读者提出问题:当旅行本身成为想象的资源之后,我们如何认识它?《关于旅行》一诗对此做出了回答,全诗通篇以"与……有关"的句式整饬排列,不厌其烦地列举出一次旅行所要关涉的所有细致入微的细节:旅行"与洗发水有关与沐浴露浴巾有关","与表格有关与父母的名字有关","与车票机票的时刻地点有关","与广场教堂钟楼皇宫市政厅博物馆城堡有关","与琳琅满目花样繁多的纪念品有关","与怀旧情感爱恨回忆厌倦诗歌艺术有关"。诗人认识到,"背着越来越沉重的包/匆匆的脚走遍大千世界",从熟地到陌生地并非从泥沼中拔身离开,这"只不过是一种幻觉/从一个泥沼到另一个泥沼"。如果旅行最终简化为带有"操纵性"的身体位移,旅行者被概念和诸多规则围绕困缚,则无法远离平凡,也无从发现细节。于是,作者选择从旅行手册中疏离而出,专心寻找那些"有意思的东西",比如各种各样的茶、手串、爱尔兰民谣等,这些物件貌似无用,却属于诗人自身专属的文化体验,因此摆脱了现实功利性与审美的惯性。

将旅行视为一种视野,或可串联起前文言说的及物、叙事美学及城乡、公共诗学。旅行的目的是发现新奇,这样的"新奇"应该具有对历史的回溯力和向未来的前瞻性。波德莱尔在《恶之花》中也写有一首《旅行》,它告诉我们漫游者的目的就是寻找新奇,要到前所未有的深度中去发现新的东西。作为意象幻觉的激发点,"新奇"不单是调整、改写此在生活的表达方式,它还需要具备更为高远的、关涉人类整体性存在的精神。这种执着的审美理想守望,或许就是未来诗歌发展的支撑点和生长点,新世纪诗歌也将由此表现出更多"走在世界"的特质。

参考文献

[1]杨庆祥.重启一种"对话式"的诗歌写作[J].诗刊:上半月刊,2015(4).

[2]张德明.网络诗歌与公民意识的培养[J].长沙理工大学学报:社会科学版,2013(3).

[3]利罕.文学中的城市:知识与文化的历史[M].吴子枫,译.上海:上海人民出版社,2009:88.

[4]沈奇.在游历中超越——再论张默兼评其旅行诗集《独钓空濛(蒙)》[J].海南师范大学学报:社会科学版,2009(5).

[5]陈太胜.在陌生人中旅行[M].长沙:湖南人民出版社,2015:324.

作者简介

卢桢,1980年生于天津。南开大学文学院副教授,文学博士。曾在中国香港浸会大学、荷兰莱顿大学、英国伦敦大学亚非学院访学。主要研究方向为中国现当代文学、中国新诗。出版有专著《现代中国诗歌的城市抒写》《走向优雅——赵玫论》《新诗现代性透视》等,承担国家社科及省部级科研课题多项。曾获天津市"文艺新星"等多种奖励并入选天津市宣传文化"五个一批"人才。

一场冒险的试验
——网友评"江南布衣"的诗*

飞沙走石

> **专家点评**
>
> "诗评媒"作为全国第一个诗歌评论微信公众号,开创了众筹式评论新探索——评论主体从"专家"到"大家",评论形式从"整体"到"碎片",评论观点从"个人"到"全面"。它让评论从高高在上的神坛走入民间,实现了诗歌评论从专家型向读者型的转变、从专业性到普及性的转移,开创了诗歌评论的新业态,非常值得关注。这篇文章就是一个标本。

这是一场冒险的试验。

冒险来自多个方面。第一,这是"诗评媒"第一次推出的新栏目《大家评诗》,这本身就是一种试验;第二,推出的第一个诗人是埋名的,他没有用实名而是用网名,诗友圈内"江南布衣"的名字仍显陌生;第三,"江南布衣"的诗本身就具备实验性,这让很多人更多了一层生疏感;第四,诗人在"个人诗见"中语焉不详,这让读者的思考增加了更多的不确定性;第五,《大家评诗》的"大家"不仅是诗坛大家、专业诗人,而且多了一般的读者,是大多数的"大家",完全不同的阅读层次,让诗歌在被观照中呈现出了不同的维度。

好在一切还是靠诗歌本身说话的。"江南布衣"所提供的诗歌文本在阅读中,被不断挖掘、揭露,露出它的真相乃至假象。而这,已经和诗人无关。

这一冒险的试验,让我们对"江南布衣"诗歌进行评论本身就是一场冒险。

---

* 发表于"诗评媒"微信公众号,2016年5月29日。

让我们开启冒险之旅。

"私己化"正是优秀诗歌的无用之用

骨朵：常有人问一些有关先锋派诗歌的问题，说它写的什么意思。其实，它就是一种存在，不在于它说出了什么，只在于你看到了什么，譬之于一幅呈现的画。布衣的诗，新锐、时尚、隐秘、碎片，就类似于一幅幅当代艺术作品。

衣水：布衣的诗，总能把最日常的物象、场景处理得奇崛、诡异。这是诗人的敏锐、疑心，以及切入的私己化所带来的奇异效果，才是一个诗人的"诗"的能力。这个世界，这些诗篇，正是有这样超绝的认识，才不断使我们的认识和想象得以开拓、境界和情怀得以提升！这便是布衣诗歌的意义，也是这个时代优秀诗歌的无用的有用部分、无价值的价值所在！

刻意的隐藏恰恰暴露了更多隐秘，让诗歌更加深不可测

布丁：布衣的诗是隐秘的，他为了隐蔽，有意把现世隐藏，有意创造出隐秘的语境，构造出隐秘的场景。比如这首《天使到来》："冬天的水位淹没了腹部/从你冰凉的双趾/我认出/天使战栗过的废墟"。他说的天使到来，并非天使真的到来，其实是天使已经离去，而只是幻象天使到来，幻化出水位淹没了天使的腹部，以及水位下冰凉的双趾，而且是冬天的水位。其实，这只是诗人自己的幻象，是诗人内心的深寒，以及诗人自己周身的战栗。诗人的手法是高超的，他刻意的隐藏恰恰暴露了更多隐秘，让诗歌更加深不可测。而作为一个旁观者，你更不忍心去揭露诗人内心的废墟和荒凉。

蜻蜓飞过：诗歌永远是为少数觉醒者准备的礼物，它是发自个人心灵深处最隐秘的琴弦。

在反差中形成反差，在眩晕中形成眩晕，在张力中创造张力

瓦当：诗歌是需要张力的，它体现在高度、深度、空间和心理，并经常体现出观照和对比。江南布衣的《蓝色袖套》寥寥数语，即营造出了这种巨大的张力。"我和你，隔着一座冬天"，"我和你"的距离，瞬间就有了空间的距离、心理的距离、温度的距离，"一座冬天"有多大，张力就有多大。"蓝色的袖套"和"宽大的风"是又一对矛盾，"一个盲人"的静寂和"大片田野中的喧闹"也是一对矛盾，它们在反差中形成反差，在眩晕中形成眩晕，在空间中创造空间，在张力中创造张力。

何正权：诗歌里疯狂的理性，也能给阅读以快感！

黑骆：老练的语言，派生一种深入事物脊髓的力。

梁山：精准，狠，有不平之气。

若隐若现的隐秘，如同看到了蒙娜丽莎的笑容，但不能洞悉笑意

那株君子兰：想起论坛里一个版主说，诗歌是需要门槛的。这与诗人"诗歌永远是为少数觉醒者准备的礼物"的观点相近。第一首感觉尤其诡异。

问普堂：自由地流淌。短短几首风格不同的短诗，读来却酣畅淋漓欲罢不能。句子都是由着心灵的召唤自然地流淌，如同液体的流动听命于引力，自然，随性，不假雕琢。正因为随性，意识的流动变得无章法可循，变得意向转化极快，几乎一句一个甚至多个，意向之间存在关联，但是若隐若现相当隐秘，这让进入诗的内核变得困难，如同蒙娜丽莎的微笑，你看到了笑容，但是你不能洞悉笑意。诗人依靠魔术般的意向转换，在自己的内心组成了一个个闭环，尝试着从不同角度突围，也许是小马的脖颈伸出的45度，我看到了彩虹般的斑斓。

错觉，却打破了肉体的束缚，上升到自由境界

风舞轻羊：一口气读完了本期的所谓"10 首"诗作，意犹未尽，细细数来，发现好像是 11 首。这种错觉，就如我读诗的感受。诗人在我的眼中，是温和的、儒雅的，但他的诗，却打破了肉体的束缚，上升到自由境界。没想到，诗人在《长腿野兽》中会如此表达：我是一头摇摇晃晃哼哼叽叽的长腿野兽。诗人的腿确实很长，包裹不住的野性和冲动似乎要冲破那厚厚的兽皮。没想到，诗人会在《花鞋》中，如此描写鲜花盛开的春天，"像一个街上的暴徒/为非作歹地/大摇大摆地/来了"。没想到，诗人在《娑罗花》中，营造了一个静静的世界，最后，却掩饰不住心灵的骚动："一群衣黄的女儿在我的案头/躲在白瓷瓶中发酵她们的体香/静静的"。

我在蓝色套袖上认出了你灵魂的样子

如月：昨天，在青青那里看见琳子插画的《蓝色袖套》，读到第一句，"我和你，隔着一座冬天"，忽然就想起那个毕业季，隔着西行列车打开的窗户，那瓶冒着泡沫的汴京啤酒……"蓝色的袖套俘获了我的动脉/手，颤抖地……伸进了宽大的风中/像一个盲人/握住大片田野中喧闹的块茎/血在黎明，憋成了白色，化成了水，化成了冰……"心猛地痛了一下，想说的感觉找不到语言表达，怔怔的，看见蓝色的套袖躺在时光深处，热血变成了冰冷，却依然听得见那有力的脉动……也许，江南布衣只是你在这个时空的一袭青衫，我在蓝色套袖上认出了你灵魂的样子！

如月：晨光里的鸟鸣有些湿润——读江南布衣的《春雪》《愤怒的残树》《娑罗花》。"金丝桃吐出的晨光/纤纤绝伦/一丝丝缠绕了/鸟鸣的水音/也滋润着干涩的/诗心/梦里的微笑余温犹在/夏天的味道扑面而来/每一场生命的欢悦/都值得期待/我不肯长大/花却在盛开/那就用你的柔软做一张锯子/分解了粗糙的猜疑/仔细打扫那些碎屑/别飞到眼里/琉璃世界/会在每一根花蕊

上呼吸/抬头回眸/晨光走过宿雨/执了花之手/鸟儿还在/婉转歌喉"。

18年后,月光还在行走,生命是否成长为想要的模样

吴元成:董林属于20世纪80年代河南大学诗群的中坚力量。进入90年代以来,他的作品以其质朴、纯粹、尖锐和不断的发现,成为当下诗坛不可多得的"另类"。其代表作之一《遗嘱》至今仍为经典,其价值就在于,写出不同于他人的内心观照。

鸣飞:18年前看见过行走的月光。一片皎洁下,年轻的生命在成长。18年后,月光还在行走,生命是否成长为想要的模样?

Robert:河流是苍老的,山脉是苍老的,作者的声音却是清新的。诗中对美好时光的期盼,让心灵成长为美丽图画的憧憬,是打动读者的音符!

意象颠覆了传统的认知,耐人寻味

如月:江南布衣的《立春日》,意象颠覆了传统的认知,"阳光涌入隧道口/形成黑色的剪影",可能是一种现实穿行中的真切感受,也可看作光明对黑暗的觉醒、温暖对寒冬的终结之始。"迅疾得像/春天一下子/拥入冬季/一群黑色的打家劫舍的强盗",动感十足,张力十足,令人瞠目结舌的比喻,震撼之后不禁感叹,竟能如此逼迫人的想象,看见春天的不可阻挡。立春,如打家劫舍的强盗,破门而入,竟然带来明丽的蓬勃……耐人寻味。

时风:喜欢江南布衣的《苍老的河流》。其实每个人心中都有一条河,它是生命之河,可以快,可以慢,但它不会停止。在不同阶段,它以不同的方式流动着,直到生命的终结。

短诗很有灵性,每首都是一朵小雏菊,开成一片秋天的花园

彭进:短诗很有灵性很清新,读起来很舒服。

轻轻：感慨布衣短诗，每首都是一朵小雏菊，开成一片秋天的花园，爽心悦目。

一切安好如昨：喜欢水晶。水晶，"一块石头/走过了千山万水/走到了我的手中/然后/脱下衣服/透明地睡去/像一个满月的男婴"。人生未尝不是如此，只不过有人始终过得透明，有人蒙尘许久，忘却初心。

麦子："一块石头/走过了千山万水/走到了我的手中"，简短的语句，却给人悠长的想象，走过了千山万水才相遇的。"然后/脱下衣服/透明地睡去/像一个满月的男婴/他的姓名无人知晓"，满月的男婴，已经是圆润的、生动的，何必知道姓名呢，内心已足以生出千般欢喜万种爱意了。

在唾沫飞溅、口水横流的当下，这是一种严肃的坚守

布丁：在唾沫飞溅、口水横流，下半身，无底线盛行，玩世不恭、争相扮酷的当下，布衣的诗仍充满高贵的气质、珍珠般的精粹，这种坚守和严肃的精神，实在难能可贵。

青若：不是诗歌需要我们，而是我们需要诗歌。

Robert：专业的人，做专业的事。几位专业诗人做的公众号，刊发了一系列让读者感动的诗作。

以上只是部分"诗评媒"读者对"江南布衣"诗歌的评论。也许这些评论不太专业和准确，甚至如前文所说，其揭露出的要么是真相，要么是被扭曲了的假象，但这场冒险之旅无疑为我们提供了一个方向。这场冒险之旅才刚刚开始，让我们继续上路。

▎作者简介

飞沙走石，诗歌微信公众号"诗评媒"编辑。

新诗的经典性来自诗美的创造

邹建军

> **专家点评**
>
> 衡量一首诗是否经典的标准是什么？众说纷纭。本文提出"诗美"的概念，并把它作为好诗的量化分析尺子，让读者对诗的评判有了明确的遵循。

中国新诗已经有近 100 年的历史，数以万计的诗人投入其中，许多重要的作品得到了创作与发表，形成了自己的优良传统。现在我们已经无法否认一个问题，那就是中国的诗歌从古代走向当代，已经实现了现代转换，许多作品都得到了读者的认可，即新诗已经是当代文学中的重要一体，已经进入了历史的长河中，不是一种可有可无的东西，成了中国新文学的重要一脉。它是与古代诗歌不同的一种新的体式，是古代诗歌的当代发展，是外国诗歌的本土形态。自新文化运动以来，有一些人不承认新诗是诗，当然更不认为新诗具有经典性，而今天，虽然也还有人对一些新诗产生争议，特别是当新诗集获得重要奖项的时候，这种争议就更加引人关注，有的人甚至借机否定新诗的存在理由。然而，每一次相关的争论都产生了广泛的社会影响，对于新诗的传播是有好处的。

有人认为新诗的经典性产生于传播，似乎只是在历史过程中发生的，如果没有历时性也就不会有新诗的经典性，其实问题远没有这样简单。一首诗的好坏优劣，当然是由读者认定的，并且不只是一两个读者，而是成千上万的不

---

* 原载《中国诗歌》2016 年第 2 期。

同时代的读者,经过读者的自然选择与阅读的自然淘汰,好的作品总是被人提起而留下来,不好的作品就无人问津,最后被历史淹没。然而,之所以发生有的作品被历史淘汰而有的作品被后人记起并不断地阅读,是因为作品本身的质量与质地,而不是其他的原因,所以内在的本质是一个作品存在的依据,而外在的因素只是流云,不会发生根本意义。对于新诗来说,一首作品的经典性首先在于诗美的创造,而不在于读者的接受。

所谓诗美,就是一首作品为诗歌历史所提供的新的品质、新的思想与新的艺术。自从作为文学之一体的诗歌产生以来,形成了长远的历史,历史上有哪些作品存在,研究文学的学者是清楚的;作品与作品之间有什么区别与特点,喜欢文学的读者也是清楚的;历代也有不少的文学选本,如《全唐诗》《诗经》《唐诗三百首》《宋词三百首》之类的,许多读者都是相当清楚的。中国民间就有"熟读唐诗三百首,不会作诗也会吟"的说法,说明中国人对于诗有特殊的偏好,所以中国被称为诗的国度,也是名副其实的。一首诗歌作品,无论古诗还是新诗,发表以后就会有评价,评价的参照系就是前代的作品,是不是超过了前人的同类诗作,在所有的方面或者在某一个方面有突出的表现,就成为一个指标。其中最为重要的,就是有没有新的感觉、新的意象、新的形式、新的语言、新的词汇与新的技巧,一句话,就是有没有新的思想与新的艺术。再简要一点说,就是有没有提供新的诗美品质。诗歌的历史是一个由无数作品所构成的序列,这个序列有两种形态:一种是原始的形态,不经过读者的选择,就是以立此存照的方式按历史的线索排列下来,这是历史学家的任务;一种是艺术的形态,就是要经过历代读者的选取,把一批优秀的作品按自己的理解排列出来,这是读者的任务。《全唐诗》显然是前一种形态,现在看来也许不是太全,所以历来还有人在补录;《唐诗三百首》这样的选本则是后一种形态,当然也会不断地重新选编,因为不同的时代会有不同的标准,像李元洛先生就有《新编唐诗三百首》在台湾地区出版,据说受到了学者的关注与读者的欢迎。

诗美是不太容易理解的一个诗学概念,所以有的人认为诗就是因为形式的独特性而存在,认为诗之所以存在就在于它的形式,而不在于它的内容。从理论上来说也许是如此,把世界上各民族的文学文体进行分类,有诗、小说、戏剧、散文等,诗之所以区别于其他文体,正在于它的形式,分行、押韵、节奏等因素与其他文体有所不同。我们也不能因为可以举出一些诗不分行、不押韵、没有节奏作为反证，就认为诗歌在形式上没有特征。然而，一首诗的存在与价值，首先不是它的形式而在于它的内容，而所谓的"内容"则比较难于理解：说它是思想吧也不全是，因为有的诗是没有思想的；说它是情感吧也不全是，因为有的诗特别是现代诗看不见作者的情感；说它是主题吧也不全是，因为有的诗可能没有什么成型的主题；说它是形象吧也不全是，因为有的诗很难见出具体的形象。所以，我是比较倾向于以"诗美"来概括诗人在一首作品里所提供的一切新的东西，也许是一种新的感觉，也许是一种新的体验，也许是一种新的意象，也许是一种新的情绪，也许是一种新的思想，也许是一个新的主题，也包括形式方面，也许是一种新的表达、新的象征、新的句式、新的词汇、新的技巧等，所有这些都是属于诗美的范围。

也许有人认为新诗的经典性产生于传播的过程，其实那只是一种形式，是流而不是源。从源头上讲，一首诗作之所以受到后世的阅读与接受，首先还是在于诗人的创造性，在于作品本身所蕴含的精神与艺术，在于作品中所存在的种种强大而永恒的魅力。如果作品中不存在为后世所接受的东西，本身并不是优秀的作品，再接受、再阅读也没有什么意义。有的人认为作品的意义是后世读者加上去的，也许存在这种情况，然而这也许只是个别现象，而不是艺术的规律所在。读者的力量在于不同的读者也许从不同的侧面进行观察，每一个人所阅读到的东西并不相同，合起来就是一个全体、一个统一，然而也需要作品里存在不同的面，如果不存在，你读多少遍也是没有意义的。所以，新诗的经典性首先还是来自作品，来自诗人的原初性的创造，诗人观察世界（包括人类自身）的独到性、感受世界的独到性、表现世界的独到性与探索世界的独到性，也就是来自他为人类的文学提供了一些什么样的新的诗美品质。传播只是让这种经典性被发掘出来，被认识到与被肯定。我们不是忽略读者的创造性，也不是不重视传播对于文学的意义，而只是觉得现代传播学过于重视自身的意义与价值，有一点王婆卖瓜的味道，其实诗歌的源与流是要分清楚的，艺术的祖与孙也是要明白的。如果我们没有明确认识，也就不会有对于真理与本质的认识。中国新诗史上，优秀的作品还是很多的，不论现在有如何的地位，有的也许有了很高的评价，有的也许还没有受到关注，然而即使是现在还没有发表的作品，也就是说它还没有进入人们的视野，但只要以后有出版面世的机会，它也会产生影响，成为新诗史上不朽的作品，具有经典性也是可能的。

作者简介

邹建军,又名邹岳奇,四川威远人。现任华中师范大学文学院比较文学与世界文学学科教授,博士生导师,外国文学研究杂志社常务副主编,《世界文学评论》常务副主编。主要研究方向为美国华裔小说、比较文学学科理论与文学地理学。发表文学批评与研究论文100多篇,出版《现代诗学》《现代诗的意象结构》等个人著作6部。

评选委员会专家团成员名单

李 霞

1961年11月生于河南陕县。现为《河南工人日报》副总编辑,河南省诗歌学会副会长,"诗评媒"专家团团长,《大河》诗刊原主编,第三届美丽岛·中国桂冠诗歌奖评委。先后在多种报刊发表诗歌、文学评论、散文、随笔等,在诗生活网站评论家专栏有个人专栏。出版有诗歌及评论集《一天等于24小时》《分行》。2004年开始收集编写并季度发布诗歌大事记《汉诗观止》。2006年9月在网上提出《诗本批评纲要》。2007年始在网上发起"好诗文季度推选——汉诗榜"行动,引起广泛关注。

管党生

1963年生,祖籍江苏镇江,生于安徽合肥。1986年开始写诗及诗评。有作品见于各公开报刊和选集,有诗集《我所认为的贵族》。

项建新

"为你诵读"创始人兼首席执行官、中国诵学院院长、中国诗学院院长、中华诵读联合会常务副主席、中华诵读大赛组委会主任、中国作家协会会员、中国诗歌学会会员、中国诗歌诵读联盟秘书长、中国诗歌万里行组委会副主任、"1994全国十佳文学少年"称号获得者。出版有文学集《在路上》,财经集《城市的远见》《经济黑洞》《IT赌命》《企业与媒体的合作智慧》等。

罗广才

1969年9月出生,祖籍河北衡水,《天津诗人》诗刊总编辑,京津冀诗歌联盟副主席。作品被收入《中国当代诗歌导读(2010卷)》《中国新诗300首》等260余种诗歌选本和文摘报刊。诗歌《为父亲烧纸》广为流传。获得中国当代诗歌奖(2011—2012)贡献奖。著有诗集《诗恋》、诗文集《罗广才诗存》、散文集《难说再见》。

庞 华

南昌人。出版《一个梦的归宿》《呼吸》。作品入选《2004中国最佳诗歌》《2012中国年度好诗三百首》《新诗典》《自便》等多种选集。主编过民刊《无限制写作》《赶路诗歌》。2016年5月开始在微信公众号"岛诗看"辟专栏日发《庞华读诗》《三人行》。2016年8月开始在微信公众号"诗推荐"辟专栏周发《庞华精读》。2016年11月开始在《诗潮》辟专栏《庞华读诗》。

刘 川

1975年生。曾获"茅台杯"人民文学奖、徐志摩诗歌奖、辽宁文学奖等。已出版诗集《拯救火车》《大街上》《打狗棒》等多部。现为《诗潮》杂志社主编。

蓝 蓝

诗人,童话和随笔作家。14岁开始发表作品,迄今出版有诗集《内心生活》《从这里,到这里》《睡梦,睡梦》等9部,俄语、英语诗集3部,散文随笔6部,童话和童诗集6部。获第四届"诗歌与人·诗人奖"、冰心儿童文学新作奖、宇龙诗歌奖,入选新世纪中国十佳青年女诗人、"新诗百年·我最喜欢的十大田园诗人"。多次应邀参加国际诗歌节,是中国人民大学第二届驻校诗人,黄河科技大学特聘教授。作品被译为英、法、俄、西班牙、德、日、韩、希腊、葡萄牙、罗马尼亚、克罗地亚等10余种语言在国际杂志发表。

简 明

诗人、评论家,中国网络诗歌最早的学术观察者和最权威的文本研究专家

(享受国务院特殊津贴专家),《诗选刊》杂志社社长。著有诗集《高贵》、《简明短诗选》(中英对照)、《朴素》、《山水经》(中英韩对照)、《八方》(中英对照)等 12 部,长篇报告文学《千日养兵》、《感恩中华》等 5 部,评论随笔集《中国网络诗歌前沿佳作评赏》(上下册)、《读诗笔记》等 5 部。作品曾获 1987 年《星星》诗刊全国首届新诗大赛一等奖,1989 年《诗神》全国首届新诗大赛一等奖,1990—1991 年度全国优秀报告文学奖。

凸 凹

又名成都凸凹,本名魏平。诗人、小说家、编剧。祖籍湖北孝感。20 世纪 80 年代中期步入文坛,1998 年加入中国作协。著书 20 余部。编剧有 30 集电视连续剧《滚滚血脉》。长篇小说《甑子场》《大三线》系第九届茅盾文学奖参评入围作品。诗歌曾获刘伯温诗歌奖,小说曾获浩然文学奖,散文曾获冰心散文奖。

辛 牧

1943 年生,本名杨志中,台湾宜兰人。目前担任《创世纪》诗杂志总编辑。2015 年第 35 届世界诗人大会桂冠诗人。已出版诗集《散落的树羽》《辛牧诗选》《蓝白拖》及《辛牧短诗选》(双语诗集)。

石 生

本名李阳,1979 年 3 月出生于河南省驻马店市正阳县慎水乡,现居上海。2001 年始在上海参与创建诗歌报网站,现任诗歌报网站常务副站长、《中国网络诗歌年鉴》执行主编。出版有诗集《石生诗选》《故国吟》,与人合编有《镜中之花:中外现代禅诗精选》《中外现代诗修辞艺术》两种。

武靖东

本名武文海,男,陕西略阳人,曾用笔名武锋、武驰东。当代此在主义诗歌流派创立人,"新口语写作"发起人。2003 年,与同人创办民刊《此在主义》及其网络论坛,主张诗歌写作要"去口水化、去程式化、去意象化",倡导诗歌语言"自主化"、形象"事象化"、思想"此在化",掀起了一场反拨诗坛流弊的"新口语运动(思潮)"。出版有诗集《我，在此》，诗作入选《中国此在主义流派诗选》《2014年中国诗歌排行榜》《2015新纪元诗人诗选暨评论》《陕西文学六十年作品选》等选本。

浅　夜

60后，北京人。曾任教于香港理工大学、香港佛学院等。常住香港/深圳。长期致力于创作夜系列诗歌。

李　犁

诗人、诗评家，中国诗歌万里行组委会副秘书长。

南　鸥

原名王军，1964年生于贵阳。诗人、批评家。贵州省作家协会主席团成员，鲁迅文学院高研班学员；《中国当代汉诗年鉴》主编，出版诗集《火浴》《春天的裂缝》。著有诗集《与神为邻》、长诗《收容》《苏格拉底之死》《历史之书》《败血症》及自传体长篇小说《服从心灵》、诗学文集《倾斜的屋宇》、诗学随笔《诗学梦语》；入选《21世纪中国文学大系》等数十种选本。获贵州省乌江文学奖、贵州改革开放三十年"十大影响力诗人"奖、"中国当代诗歌奖（2000—2010）"、首届贵州专业文艺奖、首届贵州尹珍诗歌奖、2013年度国际最佳诗人奖、首届《山东诗人》杰出诗人奖。

马启代

诗人、诗评家。祖籍山东东平，"为良心写作"的倡导者，《山东诗人》《长河》主编。1985年11月开始发表作品，创办过《东岳诗报》等民刊，出版过《太阳泪》《杂色黄昏》等诗文集22部，作品入编《中国新时期"新来者"诗选》等各类选本200余部，获首届山东刘勰文艺评论专著奖、第三届中国当代诗歌创作奖、首届亚洲诗人奖等，入编《山东文学通史》。

刘静沙

在国内各大诗歌报刊发表诗歌数百首，作品入选国内及日本、新加坡多种选本，获得《诗神》十佳作品奖等全国诗歌奖 10 余项。

宋石峰

60 后。大学习诗，入职后一度远离诗歌，从事新闻行业，现供职于河南电视台新闻中心。